Les Gagneurs

Leurs stratégies, leurs entreprises, leurs réussites

Les Gagneurs
Leurs stratégies, leurs entreprises, leurs réussites

Carter Henderson

traduit de l'américain
par Monique Lebailly

Rivages/Échos

5, rue Paul-Louis-Courier, 75007 Paris
10, rue Fortia, 13001 Marseille.

Pour mes trois Muses
Alexandra, Dorothy et Vicky

Table des matières

1 Le plus beau jeu du monde

« Nous avons vécu l'âge de la grande industrie et celui des sociétés gigantesques, mais je crois que voici venu l'âge de l'entrepreneur, l'âge de l'individu. C'est la source de la prospérité actuelle de l'Amérique et c'est de là qu'elle viendra dans l'avenir. »

Président Ronald Reagan
St John's University
28 mars 1985

Chaque jour, des milliers d'Américains prennent leur courage à deux mains et s'engagent dans le plus beau jeu du monde : fonder leur propre entreprise. Beaucoup échouent. Mais nombre d'entre eux réussissent — des hommes et des femmes d'apparence, de race et d'âge différents —, deviennent financièrement indépendants, s'accomplissent et s'enrichissent au-delà de leurs rêves les plus fous.

Suzy Bass est une femme menue, divorcée, mère de deux enfants, très myope, et qui ne savait pour ainsi dire rien des affaires lorsqu'elle créa Flash Cubes, un service de livraison express de glace, à Austin, dans le Texas, dont le chiffre d'affaires annuel frise les 400 000 dollars.

Herb Colin est un Noir élégant qui abandonna un bon poste, vendit sa voiture et, avec son épouse, Carole, lança à Tampa, en Floride, Suncoast Supply, Inc., dont le chiffre de ventes, parti de zéro, s'éleva en deux ans à 1 200 000 dollars et ne cesse de monter.

Lorsque Chris Nguyen arriva, à dix-huit ans, du Sud-Viêt-Nam, il parlait mal l'anglais, n'avait aucun capital et peu d'expérience des affaires. Ce qui ne l'empêcha pas d'ouvrir une fabrique de pâtés impériaux à Omaha, dans le Nebraska. Il a fait, en 1984, un bénéfice brut de 4 millions de dollars.

Ed Lowe aidait son père à camionner du sable et du gravier lorsqu'une voisine lui demanda quelque chose à mettre dans le bac à litière de son chat. Ed lui proposa des granulés absorbants, et ce fut l'origine de Kitty Litter. Aujourd'hui, le chiffre d'affaires annuel de Lowe's, Inc., à South Bend, dans l'Indiana, s'élève à 85 millions de dollars et Ed va s'embarquer dans de nouvelles entreprises. (Sa société lui alloue 1 million de dollars par an pour ses frais de déplacement.)

Ce sont quelques-uns des gagneurs que nous allons vous présenter dans ce livre, avec les grandes vedettes de l'esprit d'entreprise que sont Frederick Smith, de Federal Express ; Mary Kay Ash et sa marque de produits de beauté ; Bill McGowan, de MCI Communications ; John Hanson, de Winnebago Industries ; Xavier Roberts, qui créa les Patoufs ; ainsi que les deux Steve (Jobs et Wozniak), qui lancèrent Apple. Vous pourrez utiliser les stratégies commerciales qu'eux et d'autres gagneurs ont suivies afin de fonder leur propre entreprise.

Nous allons aussi vous apporter le témoignage d'experts renommés qui ont aidé d'innombrables gagneurs à mettre au point leur projet, rassembler la mise de fonds, élaborer de nouveaux produits, lancer des campagnes de publicité et de relations publiques rentables et, par la suite, revendre leur affaire avec un gros bénéfice.

Et, pour finir, vous serez initié aux mystères de la tarification du produit et de la vente par téléphone, vous saurez comment relancer votre entreprise si elle semble à bout de souffle, comment maintenir l'harmonie dans une société fondée en famille, à combien l'estimer, et enfin comment mener la bonne vie après que vous aurez peiné pour arriver au sommet... et même avant.

Aux yeux de la plupart des gens, les entrepreneurs sont des êtres mystérieux ou exceptionnels, dont les visages et les noms apparaissent dans les pages financières des journaux et sur les écrans de télévision, puis disparaissent. Beaucoup d'entre eux ont créé des entreprises extrêmement lucratives ; certains ont amassé des fortunes que les Astor, les Rockefeller et les Vanderbilt pourraient leur envier.

Quel est donc leur secret ? Comment s'y sont-ils pris ? Et, question encore plus essentielle... pouvez-vous faire comme eux ?

La volonté de gagner

Nous avons étudié à fond les entrepreneurs qui ont réussi. Aucun paramètre ne nous a échappé au cours de cette enquête qui avait pour but de découvrir le pourquoi de cette réussite alors que tant d'autres ont échoué. Le sexe, la race, les origines, l'âge, la fortune, les diplômes, et bien d'autres facteurs, ont été présentés comme cruciaux. Mais nous avons découvert que le plus essentiel de tous, c'était la simple volonté de gagner, ou « d'arriver », comme en a conclu David McClelland, un psychologue de Harvard, dans sa remarquable étude intitulée *The Achieving Society*.

Le regretté Ray Kroc, qui fit de MacDonald's l'empire multimilliardaire du *fast-food* et dont la fortune personnelle s'élevait à 500 millions de dollars, formula cette volonté de gagner en un dicton emprunté à l'ancien président Calvin Coolidge, célèbre pour cette déclaration « l'affaire de l'Amérique, ce sont les affaires. » Voici ce que Kroc conseille :

Rien dans le monde ne peut
remplacer l'obstination.
Le talent ne le fera pas ; rien n'est plus répandu
que les hommes de talent qui ont échoué.
Le génie ne le fera pas ; c'est bien connu
que le génie n'est jamais récompensé.
L'instruction ne le fera pas ; le monde est plein
d'épaves bourrées de diplômes.
Seules la détermination et l'obstination
sont toutes puissantes.

Le processus de la réussite se met en marche lorsque vous décidez de vous atteler à la réalisation de certaines choses qui vous mèneront à la victoire. Nolan Bushnell, l'entrepreneur gagneur qui, avec cinq cent dollars, créa Atari, l'entreprise de jeux électroniques qu'il revendit 28 millions de dollars à la Warner Communications quatre ans après, dit que la réussite se réduit à un seul « ingrédient crucial, se remuer et faire quelque chose. C'est aussi simple que ça ».

Ralph Lauren, le modéliste si prospère, suivit le conseil de Bushnell lorsqu'il cessa de vendre des cravates fabriquées par un confectionneur de Boston et créa sa propre collection. « Le monde n'est pas prêt pour Ralph Lauren », lui dit ce dernier. « Mais je sentais qu'il l'était », nous a confié Lauren. « J'avais du talent. Je voulais me mettre à mon compte. Il le *fallait.* »

C'est cette confiance en soi illimitée, cette énergie, ce besoin ardent de se lancer qui poussent la plupart des gagneurs sur la voie de la réussite. Et, de toute l'histoire des États-Unis, les chances de décrocher la timbale ont rarement été plus nombreuses qu'aujourd'hui.

Dans presque toutes les composantes de la vie américaine, des changements fondamentaux présentent aux entrepreneurs doués d'imagination un nombre étourdissant de possibilités d'affaires nouvelles. L'accroissement brusque du nombre de parents célibataires et de femmes qui travaillent a créé une demande urgente de crèches et de restaurants en libre-service. Les sensationnelles découvertes technologiques actuelles ont engendré des industries totalement originales, de la bioingénierie aux jeux vidéo et à la robotique. La déréglementation gouvernementale en ce qui touche les finances, les transports et les télécommunications a produit, à elle toute seule, des milliers de nouvelles entreprises. Et l'accroissement du nombre de personnes âgées est en train de déclencher une montée en flèche des polycliniques, des maisons de retraite et des hôpitaux privés.

Jamais la situation n'a été aussi favorable aux entrepreneurs. Il y a pléthore d'opportunités et un système dynamique de libre entreprise leur permet de transformer leurs idées en opérations fructueuses. Ces dernières années, le volume de capital spéculatif disponible a fait un saut considérable, les écoles offrant des cours de création et de gestion d'entreprise se sont multipliées, on a vu naître des revues spécialisées comme *Inc.*, *Venture*, *In Business* et *Black Enterprise*, on a lancé plus de soixante « couveuses » où les entreprises à peine nées peuvent trouver un espace de production, un soutien financier et des conseils, tout cela abordable et sous le même toit. « Il y a eu, très nettement, une subite flambée de l'esprit d'entreprise », dit Karl H. Vesper, de la School of Business Administration de l'université de Washington. « Il y a, en nous tous, un désir latent de fonder une entreprise... c'est typiquement américain. »

Le rapport de 1980, établi par le White House Conference on Small Business (la conférence de la Maison Blanche sur les petites entreprises) conclut en remarquant que « la petite entreprise est, en quelque sorte, notre patrimoine économique. C'est par l'entremise de l'initiative individuelle que nous détenons ces droits à la liberté et à l'opportunité qui nous sont si chers... la liberté de prendre en mains notre propre vie, de rechercher la prospérité par nos propres moyens ; la chance de prendre des risques en notre propre nom. Et plus nombreux seront ceux qui assumeront risques et responsabilité, plus il y aura de citoyens pour vouloir renforcer un gouvernement démocratique. »

Les huit étapes vers la richesse

Si vous désirez vous mettre dans les affaires, si vous pensez être suffisamment déterminé pour y arriver, alors vous pourrez profiter des stratégies proposées dans les pages de ce livre par des gagneurs — stratégies que vous pouvez utiliser pour franchir les huit étapes qui séparent une idée de produit ou de service nouveau de l'entreprise fructueuse qui sera la vôtre (et des richesses qui vous attendent si vous accédez au sommet) :

1. Conceptualiser votre produit ou votre service nouveau.
2. Repérer, dans l'économie, les tendances qui peuvent geler votre projet ou l'aider à réussir.
3. Combiner un plan crédible de commercialisation et de développement de votre produit ou de votre service.
4. Rassembler les fonds nécessaires pour le réaliser.
5. Lancer votre entreprise.
6. La développer.
7. Surmonter l'adversité et les crises.
8. Vous signaler par des chiffres d'affaires et des bénéfices exceptionnels.

Toutes les nouvelles sociétés sont fondées sur un concept — sur quelque chose que les consommateurs désirent et achèteront en quantité suffisante pour alimenter une entreprise florissante. Ce peut être n'importe quoi, depuis l'idée qu'a eue Jim Henson d'une nouvelle sorte de marionnette qu'il a appelé les Muppets jusqu'à la décision prise par Ted Turner d'acquérir une petite station émettrice de télévision en faillite pour en faire une « superstation » qui utilise le système de satellites à orbite terrestre pour toucher des millions de téléspectateurs câblés « dans tout le pays et au-delà ». « Un bon produit ou un bon service », dit E. Joseph Cossman, auteur de *How I made 1 000 000 $ in Mail Order,* peut vous fournir de quoi vivre sur un grand pied tout le reste de votre vie. »

Cependant, même l'idée la meilleure doit, pour se transformer en une société lucrative, être renforcée par un plan d'action. Peu de capitalistes, prêts à contribuer au lancement d'une nouvelle entreprise, investiront dans votre idée, ou même condescendront à en discuter avec vous, sans étudier minutieusement le schéma que vous avez fait de sa réalisation. Celui-ci est doublement vital pour vous, car il vous obligera à concentrer votre attention sur chaque étape qui sera nécessaire pour passer du concept à l'entreprise en plein développement.

Les chances de succès du plan de n'importe quelle affaire s'accroîtront s'il est conçu, soit 1) pour chevaucher l'une des grandes tendances qui déferlent à travers l'économie américaine, soit 2) pour éviter d'être écrasé par leur effroyable puissance. La tendance à passer d'une économie industrielle à une économie de l'information est en train de provoquer, comme vous le savez, la fermeture des acieries du Midwest et la création de prestigieuses industries d'un savoir intensif, de la route 128 du Massachussetts à la Silicon Valley.

Une fois que vous avez mis au point le plan de votre entreprise, il faut commencer à réunir les fonds nécessaires à sa réalisation. Quoique vous, l'entrepreneur, soyez indiscutablement l'étincelle électrique indispensable au démarrage de cette opération nouvelle, le moteur qui, pour finir, la maintiendra en mouvement, c'est le système de la libre entreprise, qui est prêt à alimenter tous vos besoins. Le capital risque, une main-d'œuvre qualifiée, des infrastructures de production, des fournisseurs empressés, tout cela va vous aider à acquérir une partie du vaste marché mondial où toute idée bien conçue peut produire, pratiquement du jour au lendemain, des résultats ahurissants.

Prenez l'idée qui est venue à deux journalistes de Montréal, Scott Abbott et Chris Haney, en 1980, alors qu'ils buvaient de la bière, assis dans la cuisine, en jouant au scrabble, à cent dollars la partie. Haney émit l'idée qu'ils devraient inventer un jeu, et pour une raison qu'il a oubliée depuis, Abbott dit : « D'accord mais à condition qu'il s'agisse de vétilles (*trivia* en anglais). » Ils débarrassèrent la table, ébauchèrent le plan du jeu et, en une heure de temps, Trivial Pursuit était né. Abbott et Haney créèrent une société (avec le frère d'Haney et un homme de loi), rassemblèrent la mise de fonds en vendant des actions, sans droit de vote, à trente-deux amis, à deux cents dollars l'une, et établirent des contrats avec des entreprises du Canada et des États-Unis afin de faire assembler et distribuer le jeu. « C'était presque de la folie, mais nous étions sûrs que cela allait marcher », dit Abbott, et il avait raison. En moins de quatre ans, Trivial Pursuit a réalisé un chiffre d'affaires mondial de 1 milliard de dollars, et va maintenant sur ses 2 milliards.

Mettre en route une affaire nouvelle avant que toutes les pièces essentielles soient en place, c'est dangereux et cela peut mettre en péril votre santé financière. Federal Express est la plus prospère des nouvelles entreprises. Pourtant les actionnaires ont refusé de fournir à Fred Smith les fonds dont il avait besoin pour lancer son service de livraison ultra rapide de petits paquets jusqu'à ce qu'il leur eût fourni une étude de marché, réalisée par un cabinet indépendant, prouvant que son idée contenait un potentiel de réussite. Smith leur proposa non pas une mais deux études et il obtint son argent.

On peut lancer une nouvelle entreprise dans son garage, comme cela se passa pour Hewlett-Packard, Apple et bien d'autres gagneurs ; elle peut aussi émerger déjà florissante, comme durant la période hautement spéculative de Wall Street, dans les années soixante, quand Jerry Tsai, directeur financier de Manhattan Fund, rassembla 247 millions de dollars auprès de ses clients avant même d'ouvrir les portes de sa société. C'est l'étape des essais et des erreurs, où il faut réparer à la hâte les fautes stratégiques si l'on veut que l'affaire survive et prospère. Arthur Jones, l'ex-chasseur de fauves et collectionneur de serpents à sonnette, qui a créé les Nautilus Sports-Medical Industries, exprime cela ainsi : « Pas de succès sans sûreté de jugement. Le jugement est formé par l'expérience. On acquiert de l'expérience en faisant des erreurs de jugement. »

Pansy Ellen Essman, qui fonda son entreprise dans un élevage de poulets, à San Jose, en Californie, apprit cette dure leçon lorsqu'elle commença à confectionner et à vendre des oreillers de caoutchouc pour soutenir les bébés gigoteurs pendant qu'on les baigne. Elle payait trop cher ses matériaux parce qu'elle ne savait pas marchander les prix. A une foire, elle se fit refiler un stand d'exposition derrière une porte. Ensuite, elle dut changer le nom de son produit qui, de Pamperette devint Pansy-ette et jeter pour 2 000 dollars d'emballages après avoir reçu une lettre de menace de Procter & Gamble, les fabricants de Pamper. Puis, lorsque son affaire commença à marcher, ses concurrents firent des rabais sur leurs produits, l'obligeant à baisser ses prix. Mais Ellen Essman sut tirer profit de ces expériences et son affaire, décuplant en quatre ans seulement, atteignit un chiffre d'affaires de 5 millions de dollars et réalisa de jolis bénéfices.

Défier la crise

On peut lancer des entreprises qui réussissent dans les pires conditions qui soient du moment que le concept et le plan de l'affaire sont bons. La preuve en a été donnée, à diverses reprises, durant la crise de 1929. L'extravagant Mike Cullen (« le plus grand casseur de prix du monde »), ouvrit, sur Long Island, le supermaché King Kuller, et attira les chalands à cent kilomètres à la ronde. Charles

Revson lança la marque Revlon au plus noir de la crise lorsque lui vint l'idée extraordinaire que les femmes s'arracheraient son vernis à ongles s'il leur était proposé avec toute une gamme de rouges à lèvres assortis. Et le 4 mars 1933, le jour même où le président récemment élu, Franklin Delano Roosevelt, essayait de convaincre une nation bien soucieuse que « la seule chose que nous ayons à craindre, c'est la peur », un jeune homme de vingt-deux ans, Douglas Leigh, créa une nouvelle entreprise qui illumina bientôt Times Square de ses enseignes publicitaires, les plus spectaculaires que le monde ait jamais vues.

Une fois que vous aurez lancé votre affaire, soit elle se développera, soit elle mourra petit à petit. Habituellement, la croissance s'effectue en vendant en plus grand nombre le produit d'origine, puis en créant de nouvelles entreprises du même type. Cela exige beaucoup de travail et de l'imagination ; la preuve en a été faite par Lawrence « Herkie » Herkiner, qui a créé une entreprise familiale de 20 millions de dollars de chiffre d'affaires annuel en apprenant à des jeunes à devenir majorettes et *supporters* sportifs actifs. Herkie débuta comme membre de l'équipe de *supporters* de l'université méthodiste du Sud, à Dallas, de 1946 à 1948. Aujourd'hui, il dirige 350 centres fréquentés, chaque année, par 150 000 jeunes dingues qui s'entraînent à se déguiser et à amuser le public des stades ; il vient d'ouvrir une agence au Japon. Herkie a commencé à diversifier ses activités en créant, durant les années cinquante, des entreprises complémentaires, et aujourd'hui sa Cheerleader Supply Company contrôle 60 % du marché des uniformes, casquettes et attirails du même type fabriqués dans sa propre usine ou par des sous-traitants.

Lorsque votre entreprise gagne de l'expérience, prend de la vitesse et commence à profiter de l'économie d'échelle, elle doit forcément affronter l'adversité et une série de crises. Créer une société, c'est « une expérience vécue dans la terreur et le trouble », dit Allen Michels,

P.-D.G. de Convergent Technologies, Inc., à Santa Clara, en Californie, et il a raison. Pourtant, ce qui distingue le gagneur, c'est sa capacité de triompher des obstacles les plus insurmontables. Charles Lazarus atttira le malheur sur lui en vendant étourdiment sa petite société Toys « R » Us à Interstare Stores, un magasin médiocrement géré qui fit faillite huit ans plus tard, l'entraînant avec lui dans la ruine. Cependant, Lazarus maintint son affaire et lorsque Interstate émergea enfin de la banqueroute, Toys « R » Us fit de même, avec Lazarus comme président. Non seulement il survécut à la débâcle, mais il a fait depuis, de son entreprise, le plus grand détaillant de jouets du pays et ses capitaux propres s'élèvent à plus de 75 millions de dollars.

Si vous arrivez à surmonter la crise qui, tôt ou tard s'abat sur toutes les sociétés (même des entreprises dynamiques comme AT & T et Generals Motors ne sont pas à l'abri de cette épreuve), alors vous avez une chance de pénétrer dans le cercle magique des 15 000 sociétés dont le chiffre d'affaires annuel est de 25 millions de dollars et plus.

A ce stade final de l'extension de votre société, la gageure consiste à maintenir sa vigueur, son dynamisme et son esprit d'innovation. Il y a plusieurs manières d'y arriver :

— Lancer de nouveaux produits, comme Fred Smith, de Federal Express, l'a fait avec Zap Mail, un système de transmission électronique qui utilise les satellites sur orbite terrestre, garantissant ainsi la livraison, en moins de deux heures, de lettres et documents d'un bout à l'autre du pays.

— Acheter d'autres sociétés. C'est sans doute ce qui permit à Pedus International de devenir, selon le magazine *Inc.*, la société privée dont l'extension fut la plus rapide en 1984. « Nous ne créons pas une affaire, explique Dick Dotts, le président de cette compagnie de gardiennage, nous rassemblons des entrepreneurs. »

— Protéger votre esprit d'initiative contre la bureaucratie débilitante qui, à la longue, contamine toute société qui s'est développée rapidement. Vous pouvez, par exemple, embaucher un gestionnaire de grande qualité qui vous aidera à gérer votre société au jour le jour, comme l'ont fait les fondateurs d'Apple, de M.C.I., d'Electronic Data Systems, parmi bien d'autres.

Les affaires, c'est le plus beau jeu du monde pour les plus gagneurs des entrepreneurs qui foncent parce qu'ils aiment prendre des risques, se sentir nécessaires, gagner de l'argent, mener la bonne vie et contrôler leur propre destinée jusqu'à ce qu'ils ne puissent plus venir au bureau. Arnold Bernhard, quatre-vingt-quatre ans, qui créa la Value Line Investment durant la crise et vaut plusieurs centaines de millions, vit toujours dans la maison georgienne de style colonial qu'il acheta, en 1944, à Westport, dans le Connecticut, et travaille dans son bureau newyorkais où il se déplace en fauteuil roulant. Et la nonagénaire Rose Blumkin continue à parcourir le rayon moquette de son magasin tentaculaire, l'Omaha's Nebraska Furniture Mart, dans un chariot de golf. « Je viens travailler tous les jours de la semaine, dit-elle, et je n'ai jamais pris un jour de vacances depuis qu'à l'âge de six ans, j'ai commencé à seconder ma mère dans la petite boutique que nous avions en Russie. Je vais vous dire quelque chose. Un paresseux ne vit pas longtemps. Pour bien se porter, il faut garder le contact avec les autres. Cela occupe l'esprit et l'on ne devient pas sénile ; pourquoi prendre sa retraite et attendre la mort ? Elle viendra bien un jour ou l'autre et sûrement plus vite si vous restez à ne rien faire. »

Le butin revient aux vainqueurs, et lorsque vous avez enfin assuré le succès de votre entreprise, le monde est à vous... les avions personnels, les yachts, les maisons luxueusement meublées, les plages privées, et tout ce qui récompense les gagneurs de la petite et moyenne entreprise.

On ne sait pas exactement combien de nouveaux entrepreneurs américains se lancent chaque année dans l'aventure. Les chiffres avancés vont de 600 000 à 4 millions de nouvelles entreprises créées par an (dont un nombre plus petit ferment, sont achetées ou fusionnent durant la même période). Le dernier chiffre est peut-être vrai et tous ces gens font certainement preuve d'esprit d'initiative. Mais comme la plupart d'entre eux doivent leur revenu principal à un travail salarié, ce ne sont pas de vrais entrepreneurs, au sens fort du terme.

David Birch, fondateur et président de Cogentics, Inc., société spécialisée dans les informations commerciales, affirme qu'environ 1,2 million de nouvelles entreprises naissent chaque année aux États-Unis, plus « trois millions d'entrepreneurs potentiels qui ne se contentent pas de travailler pour quelqu'un d'autre ».

Mais cela n'embrasse pas toute l'histoire de l'esprit d'entreprise dans l'Amérique d'aujourd'hui. Le reste est caché dans ce qu'un professeur d'économie et de finance de l'université de New York appelle « l'économie souterraine ». Il estime qu'environ « un quart de la main-d'œuvre américaine travaille au noir » et que, chaque année, des transactions invisibles s'élevant à 420 milliards de dollars sont menées en liquide ou grâce au troc. Doug Casey, conseiller financier et auteur d'un livre intitulé *Crisis Investing,* prédit qu'entre 1985 et l'an 2000, c'est l'économie au noir, libre de tout impôt et de toute taxe, effectuée en liquide, qui connaîtra la croissance la plus forte ; et que posséder sa propre affaire de vente au détail ou de petit service sera dans le futur la meilleure source de profit. Les entrepreneurs qui opèrent au noir, dans l'économie souterraine, ne figurent pas, bien entendu, dans les statistiques officielles. Ce que le gouvernement ne voit pas, il ne peut pas le compter.

La mystique de l'entrepreneur

Personne ne sait exactement ce qu'il faut pour être un entrepreneur prospère, mais il y a quelques indices, tels ceux proposés par l'étude qu'a effectuée Psychological Motivations, Inc., de Dobbs Ferry, à New York, pour Control Data Business Centers et la revue *Venture*. Cet organisme a interrogé quarante-sept entrepreneurs qui tirent de leur entreprise un revenu annuel personnel minimum de 90 000 dollars et a découvert qu'un bon nombre d'entre eux

— avaient quitté leur travail pour fonder une affaire parce qu'ils se croyaient brimés par leur employeur (le patron pratiquait la discrimination sexuelle, récompensait mal leurs idées rentables, ou simplement ne les estimait pas à leur juste valeur) ;

— ne supportaient pas d'être obligés de justifier leurs idées auprès de leur supérieur ;

— loin d'avoir peur de l'échec, l'utilisaient comme source de motivation ;

— avaient terriblement confiance en eux et étaient agressivement compétitifs ;

— considéraient les affaires comme un jeu, de sorte que travail et plaisir étaient pour eux inséparables ;

— étaient des « drogués » des émotions fortes auxquels le risque réussissait et qui se lançaient dans une nouvelle entreprise dès que l'ancienne, si prospère fût-elle, ne leur en procurait plus ;

— étaient ouverts aux nouvelles idées de tous ordres ;

— gardaient des comportements austères qui n'avaient plus de raison d'être (par exemple, ils continuaient à grignoter un sandwich, assis à leur bureau, au lieu de déjeuner au restaurant) ;

— prétendaient que le personnel était leur plus grosse source d'ennuis alors que la gestion de leur entreprise ne leur laissait guère le temps de prêter attention à leurs employés ;

— rechignaient à chercher de l'aide à l'extérieur en partie parce qu'ils prenaient un plaisir extrême à résoudre eux-mêmes les problèmes de leur entreprise ;

— étaient convaincus que la plupart des gens ne savaient fichtre pas ce qu'ils faisaient ;

— croyaient que leur affaire était unique en son genre et que personne d'autre ne la comprenait vraiment.

Peut-être que la personne la mieux qualifiée des États-Unis pour distiller l'essence même des entrepreneurs gagneurs serait John M. Albertine, président de l'American Business Conference de Washington, dont les membres sont PDG d'une centaine de sociétés qui ont doublé d'importance en cinq ans et dont les revenus annuels vont de 25 millions à 1 milliard de dollars.

« Ces PDG, dit Albertine, sont des gens indépendants, extraordinairement intelligents, incroyablement dynamiques, très créatifs, terriblement acharnés, qui ne mâchent pas leurs mots et ont des opinions bien arrêtées. Ils sont obsédés par le succès et éternellement insatisfaits parce que leur *ego* n'est gratifié que par de brillantes réussites effectuées dans les pires conditions, et que ces moments-là sont bien éphémères. Aussi cherchent-ils continuellement des réalisations qui satisfassent leur *ego* alors que, fondamentalement, ils ne pourront jamais être rassasiés. Ils sont aussi presque totalement dépourvus de patience. Je vais vous donner un exemple.

« Nous fréquentons beaucoup de politiciens très importants qui aiment avoir des gagneurs dans leur entourage. Il y a une mystique de l'entrepreneur. Un jour, plusieurs d'entre nous sont allés voir Ed Meese (conseiller du président Reagan qui devint procureur général des États-Unis) le matin, de bonne heure. Il leur dit : “ Écoutez, je viens de prendre mon petit déjeuner ; pourquoi ne pas manger quelques tartines pendant que je vous ferai un petit exposé sur ce qui se passe actuellement dans l'administration ? ”, et il commença à faire un petit discours. Au bout de trente secondes à peine, Bob Dixon, PDG de Harvey Hubbel,

Inc., l'interrompit : " Vous savez, Monsieur Meese, nous avons déjà entendu toutes ces conneries-là ; parlons plutôt de politique, dialoguons vraiment. » Et Meese a bien réagi. Depuis, il nous a revu quatre ou cinq fois. »

Les grands entrepreneurs sont clairement des êtres exceptionnels possédés d'une envie folle de gagner. « Il y sont poussés malgré eux », dit Benjamin Rosen, président de la Sevin Rosen Magement Company, de New York, une société de commandite qui a investi quelque 85 millions de dollars dans des entreprises d'ordinateurs, d'électronique et d'autres technologies de pointe, comme les deux superstars Compaq Computer et Lotus Development. « Ces gens-là, dit-il, s'investissent totalement dans leurs rêves et sont absolument convaincus qu'ils vont réussir. Ils sont tous prêts à travailler vingt-quatre heures par jour sept jours par semaine. Ainsi qu'à sacrifier leur vie personnelle et à perdre des sommes astronomiques dans l'espoir qu'à la longue, ce sera payant. Et pas seulement matériellement. Ils croient vraiment qu'une certaine chose doit être faite et qu'ils sont les seuls à pouvoir la réaliser. »

Soyez stupide, fou, naïf et paresseux

Si vous croyez posséder ce dynamisme et cette détermination, si vous êtes prêt à faire des sacrifices, à prendre des risques et à travailler le nombre d'heures nécessaires, alors y a des chances pour que vous aussi puissiez créer votre propre entreprise... bien que la manière dont cela tournera puisse vous surprendre.

A l'inauguration des cinq bâtiments du nouveau centre du cinéma et de la télévision, sur le campus de l'université de la Californie du Sud, un journaliste de la NBC a demandé à George Lucas — celui de *La Guerre des étoiles* — s'il n'avait pas été surpris par le succès qu'il avait remporté. Lucas, dont le don de 5,7 millions de dollars avait permis la fondation du centre, a répondu que lorsqu'il avait débuté, il n'était « qu'un cinéaste dingue d'avant-garde. Je n'aurais au grand jamais imaginé que je ferais un jour des longs métrages. Ça été un coup de chance. La vie est étrange ».

Mais si vous êtes vraiment sûr d'être fait pour la vie d'entrepreneur, vous ne pouvez faire mieux que de suivre le sage conseil de Meshulam Riklis, le président de la Rapid American Corporation (2,4 milliards de dollars) : « Soyez stupide, fou, naïf et paresseux. »

« Soyez assez stupide pour penser que ce que vous désirez est possible. Soyez assez fou pour y consacrer toute votre énergie... assez fou pour ne pas vous arrêter lorsqu'on vous jettera des pierres (une cible qui bouge est plus difficile à atteindre !). Soyez assez naïf pour comprendre que vous ne pourrez pas tout faire seul, alors partagez l'aventure avec d'autres. Soyez assez paresseux pour découvrir quelqu'un qui fera le travail à votre place. Il faut garder le temps de s'arrêter pour réfléchir. »

Une fois que vous aurez décidé d'entrer dans la course, il vous faudra décider quel est le produit que les consommateurs achèteront en quantité suffisante et à un prix suffisamment élevé pour que vous puissiez en tirer un bon bénéfice, ce qui, après tout, est l'enjeu de la partie.

2 Tout commence par une idée

« Prenez n'importe quelle société gigantesque, et je parle des plus importantes, elle a toujours été lancée par un type qui avait une idée et qui a su l'exploiter. »

Irvine Robbins
co-fondateur
Baskin-Robbins Ice-Cream

« Combien connaissez-vous de gens qui ont lancé une entreprise ? » demande Ed Lowe, de Cassopolis, dans le Michigan, qui, en 1947, tomba, par hasard sur l'idée de la litière pour chat et créa Kitty Litter, qui rapporte aujourd'hui 250 millions de dollars par an et dont la firme personnelle d'Ed, Lowe's, Inc., contrôle 34 pour cent, ce qui représente 85 millions de dollars.

A l'origine de toute nouvelle affaire, il y a un concept : l'idée de quelque chose qu'à votre avis les gens désirent et achèteront à un prix qui compensera largement la peine que vous allez vous donner pour le produire. Les concepts peuvent surgir de n'importe quoi, y compris de l'aide que réclame une voisine pour remplir le bac de son chat.

Lorsqu'après la Seconde Guerre mondiale, Lowe fut libéré par la marine américaine, il vint travailler avec son père qui camionnait du sable, du gravier et des blocs de ciment pour des chantiers de construction, de la sciure pour fumer les viandes, ainsi que des granulés d'argile pour absorber l'huile et la graisse qui salissent les sols des ateliers.

Et puis, par un soir froid d'hiver de 1947, Kaye Drapper, une voisine, demanda à Lowe de lui donner du sable pour le bac de son chat. Il préféra lui apporter un sac de granulés d'argile absorbante et, une semaine ou deux plus tard, elle revint en chercher. « Quelques autres voisins en entendirent parler et en demandèrent, dit Lowe, et, joliment vite, on s'est mis à m'appeler le Roi de la litière. »

Alors il acheta des sacs d'une contenance de deux kilos et demi, les remplit de granulés et écrivit dessus, avec un crayon gras : « Kitty Litter. Remplace le sable. Absorbe et désodorise. Demandez Kitty. Elle sait. » Lowe rangea les sacs à l'arrière de son camion et les emporta dans la livraison qu'il avait à effectuer à Douth Bend, dans l'Indiana ; il s'arrêta devant la boutique d'articles pour animaux de Davenport. Il expliqua au propriétaire ce qu'il lui apportait et lui suggéra de vendre soixante-neuf cents le sac de deux kilos et demi. Le marchand répondit que c'était ridicule puisqu'il vendait du sable à dix cents le paquet. Lowe lui laissa tout de même quelques sacs de Kitty Litter et, peu de jours après, le commerçant l'appela pour lui dire qu'il vendait son produit au prix convenu et qu'il voulait une autre livraison. Lowe acheta d'autres sacs, fit imprimer des étiquettes et entra dans les affaires.

Il se mit à faire le tour des boutiques d'articles pour animaux avec un sac de Kitty Litter sous le bras et un petit verre dans sa poche. Il ouvrait le paquet, creusait un trou dans son mélange, versait un verre d'eau dedans et expliquait au commerçant que son produit absorbait, de la même manière, ce que le chat avait dans l'idée d'y faire.

Puis le club local des amis des chats de South Bend organisa une exposition féline et Lowe demanda au président l'autorisation d'installer un stand de vente de Kitty

Litter ; en échange, il remplirait de son produit les deux cents bacs à litière de l'exposition et les tiendrait impeccablement propres. L'affaire fut conclue et Lowe dit : « Toutes les dames ont adoré Kitty Litter parce que c'était la première exposition féline à laquelle elles assistaient qui ne sentait pas mauvais. »

Tidy Cat à la rescousse

A ce moment, Lowe comprit qu'il avait entre les mains un produit qui pouvait réussir, aussi quitta-t-il l'entreprise de son père, remplit-il l'arrière de sa Chevrolet de sacs de Kitty Litter et se mit-il à les vendre aux boutiques d'articles pour animaux de la région à raison de trente-cinq cents le sac, revendu soixante-neuf cents. Lowe s'était fait livrer une bonne quantité du produit dans de grandes villes comme Minneapolis et Saint Paul, et lorsqu'il eut tout vendu à une demi-douzaine de boutiques, il passa un contrat avec un grossiste pour qu'il s'occupat de la vente pendant qu'il essayait de faire connaître sa marque. Lowe factura le sac de Kitty Litter vingt-cinq cents et fit livrer le produit par tonnes.

Au cours des années suivantes, Lowe voyagea sans cesse. « J'étais tout le temps sur les routes à essayer de me débarrasser de ma camelote, dit-il, mais ça en valait la peine. » Il inonda le pays de Kitty Litter, accapara cent pour cent du marché, vit son chiffre de ventes s'élever à plusieurs millions de dollars par an, se mit à produire lui-même les granulés d'argile au lieu de les acheter à d'autres... puis, il commit une erreur : il vendit cinquante kilos de Kitty Litter à un épicier en gros au prix habituel de vingt-cinq cents le sac de deux kilos et demi. Mais celui-ci, qui opérait sur de plus petites marges que les grossistes qui fournissaient les boutiques d'articles pour animaux, le revendit trente cents le sac à ses clients qui l'étiquetèrent, sur leurs rayons, quarante-neuf cents le sac.

En un rien de temps, les propriétaires de boutiques d'articles pour animaux s'en prirent à Lowe, ce qui était très grave car ils constituaient le plus gros de sa clientèle. « Au milieu des années cinquante, les articles pour chats n'occupaient pas plus d'un mètre sur les étagères des épiceries, dit Lowe, aussi elles ne comptaient pas beaucoup pour moi. » Néanmoins, Lowe ne voulait pas perdre cette clientèle ; il empaqueta sa litière sous un autre nom, Tidy Cat, qui ne serait vendu qu'en épiceries, tandis que Kitty Litter était réservé aux boutiques d'articles pour animaux.

L'ennui, c'était que ces dernières continuaient à vendre le sac de Kitty Litter soixante-neuf cents tandis que les grandes surfaces affichaient le Tidy Cat à quarante-neuf cents, et rapidement, les ventes de la première marque commencèrent à se tarir. Lowe comprit ce qui arrivait et décida de distribuer Kitty Litter dans les supermarchés avec un article justifiant la valeur ajoutée.

Jusqu'au milieu des années cinquante, Lowe n'eut pour ainsi dire pas de concurrent. Puis quelques petites entreprises familiales lancèrent sur le marché Cat Comfort, et comme les ventes continuaient à monter, de grandes marques comme Hartz Mountain, Oil-Dri et Clorox arrivèrent, avec leur grosse artillerie de marketing. « Mes concurrents différaient la facturation, explique Lowe, ne faisaient pas payer la livraison, donnaient de la marchandise gratuite, promettaient une publicité qui, la plupart du temps, n'apparaissait jamais, mais nous ne nous sommes pas laissés impressionner. Nous avons fait de la publicité, nous avons engagé du personnel qualifié, nous avons bien traité nos clients, nous avions un produit de qualité, nous assurions un service et nous n'avons jamais sous-estimé la valeur des marques Kitty Litter et Tidy Cat. »

Cette stratégie s'est révélée payante pour Lowe et sa société qui est encore à la tête des fabricants de litière pour chats et de produits analogues et vend largement ses marques à l'étranger. Tidy Cat est la litière la plus vendue aux États-Unis et Kitty Litter est la marque numéro un du prix le plus avantageux. Lowe's, Inc., avec ses cinq usines et ses soixante entrepôts, produit aussi de la litière pour des clients qui y apposent leur propre marque, et a commencé à lancer de nouvelles lignes de produit qui utilisent les granulés d'argile absorbante pour d'autres fonctions. On se sert de Safety Absorbent pour sécher l'huile, la graisse, l'eau et tout ce qu'on renverse généralement dans les usines, alors que Corz-O-Nite vient à bout des déversements accidentels très résistants qui peuvent mettre l'environnement en danger.

Kitty Litter a trente-cinq ans et maintenant Ed Lowe cherche de nouveaux mondes à conquérir. « Je ne suis pas un gestionnaire, dit-il. Je suis un entrepreneur. J'aime partir de rien, démarrer quelque chose. C'est établir le projet qui m'amuse le plus. Après, je laisse la direction de l'affaire à quelqu'un d'autre. » Lowe tire de Kitty Litter un million de dollars par an et il investit, actuellement, la plus grande partie de son temps dans une société nouvelle appelée Lowe's International, Ltd., consacrée au commerce international.

Récemment, j'ai trouvé Ed en train de dessiner un sac pour un nouveau type de litière qui le passionne ainsi que deux nouveaux produits qu'il est en train d'importer de l'étranger. L'un d'eux est une casquette de base-ball qui joue une chanson intitulée *Take Me Out to the Ball Game* (Emmène-moi au match) lorsqu'on la met sur sa tête, et l'autre une pince facilement réglable qui, pense-t-il, promet beaucoup. « Je viens d'en faire fabriquer trois millions en république populaire de chine », dit-il. Bon dieu, j'espère que ça va se vendre. »

Une poupée qui vaut 2 milliards de dollars

La plupart des idées sont des copies d'entreprises déjà florissantes : une autre boulangerie industrielle, une autre fleuriste, un autre bowling. On a tout à fait le droit de suivre la voie tracée par quelqu'un d'autre, surtout si on ajoute un grain de fantaisie à son idée. Par exemple, on fabrique des poupées depuis des siècles. Mais ce n'est pas souvent que l'on voit un article se vendre aussi bien que Raggedy Ann, Barbie ou les Patoufs.

Ces poupées au visage joufflu sont l'invention personnelle de Xavier Roberts, qui a renoncé à l'université dès la première année ; c'est un garçon trapu, barbu, habillé d'un bout de l'année à l'autre d'une chemise à col ouvert et d'un blue-jean, chaussé de bottes en peau de serpent et coiffé d'un chapeau de cow-boy. Il a commencé à vendre ses poupées « personnalisées » — il n'y en avait pas deux pareilles — dans sa ville natale de Cleveland ; il venait d'avoir vingt ans et travaillait à plein temps dans un magasin de souvenirs de l'Unicoi State Park.

Aujourd'hui, l'ex-fauché Xavier Roberts est devenu l'un des jeunes gens les plus riches du monde, et il ne doit pas cela à l'aspect séduisant de ses poupées (elles sont carrément laides) ou à leur prix modeste (les premières cent mille qu'il ait faites se vendaient 125 dollars pièce), mais à l'inspiration qui lui vint par hasard, en vendant ses poupées sur les champs de foire et dans les expositions d'artisanat. Roberts dressait son stand, arrangeait ses poupées de manière à recréer des scènes de la vie courante et, pour attirer l'attention d'un chaland, en prenait une et disait : « C'est une rousse qui se met facilement en colère », ou bien, « Celle-là n'aime pas les gâteaux secs », et en un rien de temps, il faisait une vente. Plus tard, quelques acheteurs lui envoyaient des lettres pour lui dire comment se portait leur « bébé », ce qui lui donna sa fabuleuse idée.

Roberts décida que ses créations n'étaient pas du tout des poupées mais des « lutins » nés dans un jardin magique. Il attribua un nom et un extrait de naissance à chacun de ses enfants et insista pour que les « futurs parents » prononcent un « serment d'adoption » ainsi formulé : « Je promets solennellement de me conduire en mère, ou en père, indulgent(e), de pourvoir à tous ses besoins, de le (la) manipuler avec soin, de l'aimer tendrement, de lui apprendre tout ce qui lui est nécessaire et de chérir mon rôle de parent adoptif de ce (cette) Patouf unique au monde. »

De nombreux « lutins » de Roberts naissent à l'hôpital de Babyland, une ancienne clinique de Cleveland qu'il a transformée en grand magasin où les vendeurs sont habillés en médecins et en infirmières ; les « futurs parents » peuvent voir un « docteur » en blouse blanche, un stéthoscope au cou et un masque chirurgical sur le nez, ramasser leur « bébé » dans le jardin magique et lui tapoter les fesses. En se rendant vers la salle d'adoption pour y prêter serment (et pour régler la note à la caisse) les « futurs parents » passent devant l'infirmerie, où l'on peut voir les nourrissons au travers d'une baie vitrée, et une salle de classe où les « enfants » apprennent à lire et à compter.

Apparemment le public fut séduit par l'idée bizarre de Roberts car le chiffre de ventes total des Patoufs et de leurs accessoires va bientôt s'élever à 2 milliards de dollars.

L'idéal, pour lancer une affaire qui en singe une autre, c'est d'en trouver une qui vous plaise et de pousser ses propriétaires à vous dire comment ils ont fait (il est probable qu'ils prendront plaisir à vous en parler, surtout s'ils habitent une autre ville où ils ne risquent pas de vous avoir pour concurrent).

L'étape suivante consiste à donner à votre contrefaçon un petit air de nouveauté qui vous rapportera gros. Quelque chose de très simple, par exemple rendre plus facile pour le consommateur l'achat ou l'utilisation courante du produit, idée qui a donné naissance à de prestigieuses industries nouvelles tout en enrichissant la langue anglaise de mots nouveaux comme *fastfood* ou *creditcard.*

Musculature à domicile

A Berverly Hills, Hans Buhringer, a créé un club de culturisme qui vient à domicile. Tous les jours de la semaine, à 6 heures du matin, des camions noirs de cinq mètres de long contenant pour 10 000 dollars de rameurs, stimulateurs électriques des muscles, appareils de *biofeed back* et flacons de vitamines s'arrêtent devant les demeures des acteurs, de leurs agents et des étoiles du rock, qui paient quarante-cinq dollars la demi-heure d'entraînement. Buhringer dit qu'il va franchiser ses clubs culturistes mobiles « Maintenant ou Jamais » et lancer une ligne d'aliments de complément vitamines/minéraux, d'équipements d'entraînement et de vêtements.

Si ajouter un plus à un produit est la première technique utilisée pour transformer des produits familiers en affaires nouvelles, la seconde, c'est le prix... arriver à combler les besoins du consommateur à moindre coût, ce qui, habituellement, équivaut à un service réduit.

Des agents de change comme Charles Schwab & Co, et le Quick & Reilly Groupe, par exemple, peuvent faire payer aux clients une commission beaucoup plus petite lorsqu'ils achètent ou vendent des actions à leur place parce qu'à l'encontre de célèbres courtiers comme Merril Lynch et bien d'autres, ils n'offrent ni conseils ni recherches d'investissement. On estime à 120 le nombre de courtiers pratiquant cette baisse des commissions qui ont surgi depuis 1975, date où le Congrès a donné le feu vert à la liberté des prix et, selon Leslie Quick Jr, ils s'en tirent très bien.

« En 1975, dit-il, le courtage au rabais s'élevait à moins d'un pour cent du trafic des actions, en 1984 à 15 ou 16 pour cent, et en 1984, je l'ai vu atteindre 20 pour cent. Et notez bien que le gâteau du commerce des actions, dont nous ne détenons qu'un morceau, est aussi en train de s'agrandir. En 1983, le volume quotidien des transactions, sur le New York Stock Exchange, a totalisé 85,3 millions d'actions, mais je me dis qu'en 1986, ce chiffre va s'élever à 150 millions. »

L'un des signes du succès de ces courtiers, c'est la manière dont les acheteurs qui veulent placer leurs liquidités se les arrachent. Charles Schwab & Co., le plus gros d'entre eux, a été racheté par la Bank America Corporation pour la somme de 53 milllions de dollars, tandis que la Chase Manhattan Bank s'emparait de Rose & Co., de Chicago.

Des variations sur ce thème apparaissent un peu dans tous les domaines et ce mouvement ne va que s'accélérer car l'économie américaine, harcelée par le déficit, continue à s'affaiblir et les consommateurs deviennent de plus en plus attentifs aux prix. Des soins dentaires à tarif réduit, des motels à formule économique, des soldes de vêtements, des lignes d'aviation à charters, des déménageurs qui n'assurent pas le transport routier, des entrepreneurs de pompes funèbres qui proposent des cercueils en sapin, tout cela illustre ce type d'entreprise basé sur la diminution des services et la réduction des prix.

Le succès du « faites-le vous-même » va de pair avec ce phénomène puisqu'il permet au consommateur d'économiser de l'argent tout en apprenant de précieux savoir-faire qui développent son esprit. L'industrie des kits à monter soi-même prospère parce qu'elle vend aux clients les éléments et les connaissances dont ils ont besoin pour fabriquer eux-mêmes une chaîne stéréo de qualité, un gilet de montagne, des valises, une télé couleurs, un ordinateur personnel et même une automobile en faisant des économies considérables. L'industrie du jardinage fournit, chaque année, pour 13 milliards de dollars d'outils, d'engrais, d'insecticides et de produits similaires aux 34 millions de familles qui cultivent une partie de ce qu'elles mangent.

Et les entreprises qui vous apprennent à améliorer vous-même votre habitat, qui ont multliplié par six leur chiffre d'affaires en passant de 6,4 milliards en 1970 à environ 38,6 milliards en 1984, pensent vendre pour 75,4 milliards de dollars en 1990. Une variation de ce concept de l'amélioration de l'habitat, c'est « construisez vous-même votre maison », qui fournit actuellement des rémunérations juteuses à un groupe d'entrepreneurs futés, parmi lesquels on compte Pat et Patsy Hennin, à Bath, dans le Maine.

Ils vous apprendront à construire votre maison

« Nous avons fait des bénéfices dès le premier jour », disent les Hennin, qui dirigent depuis onze ans le Shelter Institute, où l'on apprend à dessiner les plans de sa maison et à la construire pour une petite partie de ce que demanderaient un architecte et un entrepreneur. La croissance régulière de cet institut, qui emploie maintenant vingt et une personnes et compte chaque année un effectif de 1 500 étudiants, en fait la deuxième entreprise de la ville après Bath Iron Works, qui fabrique des cargos et des navires de guerre.

Les Hennin ont eu l'idée de lancer le Shelter Institute après avoir construit eux-mêmes leur maison solaire pour 5 000 dollars et s'être convaincus, en cours de travail, que les techniques du bâtiment de ces dernières années avaient plus évolué pour faciliter la tâche du constructeur que pour le bien du propriétaire. Aussi ont-ils décidé de considérer l'enseignement de la construction d'une maison comme un processus rationnel. Ils étaient sûrs qu'en fournissant aux gens l'information nécessaire, ces derniers seraient tout à fait capables de dessiner les plans de leur maison et de la construire en fonction du site, du climat, de leur portefeuille, de leur personnalité et même de leurs rêves.

Le jour où j'ai visité le Shelter Institute, quelque 160 nouveaux étudiants étaient réunis au premier étage du vieux temple maçonnique que les Hennin ont transformé en salles de classe et en boutiques qui vendent des livres, du matériel d'architecture et de construction et toute une série d'outils à main et à moteur.

Pat commence les cours, qui dureront trois semaines, par une conférence de quatre heures au cours de laquelle il dit aux étudiants : « Il n'y a rien, dans la construction d'une maison, que l'on ne puisse faire soi-même. On peut en bâtir une en ne dépensant que 10 000 à 25 000 dollars : c'est ce qu'une banque exige comme liquide pour vous accorder un prêt, et quatre ans après, on peut la vendre 100 000 dollars. Rien d'autre ne pourrait vous assurer un bénéfice de cette importance et vous ne sauriez trouver une autre manière, aussi valable, d'occuper votre esprit et vos mains et qui vous procure autant de plaisir. »

Une fois que Pat a terminé sa causerie et que Patsy a passé un film en couleurs de vingt minutes sur l'Institut intitulé *Un endroit où il fait bon vivre*, les étudiants commencent à se lever et à se présenter les uns aux autres. Il y a là un programmeur de San Antonio, une bibliothécaire du Wisconsin, un agent de police de New York, un spécialiste en biologie marine de Floride, une employée du ministère de l'Énergie de Washington, un pilote d'hélicoptère de la Navy, une mère de famille « à la retraite » et un pêcheur de l'Alaska qui vient d'acquérir quarante arpents de terre pour y construire une cabane en rondins.

Demain matin, ces étudiants, qui vont de l'adolescence à la vieillesse, seront lancés dans une ronde trépidante de cours, d'ateliers pratiques, de présentations de diapos, de films, de fêtes, de conversations à bâtons rompus et de visites de maisons construites par des diplômés du Shelter Institute ou en cours de construction.

Pendant les trois semaines qu'ils passent à l'institut, on expose aux étudiants tout ce qui concerne la construction d'une maison, depuis le choix de l'emplacement jusqu'à l'achat de la police d'assurance. Ils apprendront les propriétés du bois et des autres matériaux, et tout sur le revêtement, l'armature, l'isolation, la toiture, la pose de l'électricité, la plomberie, le chauffage et la cheminée. On leur enseignera aussi les douze différentes sortes de fondations, les quinze types de charpente et les nombreuses manières de bâtir une maison afin de consommer ensuite un minimum d'énergie pour le chauffage et l'air conditionné. Dans le Maine, où les hivers, très rudes, commencent tôt et se terminent tard et où les factures de chauffage de certains propriétaires dépassent 5 000 dollars par an, l'économie d'énergie est un problème prioritaire.

Vers la fin des cours, les étudiants du Shelter Institute dessinent les plans et fabriquent le modèle réduit de la maison qu'ils veulent bâtir de retour chez eux. Si des problèmes de construction surgissent après qu'ils ont quitté Bath, ils peuvent appeler Pat, sur une ligne spéciale, tous les matins de 7 heures à 8 heures, et obtenir la solution. S'ils sont toujours dans l'embarras, ils peuvent retourner à l'institut pour un week-end et leurs professeurs (dont beaucoup étaient auparavant des hommes de loi, des économistes, des entrepreneurs du bâtiment, des ingénieurs et des médecins) déchireront leurs plans, démonteront leurs maquettes et les reconstitueront de façon à les rendre opérationnels.

Le produit du Shelter Institute, c'est l'enseignement, affaire extrêmement personnelle aux dires de Pat. « Patsy et moi, nous nous mesurons tout le temps à cela, ici. Nous nous efforçons aussi de faire prendre conscience à nos professeurs que tout ce qu'ils font ici est extrêmement important et cela déteint sur les élèves. Nous obligeons nos enseignants à se recycler et, quatre fois par an, nous nous réunissons tous pendant dix jours d'affilée, juste pour bûcher sur tout ça. Il ne suffit pas d'avoir de bonnes références pour enseigner chez nous, et on ne devient jamais titulaire d'une chaire. Dès qu'un professeur commence à se laisser aller, il est viré. »

Pat et Patsy Hennin croient que construire soi-même sa maison, c'est le futur. « Il paraît que 20 pour cent des maisons neuves de ce pays ont été construites, entièrement ou en partie, par leurs propriétaires », dit Patsy. Cela semble faire partie de cette vogue de l'individualisme et du bricolage qui s'étend, en ce moment, à travers les États-Unis, en ce qui touche la santé, la réparation automobile, les loisirs (des statistiques indiquent qu'un Américain sur dix pratique le *jogging*) et même l'édition. « Nous ressentons les effets de cette mode, dit Pat Hennin, car de plus en plus de gens viennent ici, que les temps soient durs ou pas. On dirait que cela n'entre pas en ligne de compte. »

Le Shelter Institute mise sur cet élan en ouvrant de nouveaux cours, sur la construction traditionnelle par exemple, et en créant de nouvelles affaires. Les Hennin vendent maintenant des bandes vidéo sur le dessin des plans et la construction des maisons ; ils ont conçu un jeu de société intitulé « Construisez-la vous-même » qui mène six joueurs à travers toutes les étapes de ce processus, et ils sont devenus concessionnaires d'une gamme de produits d'énergie solaire et d'économies d'énergie spécifiques à la maison individuelle.

Mais le mouvement stratégique le plus surprenant, c'est l'incursion des Hennin dans l'aviation. Ils sont maintenant le concessionnaire nominal de l'aéroplane Lazaire Ultralight (l'administration fédérale de l'aviation définit un ultraléger comme un monoplace pesant moins de 115 kg dont la vitesse va de 37 à 100 km/h). Les Hennin vendent des *kits* de Lazaire Ultralight à construire soi-même au prix de 5 400 dollars, fournissent un endroit pour le construire et une assistance gratuite durant les 150 à 200 heures nécessaires. Un moniteur diplômé est aussi mis à votre disposition et, après cinq à dix heures de leçons, « Vous serez capable de rivaliser avec les oiseaux », disent les Hennin.

Il y a un nombre infini d'autres stratégies capables de donner une nouvelle jeunesse à de vieux concepts. Key Pharmaceuticals, de Miami, s'est transformée en l'une des entreprises les plus prospères de l'industrie médicale en découvrant de nouvelles manières d'administrer les médicaments. L'un de ses produits sensationnels, c'est une pastille adhésive que l'on colle sur la poitrine du patient et qui transmet des quantités contrôlées d'un médicament donné pendant plusieurs heures. Dans un tout autre domaine, John Margaritis a revalorisé son service de paiement de chèques au porteur, connu sous le nom de California Currency Exchange, en s'équipant d'une armée de camionnettes qui permet aux habitants de la région de Los Angeles de changer en espèces leur chèque hebdomadaire sur le parking même de leur employeur.

Ils ne croyaient pas à la fermeture Éclair

Une idée peut sembler, au premier coup d'œil, être la meilleure possible pour fonder une nouvelle entreprise, mais on ne sait jamais. Il faut tenir compte d'un facteur négatif, la suspicion toujours présente qui plane sur tout produit nouveau et qui faillit enfoncer à jamais l'ingénieuse fermeture à glissière de Talon brevetée en 1883.

Et pourtant, si un produit devait réussir, c'était bien celui-là. Plus de vilains boutons pour gâcher la ligne d'un vêtement, plus besoin de se donner la peine de faire des boutonnières, plus de perte de temps à essayer de faire rentrer une douzaine de boutons dans une douzaine de trous afin d'arpenter dignement la rue. Pourtant, selon les dires des premiers vendeurs, les fermetures à glissière de Talon n'intéressaient personne : « Ça va augmenter le coût de fabrication... », « On aurait des histoires avec ceux qui font les pantalons... », « Les commerçants veulent plus d'argent pour les lancer... », etc.

Talon avait toutes les raisons de se décourager, mais il persista et imposa l'usage de sa fermeture à glissière pour d'autres articles que les vêtements. Cette tactique lui ouvrit largement le marché. On les utilisa bientôt pour les blagues à tabac, les porte-monnaie, les sacs d'aspirateur, les caoutchoucs, etc. Dans les années trente, les ventes marchaient si bien que Talon dut continuer à embaucher des ouvriers pour son usine de Meadville, en Pennsylvanie —, fait que Robert Ripley monta en épingle dans sa bande dessinée « Croyez-le ou non » sous le titre : *La ville qui n'a jamais su qu'il y avait la crise.*

Thomas Edison se heurta à une difficulté encore plus grande lorsqu'il inventa la lumière électrique, qui attira des sommités comme J. P. Morgan, le magnat de Wall Street, l'actrice française Sarah Bernhardt et le président du Mexique dans sa maison du 65 de la Cinquième Avenue à New York, venus voir cette nouvelle forme, magique, d'éclairage.

L'ennui, c'est qu'il n'y avait pas d'infrastructure existante. Pour faire de son invention un succès commercial, il dut concevoir toute une industrie nouvelle. Il lui fallut créer l'équipement capable de produire et de distribuer l'électricité, une société pour l'usiner, une organisation technique pour installer et entretenir cet outillage et, enfin, un réseau de centrales pour fabriquer cette énergie. Cet extraordinaire entrepreneur réalisa tout cela et, vingt ans plus tard, l'électricité était distribuée sur tout le territoire des États-Unis.

La leçon à tirer de la fermeture à glissière de Talon et de la lumière électrique d'Edison, c'est qu'il est bien plus facile de placer votre produit entre les mains du consommateur si le système capable de le fabriquer et de le commercialiser est déjà en place.

Des idées de produits nouveaux et lucratifs peuvent jaillir à propos de n'importe quelle activité humaine comme le démontre le cas de Norman Gardner, qui dirige sa propre société de relations publiques, à Montréal. Il souhaitait découvrir une nouvelle sorte de papier qu'il serait impossible de photocopier. Il envoya sa secrétaire, pourvue de cent dollars, acheter au droguiste du coin de la brillantine, du dissolvant de vernis à ongle et tout ce qu'elle pourrait trouver dans le même genre pour en badigeonner des feuilles de papier.

Rien n'agit jusqu'à ce que Gardner renversât accidentellement du café sur une feuille. Une fois passée dans le photocopieur, elle donna une copie totalement noire. Gardner créa NOCOPI Paper Inc., engagea un chimiste diplômé d'université pour trouver l'ingrédient magique contenu dans le café, signa un contrat avec une firme suisse pour usiner son produit et avec une société qui vend du papier, afin de le lancer sur un marché d'à peu près 400 millions de dollars par an, rien qu'aux États-Unis.

L'un des plus riches terrains de chasse, c'est la grande entreprise elle-même, dont les employés font souvent fortune à partir d'idées que les cadres supérieurs ont laissé passer ou ont rejetées.

Ruth Owades, diplômée de la Harvard Business School, était directeur commercial d'une société de vente par correspondance lorsqu'elle suggéra d'allécher les riches amateurs de jardins avec un nouveau catalogue plein d'outils de qualité supérieure, de mobilier attirant et d'autres produits de luxe. L'étude de marché qu'elle avait faite indiquait que son catalogue devait remporter un gros succès ; aussi lorsque ses patrons ont dit « rien à faire », elle fonda une société appelée Gardeners'Eden ; quatre ans plus tard, elle la vendait un million de dollars.

Souvent il suffit d'ajouter une valeur nouvelle à un produit ou à un service existant déjà. On peut le faire en analysant comment fonctionne réellement le produit ou le service, et en essayant de comprendre quelle valeur on pourrait lui ajouter si les choses étaient faites différemment.

Le Dr Alan Zakon, qui dirige le Boston Consulting Group, illustre bien cette technique avec son assurance à terme. Il croit que ce concept est né lorsque quelqu'un s'aperçut qu'une police d'assurance consiste en deux choses : des économies et une protection ; si l'on enlève la partie économies, il reste un produit nouveau — l'assurance à terme — pour ceux qui voulaient juste acheter une sauvegarde.

C'est un simple procédé de « débottelage » que les entrepreneurs pleins de bon sens utilisent couramment pour ajouter une nouvelle valeur à quelque chose. Jimmy Ling s'en servit, en 1967, lorsqu'il était président de la LTV Corporation, de Dallas, et qu'il acheta la Wilson & Company, une entreprise de conditionnement de la viande qui avait investi dans les articles de sport et les produits pharmaceutiques. Ling s'empressa de « redéployer » les actifs en trois nouvelles sociétés en offrant des placements minoritaires au public qui voulait investir.

Des actions dans une entreprise d'emballage de viande, cela n'excitait pas beaucoup les épargnants, mais ils se jetèrent aussitôt sur celles de la Wilson Sporting Goods, qui exploitait le fructueux marché des loisirs, et sur celle de la Wilson Pharmaceutical & Chemical, qui approvisionnait l'industrie médicale de haut niveau. Ling a montré à Wall Street que les actions de la Wilson avaient plus de valeur séparément qu'ensemble, incitant Roy Edwards, le président de la Wilson, à l'appeler « le Galilée de l'entreprise américaine ».

Le diable et le roi

Le summum, en ce qui concerne l'idée, c'est de se glisser dans un interstice du marché ; c'est de devenir propriétaire d'une île où il y a des clients avides d'acheter et pour ainsi dire pas de concurrents. Des milliers d'entrepreneurs pleins d'imagination ont réalisé ce rêve et des milliers d'autres peuvent faire de même aujourd'hui grâce aux opportunités offertes par les changements technologiques et démographiques, la politique de déréglementation du gouvernement, le commerce mondial et les modes de vie américains. Les seules limites auxquelles vous vous heurterez en creusant cet interstice dans le marché seront celles de votre imagination qui, comme le fit une fois remarquer Albert Einstein, « est plus importante que la connaissance ».

Ce qu'il y a d'admirable dans l'imagination, c'est sa capacité à se frayer un chemin jusqu'au cœur de la question. Cela est agréablement illustré par l'histoire que nous raconte Robert Lacey dans son livre intitulé *The Kingdom : Arabiá and the House of Sand.* Un saint homme très célèbre croyait que les stations radios installées à travers toute l'Arabie Saoudite par le fondateur de ce pays, Abd al-'Aziz ibn Sa'ùd, étaient l'œuvre du diable, qui portait lui-même les programmes au travers des airs. Il insistait pour que l'on fermât les stations sataniques. Le roi était obligé de tenir compte de cette requête, mais il trouva l'argument qui convainquit le saint homme que le diable n'avait rien à faire avec la radio.

« Satan pourrait-il porter la parole de Dieu ? » lui demanda-t-il. « En vérité, ô toi dont la vie sera longue, tu te moques de moi. Car tu sais, et je sais, que Satan ne peut toucher un iota de la parole de Dieu. » Sur quoi, le roi Sa'ùd envoya l'iman de la Grande Mosquée de Riyad lire des versets du Coran. Aussitôt que le saint homme entendit les paroles sacrées grésiller dans les airs, il bénit la radio comme étant un miracle de Dieu lui-même, ainsi que l'ont fait tous les autres hommes saints du royaume.

David Landau, un auteur dramatique new-yorkais de vingt-neuf ans, eut une idée lumineuse le jour où il décida de monter des histoires de meurtre, à 3 000 dollars pièce, pour des clients privés et de grandes entreprises comme

General Foods et Seagram's. Des acteurs se mêlent aux invités de votre soirée, et il y a parmi eux un « meurtrier » et une « victime ». Vous êtes le seul à savoir qui est le coupable jusqu'à ce que « l'inspecteur de police » arrive pour cuisiner tout le monde et le démasquer.

C'est la technologie qui produit le plus d'interstices, bien que, comme en attesteront Hertz, MCL, Federal Express et quelques autres, il ne se passe guère longtemps avant que les concurrents ne s'y précipitent, transformant souvent un interstice en un gros marché nouveau dont tout le monde tire bénéfice, y compris la société qui s'y est installée la première. On a dit que ce qui pouvait arriver de mieux à Hertz, c'était Avis, dont la publicité l'aida à vendre à des millions de personnes l'idée, nouvelle, de louer une automobile.

De très gros revenus vous attendent si vous avez assez d'imagination pour localiser un mini-interstice dans un maxi-interstice en pleine expansion.

Les Katz trouvent un interstice

Harriette Rose et son mari, le Dr Martin Katz, cardiologue, ont découvert, dans la gigantesque industrie alimentaire américaine, un mini-interstice qu'ils ont transformé en une merveilleuse petite entreprise.

L'un des maxi-interstices de l'industrie alimentaire qui se développe le plus aujourd'hui, c'est le métier de traiteur ; environ 3 300 firmes rivalisent pour un marché qui rapporte environ un milliard de dollars par an. Les Katz ont pensé que les gens pleins aux as qui avaient envie de se payer un traiteur pour leur réception n'avaient pas le temps, ou les capacités, de choisir le meilleur, aussi ont-ils créé le New York's Gourmet Advisory qui le fait pour eux.

Pour une commission de 15 pour cent, il se chargent du menu, du décor et même de l'ambiance (lumières tamisées, cendriers aux bons endroits) pour, par exemple, le buffet de Noël d'un promoteur immobilier, qui se tient au très chic Helmsley Palace Hotel. Mrs Katz, éblouissante dans une robe de lamé or, préside en veillant à ce que les trois mille gâteaux individuels et fruits glacés — dont quatre cents truffes au chocolat et des crêpes marocaines préparées devant les invités — soient distribués sans incident.

Une fois que vous avez colonisé un interstice rentable, vous pouvez faire encore plus d'argent en le développant.

Todd Axelrod s'est créé le sien en vendant des documents historiques joliment encadrés à des clients qui n'auraient même pas pensé à acquérir une lettre signée George Washington, ou un exemplaire du Treizième Amendement de la constitution des États-Unis signé par le président Lincoln et le Congrès. Axelrod a inauguré sa première galerie du Musée américain de documents historiques dans une luxueuse allée commerçante de Las Vegas, en 1982 ; depuis, il en a ouvert une autre à Dallas et il compte bien faire la même chose dans huit ou dix autres villes du pays au cours des quatre prochaines années.

David Landau a, lui, étendu son interstice en mettant en scène de faux homicides pour des clubs de vacances et des croisières de luxe ; il a coproduit un film policier et créé un jeu de société pour Ideal/CBS Toys, Inc.

On court des risques à chercher ainsi son interstice dans le monde des affaires ; soit ça ne marche pas, soit on peut s'embourber trop longtemps dans un interstice stérile. C'est ce qui est arrivé à la Fierst Women's Bank, fondée en 1975, qui, en plus de graves problèmes de direction, n'a pas réussi à tenir rien qu'avec des clientes. En 1984, cette banque a engagé comme PDG Jill M.Considine, après avoir été sans direction pendant sept mois. Cette femme, qui géra le portefeuille de 20 milliards de dollars d'avances de fonds de la Bankers Trust, pense avoir aidé ce minuscule établissement, qui ne compte que trente employées et 40 millions d'actifs, à trouver son interstice, avant de donner sa démission pour devenir chef du département des banques de l'état de New York.

« L'interstice que vous avons découvert — ou plutôt qui, à mon grand dam, nous a découvertes — ce sont les propriétaires de petites et moyennes entreprises, dit-elle. New York est remplie de PME, même si tout le monde n'y voit que des sociétés gigantesques. En ce qui concerne la banque, cette ville est littéralement bourrée d'énormes établissements financiers qui ne peuvent faire un prêt inférieur à un million de dollars. De plus, une grande entreprise sait probablement plusieurs années à l'avance en quoi vont consister ses besoins financiers et les grosses banques, comme Chase ou Bankers Trust, savent également à l'avance jusqu'où elles peuvent s'engager. Mais les petites sociétés, de plus en plus nombreuses à être dirigées par des femmes, sont beaucoup plus souples. Elles réagissent aux moindres opportunités. Et lorsqu'elles se présentent dans de grands établissements, elles n'aiment pas être prises en charge par le plus jeune des cadres. Elles veulent discuter avec le directeur du service des prêts, et, cela, la Trust Women's Bank peut le leur offrir. Cette banque a poussé encore plus loin dans cette voie, ajoute-t-elle, et cherché un interstice dans l'interstice. Ce qu'elle vise, maintenant, c'est la clientèle des petites industries de services. »

Ne vous inquiétez pas si vous ne découvrez pas d'idée géniale. Il y a d'autres manières d'aborder ce problème, et l'une des meilleures consiste simplement à demander aux gens s'ils n'ont pas besoin de quelque chose qui n'est pas encore sur le marché.

Terry Tanner a fait cela, il y a plus de vingt ans, quand il était un médecin de trente-six ans ; il souhaitait créer sa propre affaire mais ne savait pas quoi faire. Aussi réunit-il des amis médecins et dentistes pour une séance de réflexion intensive. L'un des dentistes dit qu'il était constamment à court de pile pour la lampe qui lui servait à voir dans la bouche de ses patients. « Pourquoi ne pas fabriquer une lampe que je pourrais jeter lorsque ses piles seraient usées ? »

Cette idée plut tellement à Tanner qu'il demanda à son unique employé de l'époque — un ingénieur qu'il avait enlevé à Honeywell — de dessiner les plans d'une lampe jetable qui, très vite, fut adoptée, non seulement par les dentistes et les médecins de tout le pays, mais encore par de grosses sociétés comme Xerox et IBM. Cette idée a, depuis, été exploitée par d'autres, qui ont transformé la société de Tanner en un conglomérat d'appareils médicaux qui a fait un chiffre d'affaires de 21 millions de dollars en 1984. Le nom que Tanner a donné à sa société ? Concept, Inc.

Deux ex-employés d'IBM, Timothy P. Ahlstrom et F. Morgan Lamarche, ont décidé, en 1978, de lancer une nouvelle société d'ordinateurs, bien qu'ils n'eussent pas la moindre idée de ce qu'ils allaient faire. Ils invitèrent quelques directeurs d'informatique pour une longue réunion au cours de laquelle ils exposèrent leurs griefs, espérant ainsi tomber sur une idée à laquelle personne n'aurait pensé, dans un domaine où pullulent les intelligences les plus brillantes qui soient.

Tous se plaignirent de la difficulté qu'ils avaient à anticiper et à rectifier les problèmes du système de communication des données. Aussi Ahlstrom et Lamarche s'attelèrent-ils à la conception d'un écran qui montrerait aux opérateurs les parties de leur système qui ont tendance à flancher et qui ont besoin de corrections. « Le problème préexistait, dit Lamarche. Nous avons créé le produit pour répondre à la demande. » Les partenaires appelèrent leur société Avant-Garde Computing, Inc. et, en 1984, ils déclarèrent un chiffre d'affaires de 15,4 millions de dollars (il n'avait été que de 1,5 million en 1981). Entre parenthèses, Ahlstrom et Lamarche cherchent toujours. Une fois par an, ils invitent leurs clients, leur proposent de nouveaux produits et jouent encore à découvrir des concepts.

Des idées déjà sur le marché

Toute entreprise est basée sur une idée, mais vous n'êtes pas nécessairement obligé d'en trouver une vous-même.

Parfois, l'idée qui permettra de fonder une nouvelle industrie d'un milliard de dollars se présentera toute seule sous les apparences d'une chose que les gens font en douce (et les entrepreneurs ne pigent ce qui se passe que des mois ou des années après). C'est ce qui s'est passé récemment avec le moto-cross, course à laquelle s'adonnent de jeunes garçons, préscolaires aussi bien qu'étudiants, à califourchon sur des BMX, petites motocyclettes légères réduites à leur plus simple expression, dans des chemins de terre pleins de bosses et de tournants. Ce sport a démarré sans qu'on en parle, en Californie, il y a plus de dix ans, lorsque les enfants se sont mis à hanter furtivement des terrains déserts pour y jouer aux casse-cous.

Aujourd'hui, si l'on en croit la Bicycle Manufacturers Association of America, 40 pour cent de toutes les motocyclettes vendues aux États-Unis sont des BMX, dont le chiffre de ventes, en 1984, a dépassé les 3 millions, chaque machine coûtant de 65 à 100 dollars pièce. Ajoutez à cette petite fortune ce que les familles des jeunes passionnés de moto-cross dépensent en combinaisons de nylon (90 $), casques en fibre de verre (75 $), chaussures spéciales (30 $) et lunettes protectrices (20 $), sans parler du droit d'accès à quelque six cents sentiers BMX ou de l'abonnement aux revues de luxe qui ont surgi du jour au lendemain... et vous aurez une industrie nouvelle à dix chiffres, ce qui veut dire qu'il y a quelques manitous de la BMX qui valent 7 chiffres.

Si les consommateurs ne vous fournissent pas une idée gratuite, vous pouvez toujours en louer ou en acheter une.

Vous pouvez louer une idée en payant, à une société américaine prospère, le droit de vendre — ou, fréquemment, de fabriquer — son produit ; vous pouvez aussi importer et distribuer des produits étrangers, par exemple du whisky irlandais. On peut acheter une idée en se rendant acquéreur de la société qui la possède, comme le fit Asa Chandler, en 1899, lorsqu'il paya 2 300 dollars ce qui allait plus tard devenir la Coca-Cola Company, dont le chiffre de vente, en 1984, atteignit 7 milliards de dollars.

Hertz, Baskin-Robbins, MacDonald's et Holiday Inn représentent quelques unes des idées légendaires que l'on peut louer, parmi des centaines d'autres, qui vont des cartes de vœux aux boutiques d'ordinateurs. Ces sociétés délivrent leur concept par un accord de franchise dans lequel elles promettent de fournir leur produit ou les moyens de le fabriquer, une formation, de la publicité à l'échelle nationale, etc., tout ce qu'il faut pour changer leur idée en entreprises prospères. Vous vous engagez à payer à la société un droit de franchise forfaitaire qui va, approximativement, de 1 000 à 500 000 dollars ; en plus, c'est vous qui fournissez le capital de départ de votre entreprise, plus une certaine expérience des affaires et de longues heures d'un travail éreintant, qui vous permettront de tirer de l'argent de votre franchise.

« Lorsque vous achetez une franchise, vous démarrez à zéro, dit Andrew Kostecka, le plus grand expert en ce domaine du ministère du Commerce, et vous devez trimer pour faire prospérer votre entreprise. Il vous faut tout faire vous-même : nettoyer les locaux, changer les ampoules électriques, tenir la comptabilité, embaucher le personnel et le former... tout. Dans une affaire de franchise ordinaire, vous ne gagnerez rien la première année. Vous pourrez même faire faillite. Et puis après, vous commencerez à faire de l'argent. Depuis les années cinquante, la franchise a créé plus de nouveaux millionnaires que n'importe quoi d'autre. »

Le mot « franchise » vient du mot « franc », qui veut dire « libre de servitude ». Près de deux mille sociétés, dont beaucoup sont des marques très connues, distribuent leurs produits, leurs services ou leurs méthodes par franchise, et si l'on en croit le ministère du Commerce, ces sociétés vont faire, en 1985, un chiffre d'affaires global de 529 milliards de dollars, alors qu'en 1969, il n'était que de 112,8 milliards. Aujourd'hui, la franchise représente à peu près 33 pour cent de tout le commerce de détail et le ministère prévoit qu'en l'an 2 000, sa part s'élèvera à 50 pour cent.

On sait bien que certaines sociétés qui pratiquent la franchise — comme Duraclean International, à Deerfield, dans l'Illinois, qui enseigne sous franchise comment monter sa propre entreprise de nettoyage de moquettes et de meubles capitonnés — se servent, dans leurs publicités, de la peur qu'elles suscitent dans le public. « Avant que le chômage ne s'étende à cause des fusions, de l'automatisation et de la mécanisation, lance une annonce de la Duraclean, vous devriez, au moins, vous renseigner sur les moyens employés par tous ceux qui sont devenus propriétaires d'entreprises prospères — en commençant pendant leurs moments de loisir — et qui ne dépendent plus des patrons, des grèves, des licenciements et de l'automatisation. »

Si vous voulez savoir combien les plus prestigieux franchiseurs vous feront payer leur idée et ce à quoi vous pouvez vous attendre en retour, nous prendrons pour exemple Burger King. Selon ses propres dires, « Burger King Corporation exige des demandeurs de franchise un minimum d'investissement financier d'une valeur nette de 200 000 dollars, dont 130 000 en liquide. Nous faisons payer un droit de franchise initial de 40 000 dollars, une redevance de 3,5 pour cent sur les ventes brutes et 4 pour cent pour la publicité. Si le terrain et le bâtiment du restaurant sont la propriété de Burger King, le loyer consistera en un versement mensuel minimal, ou au choix, correspondra à 8,5 pour cent des ventes brutes annuelles. Burger King ne tient pas seulement compte de la solidité financière du demandeur pour évaluer sa qualification. Nous exigeons, entre autres, une aptitude à la gestion, des compétences personnelles, des qualités de chef et l'engagement de faire marcher l'affaire selon les termes de l'accord. Si un postulant est accepté — c'est le cas pour dix pour cent seulement des milliers de candidats qui se présentent chaque année —, nous exigeons de lui une formation de six semaines en tout, qui se déroule dans un restaurant Burger King, dans un centre régional de formation et à l'université Burger King, à Miami. Alors, le franchisé sera prêt à se joindre à notre chaîne de quatre mille restaurants, dont le chiffre d'affaires moyen dépasse 940 000 dollars ».

Comme la franchise a longtemps été gâchée par des charlatans et des escrocs, il vaut mieux contrôler très sérieusement toute offre de franchise. Une récente réglementation fédérale oblige les franchiseurs à révéler leur état financier à tout franchisé potentiel.

Ce qui force les franchiseurs à fournir des informations sur les aspects critiques de l'affaire qu'ils essaient de vendre. Parmi ces données, on compte l'expérience professionnelle du franchiseur, ses précédentes faillites s'il y en a, un programme de formation, une aide pour choisir le site d'implantation, une protection territoriale, une documentation justifiant toutes les demandes financières, plus le pourcentage des franchises ayant vraiment atteint les résultats demandés et une liste des noms et des adresses de tous les autres franchisés.

« Si vous devez dépenser 100 000 dollars pour une franchise, vous feriez mieux de faire une enquête avant d'investir une telle somme, dit Kostecka. Lisez attentivement le contrat, même s'il est long et détaillé. Attachez une importance particulière aux exigences financières de la société ainsi qu'à l'expérience de ses administrateurs, obtenez la liste, aussi complète que possible, de ses franchisés et prenez contact avec ceux qui sont satisfaits et avec ceux qui ne le sont pas. »

Entreprises lucratives à vendre

Toute entreprise prospère est une machine à faire de l'argent, mais en acheter une au comptant, c'est bien plus risqué que de prendre une franchise, à moins que vous n'ayez déjà acquis de l'expérience dans ce genre d'affaire ou que vous puissiez demander au propriétaire d'assumer le rôle d'un franchiseur et qu'il reste à vous tenir la main jusqu'à ce que vous sachiez vous y prendre.

Les journaux fourmillent souvent d'annonces d'affaires à vendre : des bars, des instituts de beauté, des restaurants, des stations-service, des laveries automatiques, des hôtels, des imprimeries, des scieries et même des terrains de golf. L'édition dominicale du *New York Times* contient des centaines d'annonces, depuis « Petit salon de coiffure centre ville, 45 000 $ nets par an, 30 000 $ au comptant », jusqu'à « Restaurant italien, 10 000 $ de chiffre d'affaires hebdomadaire. Prix 140 000 $, 45 000 $ au comptant ». Les pages spécialisées de *Inc.* et d'autres revues orientées sur l'esprit d'entreprise contiennent aussi des annonces pour les courtiers qui ont des affaires à écouler, telles que celle-ci : « Vente directe : 13 000 affaires d'une côte à l'autre, sans commission de courtage, réponse à toute demande de renseignements. »

Ron Hoglund, président des Sherwood's Commercial Brokers de Saint Petersburg, en Floride, — la firme la plus ancienne et la plus importante de cet état — dit : « Nous avons des entreprises à vendre à partir de 5 000 $, et plus vous avez d'argent comptant à mettre, plus vous obtiendrez du vendeur un prix intéressant. En règle générale, il sera d'accord pour rester un mois afin de vous mettre au courant gratuitement ; mais après cela, il voudra être rémunéré financièrement ou rétribué d'une autre manière.

« Si vous voulez acheter une petite affaire, poursuit-il, « soyez prêt à travailler dur. Si vous avez l'intention de ne pas vous en faire, ou même simplement de travailler huit heures par jour cinq jours par semaine, je vous recommande de laisser tomber votre projet. Il faut aussi avoir plus d'argent que la somme que vous avez l'intention d'investir... c'est-à-dire une espèce de réserve pour les mauvais jours, ou pour vous développer. Il est aussi nécessaire d'avoir de bonnes relations avec une banque. La plupart des banquiers sont plutôt pondérés mais quelques-uns sont très agressifs et intéressés par l'homme d'affaires. Aussitôt que vous avez votre entreprise, formez un parent, un ami, ou un membre de votre personnel dans lequel vous avez confiance et qui pourra vous remplacer en cas de maladie ou de contre-temps.

Il est intéressant de noter, en passant, les différentes sortes d'affaires que les plus grosses sociétés américaines achètent en ce moment afin d'essayer de se positionner pour l'avenir. Voici deux exemples : la General Motors et R. J. Reynolds.

La General Motors achète des sociétés spécialisées dans des technologies de pointe, comme la robotique, l'intelligence artificielle, l'informatique, sans parler d'un investissement — pour la GM — dans une toute petite entreprise de contrôle de qualité appelée Philip Crosby Associates, dirigée par un homme dont nous parlerons plus loin.

R. J. Reynolds, lui, a acquis Kentucky Fried Chicken, qui est l'antithèse d'une technique de pointe, mais qui a néanmoins permis à Reynolds de profiter non pas d'une mais de trois tendances à la fois. Et si vous pouvez vous glisser dans son sillage, allez-y.

Voici de quelles tendances Reynolds a su tirer parti :

1) l'accroissement du nombre de femmes qui cessent de s'occuper de la maison (donc de la cuisine) et entrent

dans la masse des salariées ; 2) l'augmentation des repas pris en ville qui en résulte et 3) le fait que les Américains préfèrent le poulet au bœuf.

En achetant Kentucky Fried Chicken, avec ses six mille boutiques, Reynolds s'est attribué une prédominance incontestable sur les 4,4 milliards de dollars du marché du poulet de *fast-food* qui s'accroît de plus de 20 pour cent par an en ce moment et a plus d'opportunités en lui que le marché de 19 milliards de dollars des hamburgers, qui est saturé à 70 pour cent et violemment compétitif.

Cela peut expliquer pourquoi Reynolds garde la « recette secrète » du poulet frit du colonel Sanders, « bon à s'en lécher les doigts » — qu'il a commencé à vendre en 1939 dans sa station-service de Corbin, dans le Kentucky — derrière onze serrures, dans une cave à l'épreuve du feu et des bombes, au quartier général de sa société, à Louisville.

Quand on a une très grande idée, on veille dessus. Quand on en a une qui va conquérir le marché futur à la faveur d'une mode, on la traite comme les bijoux de la famille.

3 Sonder les mystères du futur

« Nous vivons des temps agités. D'énormes changements économiques et sociaux se profilent et ceux qui ont de la répugnance à prendre des risques s'exposent au désastre. »

Thomas M. Loarie
président
Novacor Medical Corporation

Les êtres humains ont toujours désiré connaître l'avenir. Nous avons jeté les dés, examiné les entrailles des animaux, battu les cartes, regardé dans les boules de cristal et prié pour obtenir une révélation divine, tout cela afin de nous préparer à ce qui allait arriver.

Nous n'aurions rien à craindre du futur si nous pouvions nous y préparer en nous basant sur ce qui s'est passé hier. Mais c'est impossible parce que, à l'inverse de nos grands-parents, nous vivons dans un monde que nous avons fait et que nous refaisons avec beaucoup d'âpreté. Il en résulte que l'économie actuelle des États-Unis est jonchée des os des entrepreneurs qui ont échoué parce qu'ils n'ont pas su prévoir le futur en mutation kaléidoscopique de l'Amérique. Les victimes vont des promoteurs immobiliers en faillite contrés par le déchaînement des taux d'intérêt aux propriétaires de stations-service sans clients matraqués par la hausse des prix de l'OPEP, l'effondrement des chiffres de vente de l'essence et les self-services qui pratiquent des prix au rabais.

Être dans les affaires, en ces dernières années du XXe siècle, c'est être englouti par des changements, par des événements à la fois imprévisibles et mal connus, de la montée d'un parti écologiste politiquement puissant (et plus récemment de chrétiens évangéliques) aux sauts brutaux des prix de l'énergie, à la venue de l'âge de l'informatique et au glissement fructueux de l'économie de l'administrateur à l'économie de l'entrepreneur.

La fin de ce siècle sera sans doute témoin d'autres ruptures avec le passé : nous verrons probablement les débuts de la technologie de l'antigravité, de graves changements climatiques qui vont menacer le centre agricole des États-Unis, le terrorisme nucléaire, et peut-être même la brusque émergence d'un irrésistible mouvement d'opinion mondial pour le désarmement et la paix.

Il en résulte que si vous voulez réduire le risque de laisser passer ces changements sans les voir, vous devez garder votre antenne dressée, examiner soigneusement les forces qui remodèlent le futur de l'Amérique avant de créer une nouvelle affaire et, une fois que vous serez en route, sonder continuellement l'avenir pour y découvrir les signes des tendances nouvelles.

« Dans notre environnement actuel de changements sociaux et technologiques rapides, dit Richard S. Hickok, président de séance de la commission des problèmes futurs de l'American Institute of CPA (Critical Path Analysis), la manière traditionnelle de réagir aux développements sur une base *ad hoc* n'est plus efficace. Ce qu'il faut, c'est un système pratique bien organisé, qui permette d'anticiper les menaces et les opportunités et de décider de la conduite à tenir. »

C'est par manque d'un système de ce type que Levi Strauss ne s'est pas aperçu du danger que représentait pour lui le vieillissement de la génération du *baby boom*, dont l'engouement pour le blue-jean s'était refroidi. D'autre part, le soudain afflux de femmes sur le marché du travail a créé une opportunité sans précédent pour des entrepreneurs comme Lilian Vernon Katz, qui sut reconnaître le besoin qu'avaient ces femmes affairées d'effectuer la plupart de leurs achats chez elles. L'affaire de vente directe qu'elle avait créée en 1951, à l'âge de vingt-trois ans, en passant, dans la revue *Seventeen,* une publicité de 495 $ qui offrait une ceinture et un carnet à son monogramme, s'est développée en une société de vente sur catalogue qui lui rapporte 100 millions de dollars par an.

Sonder le lendemain

Parmi les meilleures façons de scruter le futur mystérieux pour y déceler les tendances qui pourraient favoriser ou menacer votre entreprise, on peut citer :

Lisez davantage. C'est en dépouillant attentivement deux millions d'articles de journaux pendant douze ans que John Naisbitt découvrit « Les dix nouvelles orientations qui sont en train de transformer notre vie » décrites dans *Megatrends.* Sonder des publications d'un intérêt spécial peut aussi éveiller votre attention sur certaines tendances plusieurs mois avant qu'elles n'apparaissent dans la presse ordinaire. L'engouement pour les vitamines, par exemple, ne surprit guère les lecteurs, même éventuels, de la revue *Prévention.*

Parlez à des étrangers. Il y a des gens qui voient les choses d'une manière très différente de la vôtre. Une heure de conversation avec une mère de famille économiquement faible, un mordu d'ordinateur, un handicapé, ou quelqu'un d'une autre génération que vous, cela peut élargir votre point de vue sur le monde. Les fabricants de machines à sous ont payé cher leur étroitesse d'esprit lorsqu'en 1972, ils ont rejeté l'offre de Nolan Bushnell, promoteur des jeux vidéos, qui les invitait à profiter de cette nouvelle attraction, la plus lucrative que leur industrie ait jamais connue. Pour quelle raison ? Parce que les hommes des machines à sous vivaient dans l'ère mourante de l'électromécanique et n'avaient jamais rencontré quelqu'un comme Bushnell qui personnifiait l'âge de l'électronique qui déferlait sur eux.

Pensez aux conséquences indirectes ou lointaines des événements. Comme Garrett Hardin, maître de conférences d'écologie humaine à l'université de Californie, nous le rappelle, « Il est impossible de ne faire qu'une seule chose ». Henry Ford ne savait pas que son « quadricycle » transformerait l'Amérique en une culture de l'automobile où les gens pourraient manger, faire leurs achats, effectuer des opérations bancaires, prier, procréer et rendre visite à leurs morts sans sortir de leur véhicule.

Il n'y a probablement pas de meilleure manière de commencer à établir la base de données dont vous aurez besoin pour scruter le futur que de vous brancher sur les trois tendances fondamentales qui sont en train de remodeler l'Amérique et qu'aucun entrepreneur ne peut se permettre d'ignorer :

— l'économie mouvementée des États-Unis,

— le vieillissement du consommateur américain,

— le raz-de-marée technologique qui nous entraîne tous de l'âge de l'industrie à l'âge de l'information.

Dans un exposé qu'il fit pour l'Executives' Club de Chicago, John B. Fery, P.-D.G. de la Boise Cascade Corporation (3,8 milliards de dollars), esquissa une peinture troublante de l'avenir économique des États-Unis dans les années à venir. « Nous sommes dans l'âge de l'incertitude. Nous savons que l'économie évolue mais nous ne savons pas vers quoi. Nous pouvons entrer dans une longue période de désinflation, caractérisée par une croissance ralentie et d'énormes pressions sur les taux d'intérêt. C'est probable aux yeux de la plupart d'entre nous. Mais cette même pression exercée sur les taux d'intérêt peut aboutir à une vague d'inflation ou à une récession, ou aux deux. Ce sont toutes d'effroyables perspectives. Il peut aussi s'agir d'une interminable transition économique dont nous ne pouvons pas définir la nature. C'est peut-être le scénario le plus épouvantable de tous. »

Si nous ne pouvons faire que des conjectures sur la gravité exacte de l'avenir économique de notre nation, le vieillissement du consommateur américain est une évidence démographique.

Les personnes âgées et la génération du baby-boom

Selon la dernière étude détaillée du National Center for Health Statistics, les Américains nés en 1982 auront une espérance de vie de 74,6 ans. Les pronostics du Census Bureau, en 1984, indiquent que, vers 2050, les Américains de plus de 65 ans seront plus nombreux que ceux de moins de 18 et que, vers 2080, les personnes âgées constitueront plus du quart de la population des Etats-Unis. « Autrefois, pour beaucoup d'Américains, la vie se terminait à la cinquantaine. Bientôt l'âge mûr commencera à cinquante ans », prédit la National Medical Entreprises (2 milliards de dollars) qui s'est donné pour but de « prolonger et d'améliorer l'espérance de vie de l'homme ».

Le marché des consommateurs âgés est déjà un rêve d'entrepreneur, selon Fabian Linden, directeur du Consumer Research Center de New York, un institut de recherche subventionné par des entreprises.

« Lorsque vous entrez dans le troisième âge, dit-il, il se passe trois choses très remarquables. Premièrement, vous avez des revenus plus élevés que lorsque vous étiez jeune. Deuxièmement, vous disposez de plus d'argent par personne puisque la famille s'est réduite au fur et à mesure que les jeunes partaient. Et troisièmement, il y a beaucoup plus de personnes très âgées que de très jeunes. En plus, bien sûr, il y a le fait que si vous aviez la trentaine, vous vous tracasseriez pour envoyer les enfants au collège, pour acheter des appareils ménagers ou des vêtements pour vous-mêmes, et ainsi de suite. Quand vous avez un certain âge, tout cela est déjà là. Vous avez probablement fini de payer tous les biens durables et de régler les prêts pour votre maison... Il vaut donc mieux parier sur les personnes âgées. »

Linden s'appuie, pour dire cela, sur les chiffres d'une étude menée conjointement par le Conference Board et le Census Bureau, intitulée *A Marketer's Guide to Discretionary Income*. « Les foyers dont le chef de famille a entre 30 et 34 ans, dit Linden, ont un revenu moyen, impôts déduits, de 16 959 $, alors que pour ceux de 50 à 55 ans, il est de 20 423 $ et, pour ceux de 55 à 60 ans, de 19 123 $. Ce qui est vraiment incroyable, c'est que les personnes de 65 ans et plus ont un revenu par tête, impôts déduits, plus élevé que tous les groupes d'âge inférieur à cinquante ans. »

Le plus fascinant, dans cette « Amérique grisonnante », c'est que la génération du *baby-boom*, dont on a tant parlé, approche de la maturité. De plus en plus d'Américains, nés entre 1946 et 1964 — un tiers de la population actuelle —, entrent dans la tranche d'âge des trente à quarante et forment une immense armée de consommateurs instruits et pleins aux as. Comme cette légion a traversé les années d'après-guerre, elle a généré une demande énorme, mouvante, avide, pour toutes sortes de choses, depuis les tétines jusqu'aux préservatifs, et ceux qui ont vu venir cette génération en ont bien profité.

D'ici peu, les *baby-boomers* vont se joindre aux 36 millions d'Américains qui portent déjà des lunettes, chiffre qui, estime-t-on, va s'élever à 59 millions en l'an 2000. Et dans pas bien longtemps, certains d'entre eux achèteront peut-être un audiophone.

Jeff Dahlberg, président d'une entreprise du Minnesota qui fabrique des appareils acoustiques et franchise les Miracle Ear Centers qui les distribuent, estime que 17 millions d'Américains ont besoin de ces minuscules appareils à piles que l'on peut faire sur mesure pour un prix d'environ 1 000 dollars.

La génération du *baby-boom,* en s'avançant vers l'âge d'or de la retraite — ils y seront tous vers 2030, lorsque les derniers d'entre eux auront atteint 65 ans — forcera certaines sociétés à changer de stratégie alors que d'autres, mieux positionnées, n'auront qu'à en profiter. Par exemple, les parcs, notre leitmotiv national, exploitent déjà les plaisirs de l'âge mûr, la bonne nourriture, les marchandises attirantes, les spectacles réputés, tout autant que les vertigineuses montagnes russes.

Patricia Moore, qui dirige son propre bureau d'études et de dessin, s'est donné la peine d'enquêter sur le marché que représentent les personnes âgées et, à vingt-six ans, elle s'est transformée en nonagénaire en utilisant une solution un peu saline pour brouiller sa vue, des boules pour diminuer son acuité auditive, des bandages élastiques pour raidir ses articulations et un maquillage d'artiste pour se faire des rides et des cheveux blancs.

Durant quelques années, Patricia Moore, déguisée en vieille dame américaine, courut les magasins, rendit visite aux organismes officiels d'aide aux personnes âgées et parla avec les plus vieux citoyens de 116 villes. Elle fut agressée par un gang de gamins à New York, ignorée par des cadres BCBG qui assistaient à une conférence de gérontologie dans l'Ohio et presque lapidée par des enfants en Floride.

Elle se servit ensuite de ce qu'elle avait appris pour conseiller ses clients — tels American Express ou IBM — désireux d'attirer les consommateurs âgés. Elle leur suggéra, entre autres, d'utiliser de gros caractères sur l'emballage de leurs produits et dans leurs brochures, de mettre du Velcro à leurs vêtements au lieu de boutons et d'agrafes difficiles à manipuler, de fabriquer des boîtes faciles à ouvrir, de fournir des tasses à deux anses aux personnes souffrant de la maladie de Parkinson, et de toujours veiller à ce qu'il y ait des sièges disponibles pour les clients très âgés obligés d'attendre quelque chose dans une boutique. « Si vous êtes sensible aux besoins des clients âgés, dit-elle, c'est chez vous qu'ils viendront. »

La quatrième révolution industrielle

Les possibilités de gagner de l'argent inhérentes au vieillissement de la population américaine sont facilement prévisibles. Mais il a toujours été aléatoire de prédire l'avenir des sciences et des techniques, et c'est encore plus dangereux aujourd'hui que nous entrons dans ce que le Dr George Kozmetsky, cofondateur de Teledyne, Inc. (3,5 milliards de dollars) et directeur de l'Institute for Constructive Capitalism, de l'université du Texas, appelle la quatrième révolution industrielle.

Il croit que les États-Unis et les autres nations industrialisées ont atteint l'état actuel de bien-être économique en passant par trois niveaux de technologie, de plus en plus complexes, basés successivement : 1) sur le tissage industriel, la fabrication du fer à partir du charbon et la machine à vapeur de Watt ; 2) sur les chemins de fer et les aciéries et 3) sur l'électricité, les produits chimiques et le moteur à explosion.

Maintenant, dit Kozmetsky, nous arrivons au seuil de la quatrième révolution industrielle, basée sur la micro-informatique, la biotechnologie, les lasers, la robotique et l'intelligence artificielle, les matériaux synthétiques, la technologie des déchets et les communications.

« Dans les prochaines décennies, dit-il, ces innovations et quelques autres amèneront l'ouverture de marchés pour les matériaux de pointe, le design à application particulière, la photosynthèse, la technologie des basses températures, l'instrumentation industrielle et scientifique, les robots et la production automatisée continue et discontinue. Toutes ces technologies de la quatrième révolution industrielle susciteront des investissements à long terme pour de nouvelles usines et de nouveaux équipements, une productivité accrue et, pour les États-Unis, une situation commerciale internationale plus forte. »

Voici quatre manières, pour le petit entrepreneur, de tirer parti de la technologie de pointe révolutionnaire qui est en train de jaillir des laboratoires de recherches et de production du monde entier.

L'utilisation des outils de la technologie de pointe pour faire monter en flèche le rendement et les bénéfices. Aux calculatrices de poche, aux photocopieuses, aux répondeurs téléphoniques et autres appareils que nous considérons comme faisant partie du décor viennent constamment s'ajouter des auxiliaires électroniques de pointe dont l'ordinateur est le plus important. « Le Wine and Cheese Center de San Francisco, qui fait plus d'un million de dollars de chiffre d'affaires par an à vendre quelque 200 variétés de fromages, 400 vins différents et des douzaines de biscuits salés ou sucrés ne pourrait fonctionner sans son ordinateur », nous a dit son gérant Roger Moore. Cet auxiliaire électronique lui permet de

— rester au courant de ce qui se vend et de ce qui reste sur les rayons ;

— mettre les prix à jour immédiatement pour les centaines d'articles disponibles sur les rayons du magasin ; (Les quinze employés à plein temps et les cinq à temps partiel n'arrivaient pas à le faire avant que l'ordinateur soit installé, ce qui amena la direction à penser que leurs marges bénéficiaires trop maigres étaient dues au vol alors qu'elles étaient dues à une tarification dépassée.)

— automatiser les comptes des fournisseurs, le grand livre et le fichier d'adresses des clients, qui peuvent maintenant être classés par leur nom, leur code postal ou tout autre mode choisi ;

— laisser les clients choisir le vin qui ira le mieux avec leur menu en se servant du terminal d'ordinateur installé tout à côté du présentoir des vins.

Servir les besoins des sociétés de technologie de pointe. Les superstars américaines de la technologie de pointe, de Genentech qui fait des montages de gènes à Unimation, le fabricant de robots, ont besoin de matériel très spécialisé, des fibres optiques porteuses de données aux micropuces de 256 K des processeurs, que seules quelques sociétés peuvent fournir. Mais elles ont aussi besoin de beaucoup de choses banales comme de petits articles de bureau, des services de nettoyage, des assurances, qui sont la chasse gardée traditionnelle des petits vendeurs du coin.

L'une des plus pétillantes femmes d'affaires que j'aie récemment rencontrées, Kay Taylor, gérait un petit restaurant à Melbourne lorsque l'équipe des ouvriers du bâtiment qui construisait un supermarché, juste en face de chez elle, lui demanda si elle pouvait leur apporter quelque chose à manger. Aujourd'hui, elle possède quatre camions qui livrent des repas au parc industriel de technologie de pointe du Kennedy Space Center, le Warehouse Deli qui sert les cantines d'un autre centre industriel et un service de plats tout préparés. Tout cela lui a rapporté, en 1984, un revenu brut de 500 000 $.

Le plus grand défi posé aux petites entreprises, c'est bien sûr de répondre aux besoins les plus ésotériques, et donc les plus profitables pour elles, des sociétés de technologie de pointe ; par exemple la protection de l'information concernant une marque, qui devient, en ce moment, une question de vie et de mort pour beaucoup de firmes.

Se glisser dans une affaire de technologie de pointe. La technologie de pointe a créé plus de petites entreprises aux États-Unis que n'importe quelle autre activité, avec les centres de photocopie, les boutiques d'ordinateurs et les halls de jeux vidéos omniprésents aujourd'hui, et qui se sont glissées sur les traces d'autres entreprises engendrées par l'automobile, l'équipement agricole, les machines à coudre et les inventions similaires. Il y a des manières innombrables, pour un entrepreneur, de prendre part à l'ère de la technologie de pointe :

— Si vous possédez un commerce du genre confiserie ou salon de coiffure pour hommes, pensez à y adjoindre du matériel de pointe afin d'accroître vos bénéfices. Pas mal de confiseries recueillent un pactole de petites pièces avec des jeux vidéos, et un coiffeur de Chicago a vu sa clientèle augmenter du jour où il s'est mis à offrir aux parents un film vidéo gratuit de la première coupe de leur bambin.

— Si votre curiosité est éveillée par un élément de technologie de pointe, envisagez de créer une affaire qui s'y rattache. Un de mes amis a acheté un ordinateur bon marché pour mieux gérer son entreprise de construction et maintenant il travaille à plein temps — et gagne beaucoup plus d'argent — à montrer aux autres entrepreneurs du bâtiment à se servir d'un ordinateur.

— Si vous connaissez quelqu'un que vous respectez et qui projette de créer une entreprise de technologie de pointe, pensez à investir une partie de votre temps, de vos connaissances ou de votre argent dans sa société. Je sais que le directeur d'une petite crèche a fait le consultant en marketing pour l'un de ses amis qui lançait une petite fabrique de distillateurs d'eau à énergie solaire.

— Si vous avez de la chance, la technologie pourra peut-être même vous aider sans que vous ayez rien fait. La création d'émissions télés de musique non-stop (MTV) présentant des vedettes du rock habillées dernier cri a fait monter en flèche le chiffre d'affaires de la chaîne de magasins Merry-Go-Round, très dans le vent.

Répondre à la technologie de pointe par la non-technologie. Dans *Megatrends,* John Naisbitt nous décrit l'un des résultats de la ruée, tête baissée, dans l'âge de l'informatique : « Lorsqu'une nouvelle technologie est introduite dans notre société, dit-il, il faut qu'il y ait une réaction humaine compensatoire, ou la technologie sera rejetée. Nous devons apprendre à contrebalancer les merveilles matérielles de la technologie par les exigences spirituelles de la nature humaine. »

Il est tout à fait normal que, forcés comme nous le sommes dans cet âge de l'informatique de traiter de plus en plus de données pour survivre, nous tendions vers tout ce qui nous rappelle que nous sommes des êtres de chair et de sang et non de simples synapses dans cette société occidentale incroyablement mécanisée. Cela offre de nouvelles opportunités à l'esprit d'entreprise, dont personne ne peut prédire l'évolution future, bien qu'il existe déjà quelques fils directeurs :

— Linda Mendelson tricote à la main pour Yonkers, de New York, des chandails et divers vêtements où elle incorpore fréquemment des vers d'Émily Dickinson, de Walt Whitman et d'autres poètes. On peut les suspendre au mur comme des tapisseries si l'on ne veut pas les porter.

— Il existe de plus en plus de cliniques d'accouchement où les femmes peuvent, assistées par des sages-femmes, mettre leur bébé au monde dans un environnement familier, à l'opposé des salles de travail coûteuses et lourdement équipées des hôpitaux.

— Jim Sanford a créé une bonne petite entreprise en organisant des « parties de plaisir » à l'ancienne mode sur les terrasses des appartements et les toits des *penthouses* de ses clients de Manhattan. Il dit : « J'ai beaucoup de chance de gagner ma vie avec un travail qui me procure autant de plaisir. » Il se fait à peu près autant d'argent durant la saison favorable à ses activités, de juin à octobre, qu'il en gagnait en travaillant tout au long de l'année comme cuisinier pour quelqu'un d'autre ; ce qui lui permet d'aller passer l'hiver en Égypte, en Indonésie, en Thaïlande, ou dans d'autres pays lointains.

L'activité économique issue de la technologie de l'âge de l'informatique ne va faire que croître durant la fin de ce siècle et, sans doute, le début de l'autre, en même temps que d'autres entreprises, moins riches en *hardware*, conçues pour satisfaire les aspirations du cœur humain.

Si vous espérez créer votre propre entreprise, il est essentiel que vous connaissiez bien les changements économiques, démographiques et technologiques qui sont en train de remodeler l'Amérique.

4 Faire de l'or avec du papier

« La plupart des entrepreneurs novices ne savent pas de quoi ils ont besoin ni comment l'obtenir. »

Donald De Renne,
associé,
Emprise Management

Une fois que vous tenez fermement un projet d'entreprise et que vous êtes certain qu'il profitera des changements en tout genre qui remodèleront le futur de l'Amérique, vous êtes prêt à établir un plan de votre entreprise.

La chose la plus importante à faire pour transformer votre idée nouvelle en une réalité qui vous rapportera de l'argent, c'est de préparer votre stratégie pas à pas, de décrire exactement comment vous projetez de la réaliser.

Ce qui veut dire : examiner en détail le produit que vous allez vendre, les ressources dont vous avez besoin pour le fabriquer et le commercialiser, la manière dont vous allez vous les procurer, le chiffre d'affaires sur lequel vous comptez et quel bénéfice il vous restera une fois que vous aurez payé les factures.

L'étape suivante consiste à changer toutes ces informations en chiffres détaillant les frais de fabrication de votre produit aussi bien que le chiffre d'affaires et le bénéfice que vous espérez en tirer. Pour finir, il faudra convertir ces données en un rapport théorique évaluant les profits et pertes et montrant les sorties et rentrées annuelles de votre affaire sur trois à cinq ans, ainsi qu'un bilan prévoyant quels seront l'actif et le passif à la fin de chacune de ces années.

L'autre ligne de fond (bottom line)

Un plan d'entreprise bien pensé peut valoir infiniment plus que son poids en or, aussi cela vaut la peine d'y accorder un soin tout particulier. Et n'oubliez pas de tenir compte de vos objectifs personnels, ce qu'un récent article de la revue *Working Woman* appelle à juste titre « l'autre ligne de fond ».

Working Woman cite Marjorie Walker, l'un des directeurs du Center for Business Planning, qui croit que si vous pensez monter votre propre entreprise, il faut que vous voyiez « clairement qui vous êtes et ce que vous attendez de la vie ». Parmi les questions qu'il faut vous poser à vous-même, en voici quelques-unes, dit Marjorie Walker :

Jusqu'où va votre engagement dans cette affaire ? Cette entreprise n'est-elle que l'extension d'un passe-temps favori, un travail dont vous attendez un peu d'argent supplémentaire, ou êtes-vous prêt à engager votre temps et à risquer votre argent même si cela doit affecter d'une manière désagréable votre style de vie ?

Êtes-vous disposé à travailler dur ? Croyez-vous que votre affaire va vous laisser du temps libre pour votre famille ou vos loisirs, ou comprenez-vous que presque toutes les entreprises qui ont des chances de devenir lucratives exigent de grosses dépenses d'énergie, surtout pendant les premières années ?

Est-ce que votre famille vous soutient ? Il n'y a rien de plus décourageant que d'essayer de diriger une affaire si, à la maison, votre épouse dénigre vos efforts.

Où désirez-vous en être dans trois ou cinq ans ? Voulez-vous une gentille petite affaire qui vous procurera une vie confortable ou une entreprise avec du personnel, en pleine expansion, et qui relèvera un défi technocratique ?

La première fois que j'essayai de composer un plan d'entreprise, ce fut à la fin des années soixante, lorsqu'un jeune homme de vingt-sept ans, débordant d'activité, appelé Howard Meyers, me demanda de l'aider à trouver les 750 000 dollars en actions et les 1 356 000 dollars en prêt à long terme dont il avait besoin pour acheter et moderniser Revere Smelting & Refining Corporation, qui recyclait des déchets de métaux. Meyers y avait travaillé depuis l'âge de vingt ans, il connaissait très bien Revere et ses propriétaires âgés et, durant les six mois où il avait géré la société pour eux, il avait fait passer les bénéfices, après déduction des impôts, de 16 671 $ à 41 076 $.

Les investisseurs n'avaient jamais entendu parler de Howard Meyers, mais il avait mis au point un plan si convaincant de la transformation de cette entreprise à peine rentable en une affaire lucrative qu'il eut peu de mal à trouver les capitaux dont il avait besoin pour racheter Revere, remplacer la vieille usine, qui recyclait 9 000 tonnes par an, par des installations techniquement d'avant-garde traitant 24 000 tonnes, et réaliser ainsi les bénéfices prévus dans son bilan financier établi sur cinq ans.

Des batteries usées

Meyers commençait par expliquer en quoi consistait la production de cette entreprise, qui rachetait des batteries de voiture usées, de vieux câbles électriques et beaucoup d'autres débris de métal, qui les broyait et les faisait fondre pour faire des lingots avec le métal ainsi récupéré.

On payait aux revendeurs la quantité de plomb contenue dans la ferraille à son cours actuel en bourse moins la rémunération que Revere se faisait payer pour le convertir en lingots. L'entreprise tirait son argent de cette rémunération, plus ce qu'elle prenait pour faire un alliage de plomb et d'antimoine, d'étain et d'autres métaux non-ferreux, que ses clients utilisaient ensuite pour fabriquer de nouvelles batteries, des munitions, des tubes télescopiques et d'autres produits. Les métaux de ces alliages sont présents en tant qu'« impuretés » dans la ferraille qu'achetait Revere, et puisque la coutume est de ne payer que la teneur en plomb qu'elle contient, on obtenait ainsi gratuitement ces coûteux métaux.

Le plan d'entreprise de Meyers disait que Revere avait plus de quarante-cinq clients, dont Exide, Remington Arms, American Can et Grumman Aircraft, et qu'aucun d'entre eux ne dépassait 16 pour cent de son chiffre d'affaires. Puis il citait un rapport de la Lead Industries Association prévoyant que le marché du plomb de deuxième fusion allait jouir d'une croissance régulière, quoique modeste, pendant plusieurs dizaines d'années, et Meyers affirmait que Revere allait non seulement partager cette croissance à long terme mais encore profiter des chances de croissance à court terme consécutive à la disparition de plusieurs concurrents, et donc d'un programe de marketing qui allait s'intensifier.

Meyers faisait remarquer que l'un des principaux concurrents de Revere venait de se retirer du marché, qu'un second avait été racheté par une grosse société qui absorberait probablement la plus grande partie de sa production et que le troisième ne pourrait pas accroître son potentiel proportionnellement à la nouvelle demande parce qu'il souffrait de problèmes de main-d'œuvre et que ses installations actuelles ne disposaient que d'un espace limité.

Meyers disait qu'il pensait pouvoir s'emparer d'une bonne partie de ce marché, bien que la vieille fonderie de 9 000 tonnes fonctionnât déjà vingt-quatre heures par jour, sept jours par semaine. Il avait récemment augmenté de 7 pour cent la capacité de l'usine en améliorant l'efficacité de l'installation de l'équipement et déjà commencé à travailler avec des lingots de deuxième fusion, ce qui avait permis à Revere de signer son premier contrat avec Delco-Remy, le département de la General Motors qui produisait des batteries et avait, jusque-là, acheté son métal aux concurrents. Meyers disait qu'il y avait d'autres affaires en perspective : les clients actuels étaient en train d'agrandir leurs unités de production ; et puis l'on signerait peut-être un contrat à long terme avec un gros fabricant qui voulait récupérer le métal de ses vieilles batteries ; enfin, Revere pourrait vendre à de nouveaux clients comme Du Pont, qui utilisait beaucoup de tonnes de plomb de deuxième fusion pour fabriquer du plomb tétraéthylique qu'il ajoutait ensuite à l'essence ; du reste, cette énorme société faisait déjà des affaires avec Revere par l'intermédiaire de sa filiale Remington Arms. Le plan d'entreprise faisait aussi remarquer que Revere expédiait, à ce jour, cinquante tonnes de plomb de deuxième fusion par mois à destination de Puerto Rico et du Japon, à Port Newark, c'est-à-dire à un jet de pierre de son usine, et qu'il pourrait accroître largement son commerce extérieur une fois que celle de 24 000 tonnes entrerait en service.

Le plan de Meyers soulignait le fait que la nouvelle installation pourrait, non seulement accroître la production de Revere de plus de 250 pour cent, mais que sa capacité pourrait facilement s'élever à 36 000, 48 000 ou 75 000 tonnes, de façon à répondre à la demande des nouveaux clients. De plus, disait-il, la nouvelle fonderie réduirait de 15 pour cent le coût de la production, faisant de Revere l'un des producteurs de plomb de deuxième fusion les moins chers des États-Unis, sinon *le* moins cher. Il avait l'intention de garder l'usine de 9 000 tonnes en activité pendant que l'on terminait la nouvelle installation de 24 000 tonnes, mais Meyers disait qu'un équipement mobile de l'ancienne usine, d'une valeur de 125 000 $, serait utilisable dans la nouvelle.

Les fours de fusion de la nouvelle unité pourraient traiter presque trois fois plus de ferraille sans augmentation de main-d'œuvre. La quantité de fuel dépensée par tonne de métal fondu diminuerait et, en introduisant de nouveaux combustibles, on pourrait faire passer la production de l'usine de 24 000 à 30 000 tonnes par an. Un spectomètre à adsorption atomique permettrait un bien meilleur contrôle de la qualité. De nouvelles machines à couler, plus économiques, permettraient à deux hommes de faire le travail de cinq. Avec une nouvelle installation de manipulation des matériaux, un seul homme pourrait charger un chariot de lingots plus vite que deux hommes ne le faisaient actuellement. Le système de contrôle de la pollution de la nouvelle usine coûterait environ 300 000 $ mais retiendrait presque toutes les scories émises par l'usine ; celles-ci contenaient 60 pour cent de plomb et seraient automatiquement recyclées à peu de frais, évitant ainsi une double manipulation du matériau. On espérait que la valeur du plomb ainsi récupéré rembourserait l'équipement en trois ou quatre ans, après quoi il commencerait à contribuer aux bénéfices.

Le plan de Meyers évoquait aussi les accords qu'il avait négociés avec différents organismes municipaux pour obtenir quatre arpents d'un excellent terrain industriel sur lequel serait construite la nouvelle usine à un prix défiant toute concurrence, ainsi qu'une réduction fiscale de quinze ans pour que la nouvelle usine fût montée sur le territoire de Port Newark et une prime d'expropriation de 450 000 $ pour le terrain des vieilles installations qui, n'importe comment, seraient démolies.

Puis Meyers se tournait vers la question la plus essentielle de toutes... l'équipe responsable de la gestion de cette transformation de Reve Smelting & Refining en une société rentable, au développement rapide, promise par son plan d'entreprise.

Il esquissait un portrait des sept membres les plus importants de l'équipe, en commençant par lui en PDG ; un jeune ingénieur métallurgiste de trente-quatre ans qui avait géré l'une des plus grandes entreprises de fonte des métaux non-ferreux, qui serait vice-président et directeur ; un ingénieur de cinquante et un ans qui était l'un des membres de la direction de Revere et qui assurerait la continuité de la gestion en tant que vice-président de la production et directeur ; et un garçon de vingt-huit ans, responsable du contrôle de la qualité dans une grande société d'industrie aéronautique, qui serait directeur dans ce même secteur. L'équipe de Meyers était complétée par l'ex-PDG et principal propriétaire de Revere, alors à la retraite, qui ferait office de conseiller et de directeur, par un homme de loi de trente-deux ans et un expert-comptable de vingt-neuf ans, qui seraient aussi directeurs.

Il ne restait plus qu'une partie importante, et c'était le compte d'exploitation et le bilan, tels que Meyers les prévoyait pour les quatre années à venir. Il y avait plusieurs centaines de chiffres, mais ceux qui résumaient le mieux ce qu'il ferait s'il obtenait Revere, c'était l'accroissement du chiffre d'affaires, qui passait de 4 180 000 $ la première année de sa gestion à 15 200 000 $ la quatrième année ; et surtout l'essor essentiel du revenu net, qui passait de 47 000 $ la première année à 600 000 $ la quatrième année du « règne » de Meyers. Et, notait-il dans son plan, ces chiffres étaient même modestes car ils étaient basés sur le fait que Revere obtenait 60 $ pour fondre une tonne de déchets de plomb alors que le cours industriel actuel était, en réalité, de 75 $ la tonne.

L'un des premiers investisseurs hardis à spéculer sur les possibilités qu'offrait le plan d'entreprise de Meyers au sujet de Revere fut Alan Patricof, qui venait juste de lancer son entreprise et gérait la fortune des Bloomingdales, Bronfman, Wyman et autres familles riches de New

York. Patricof donna à Meyers les 450 000 $ dont il avait besoin pour acheter Revere contre 40 pour cent des actions. C'était sa première transaction hasardeuse ; il quadrupla son investissement initial lorsque Meyers fit de Revere un conglomérat des métaux qui passa en écriture 7,2 millions de bénéfice après impôts sur un chiffre d'affaires de 182,1 millions de dollars, neuf ans seulement après qu'il eût recollé les morceaux.

Un plan d'entreprise soigneusement élaboré devrait éveiller votre attention sur la masse de problèmes que vous aurez à résoudre si votre affaire marche. Si vous ne percevez pas les détails infimes de l'entreprise dans laquelle vous êtes sur le point de vous lancer ou si vous ne tenez pas compte des crises qui se produiront inévitablement, vous courez au désastre.

Perdre la lutte des classes

Un marxiste, Bertell Ollman, professeur de sciences politiques à l'université de New York, a appris cette leçon à ses dépens ; il avait rassemblé une douzaine d'amis dans son appartement de Greenwich Village et, au cours d'un petit déjeuner composé de saumon fumé et de gâteaux yiddish, les avait poussés à investir dans une affaire nouvelle dont le seul produit serait un jeu de société baptisé *Class Struggle* (la lutte des classes), dans lequel des capitalistes se bagarraient avec des travailleurs. Le jeu était présenté dans une boîte dont le couvercle montrait Nelson Rockefeller et Karl Marx engagés dans une partie de bras de fer.

Le Pr Ollman s'était un peu renseigné sur l'industrie des jeux mais pas suffisamment, comme il le raconte tristement dans son livre *Class Struggle Is the Name of the Game*, ce qui scella dès le début le sort de sa société. Ce n'est qu'après avoir lancé son jeu qu'il apprit que 95 pour cent au moins des 300 ou 400 nouveaux jeux de société qui sortent chaque année ne se vendaient pas. Il fut même encore plus surpris de découvrir que les boutiques de jeux gardaient pour elles 50 pour cent du prix annoncé sur le catalogue du fabricant (il pensait que ce n'était que 33 pour cent) et que le facteur essentiel de la mort des jeux, c'étaient les chèques sans provision (il dut essuyer pour plus de 30 000 $ de factures non payées, y compris celle d'un client qui opérait sous le nom de « Faites quelque chose pour Jésus »).

Ollman a travaillé pendant quatre ans sur Class Struggle, et si ses investisseurs et lui ont de la chance, ils rentreront un jour dans leur argent grâce aux droits d'auteur qui continuent de leur arriver, goutte à goutte, des États-Unis et de l'étranger.

Lance Wendell, propriétaire d'une société qui fabrique des équipements de survie pour les chasseurs, a, lui aussi, fait les frais d'une planification médiocre. Il échoua lorsque, pour se diversifier, il décida d'exploiter autrement le concept de survie : procurer des cœurs, des foies, des reins et d'autres organes, prélevés sur des cadavres, à des clients qui auraient besoin d'une transplantation.

Il comptait enrichir sa Medical Lifeline, Inc. grâce aux 40 $ d'inscription payés aussi bien par les donneurs que par les bénéficiaires et aux 10 000 $ que les bénéficiaires potentiels laisseraient en dépôt et qui devaient, soi-disant, être éventuellement reversés aux héritiers des donneurs d'organes.

Weddell trouva 267 donneurs potentiels qui envoyèrent les 40 $ de droit d'inscription, et cinq bénéficiaires éventuels appelèrent pour se renseigner mais aucun n'envoya les 10 000 $ de dépôt. La faille dans le plan de Weddell, qui dut fermer Medical Lifeline cinq mois après que l'entreprise eût ouvert ses portes, c'est qu'il ne put trouver aucun médecin qui acceptât de prélever les organes qu'il avait achetés. La commercialisation de la transplantation d'organes est incompatible avec l'éthique médicale.

Lance Weddell n'a pas bien fait son travail préparatoire, ce qui peut condamner toute nouvelle affaire au peloton d'exécution. Prenez, par exemple, le désastre des montres à affichage numérique dans les années soixante-dix. Voilà un concept qui avait tout ce qu'il fallait pour réussir. Une nouvelle manière spectaculaire de donner l'heure basée sur les dernières trouvailles de la technologie des micropuces, des prix qui baissaient sans cesse et l'attention unanime de plus de vingt fabricants de micropuces les plus hardis du pays.

Pourtant, comme Dirk Hanson le révèle dans *The New Alchimists : Silicon Valley and the Microelectronics Revolution*, la plupart de ces fabricants de puces perdirent jusqu'à leur chemise en misant sur les montres à affichage numérique. Pour quelle raison ? Parce qu'ils n'avaient pas bien préparé leur plan. Ils étaient admirables lorsqu'ils fabriquaient et commercialisaient des puces, mais ils ne connaissaient rien à la vente des montres, qui s'apparente plus à la bijouterie, à l'habillement et aux produits de beauté qu'à l'électronique. Ils ignoraient tout de la publicité style Madison Avenue qu'il faut faire pour vendre des montres, de la politique chaotique des prix de cette industrie et de son cycle particulier (la plus grande partie du stock s'écoule durant les semaines qui précèdent Noël). « Les stocks, ce fut la pagaïe, dit Hanson, les prix variaient étrangement et, en ce qui concerne la conception du produit, l'esthétique de son empaquetage, son placement sur les rayons et les spots télé, les fabricants de puces étaient comme des bébés perdus dans les bois. »

Une idée géniale qui vaut 5 millions de dollars

Comparons les échecs d'Ollman, de Weddell et des fabricants de puces à la manière impeccable dont Donald Massaro et David Liddle lancèrent Metaphor Computers Systems, en 1983. Leur succès et leur incroyable chance étaient pratiquement assurés avant même qu'ils commencent.

C'étaient des cadres, d'excellente réputation, de la Xerox Corporation, qui avaient une expérience remarquable des systèmes de la bureautique lorsque, déçus, ils démissionnèrent pour fonder Metaphor.

Massaro était entré chez Xerox en 1978, lorsque cette maison avait acheté Shugart Associates, un fabricant d'enregistreurs-lecteurs de disques d'ordinateur. Massaro avait été nommé président de la Shugart en 1974, l'année où cette entreprise perdit 2,5 millions de dollars. Le temps que Xerox la rachète, quatre ans après, Massaro avait fait remonter le chiffre d'affaires à près de 100 millions de dollars.

Xerox mit Massaro à la tête de son service de matériel de bureau, dont il fit passer rapidement le chiffre d'affaires de 200 millions à 500 millions de dollars. Cependant, il se trouva rapidement en profond désaccord avec les stratégies de marketing, conservatrices, de Xerox.

Liddle, l'autre fondateur de Metaphor, travaillait au centre de recherche d'Alto Plano de la Xerox ; la direction de l'entreprise apprécia l'idée qu'il eut d'un nouvel article de bureau mais ne lui donna jamais sa chance sur le marché. C'est alors que Liddle et Massaro décidèrent de se mettre à leur compte et de créer Metaphor.

Ils s'étaient dit qu'il y avait des milliers de directeurs qui avaient besoin d'accéder rapidement à l'information stockée dans les gros ordinateurs IBM de leurs entreprises, mais qu'ils ne le pouvaient pas parce qu'ils ne savaient pas comment programmer la machine pour obtenir ce qu'ils attendaient d'elle. Ils étaient donc à la merci du département informatique de leur société, qui était habituellement bien trop occupé pour leur offrir une aide appréciable.

L'idée géniale sur laquelle était basée Metaphor, c'était de dessiner, pour ces directeurs, un poste de bureautique d'un emploi facile et d'un prix raisonnable, dont le programme incorporé serait conçu en fonction de leurs besoins spécifiques, afin qu'ils puissent tirer des ordinateurs IBM de leur société tout ce qu'ils désiraient.

Massaro et Liddle estimaient que, sur les 22 millions de cols blancs, ils auraient bien 113 600 clients éventuels pour leur poste de travail. Afin de les toucher, ils décidèrent de constituer leur propre équipe de vente directe concentrée sur trois villes seulement, où ils pensaient que se trouvaient 75 à 80 pour cent des utilisateurs ciblés. Ils avaient si bien réfléchi à leur nouveau concept et leur réputation était si bonne que, lorsqu'ils sollicitèrent d'une firme d'investissement les 250 000 $ qu'il fallait pour développer un plan plus détaillé, elle leur donna 5 millions de dollars et leur dit de démarrer.

Non loin de Metaphor Computeur, toujours en Californie, on trouve la Palo Alto Brewery, l'une de ces nouvelles microbrasseries qui ont surgi ces dernières années et qui fabriquent relativement peu de barils par jour d'une bière spéciale destinée à une clientèle limitée (comparés aux 170 000 barils que Anheuser-Busch sort par jour).

Cette brasserie appartient à Kenneth Kolence — cofondateur de l'une des plus prospères sociétés de logiciels de la Silicon Valley — et à son fils Jeffery, qui a commencé à en établir les plans lorsqu'il faisait ses études d'ingénierie industrielle au California Polytechnical Institute.

Son mémoire de dernière année exposait l'organisation matérielle des microbrasseries ainsi que les erreurs de gestion de celles qui étaient encore en activité. Après avoir analysé ces données, les Kolence décidèrent qu'il y avait de l'argent à faire en ce domaine et ils décidèrent de créer leur propre brasserie.

L'étape suivante consista à choisir quelle sorte de bière ils allaient fabriquer. Les Kolence avaient été impressionnés par un rapport de l'U.S. Census montrant que la Californie comptait, à la fois le plus gros chiffre de ventes de bières importées et le plus grand nombre de Britanniques de tous les états de l'Union, aussi décidèrent-ils de brasser une bière brune anglaise traditionnelle et non-pasteurisée, la *bitter*.

Tandis que Kenneth Kolence se lançait à la recherche des 400 000 $ de mise de fonds nécessaire à leur projet, son fils se rendait en Angleterre, près de Canterbury, à la Fremlins Brewery, de Faversham, pour y suivre six semaines de cours intensifs sur la gestion d'une petite brasserie.

Cela à peine terminé, Jeff dut trouver quelle bière anglaise ils allaient copier et finit par s'arrêter à la marque Brakspears Best Bitter, de Henley-on-Thames. Il choisit, comme fournisseur de malt, la Edme's Malting House et commanda à Inn Brewing Ltd un équipement fait sur mesure pour brasser leur produit, qu'il appela London Real Ale. Puis il retourna en Californie, loua un bâtiment de 185 m^2 et installa un système d'épuration d'eau pour fournir à sa brasserie l'équivalent américain des eaux renommées de la région de Burton-Upton-Trent.

Les machines, les tonnelets, le malt et le houblon arrivèrent en Californie le 7 octobre 1983 ; une semaine plus tard, le premier baril de London Real Ale était mis en perce. En 1984, la brasserie, dont le personnel ne comptait que cinq personnes, atteignait presque le maximum de ses possibilités en livrant plus de soixante-quinze barils de London Real Ale par semaine à des clients de la baie de San Francisco. Les Kolence s'attendent à expédier 200 barils par semaine à la fin de 1985, ce qui leur rapporterait un beau petit profit, sans compter le plaisir qu'ils tirent de leur travail.

Les Kolence illustrent parfaitement l'importance de la recherche dans l'élaboration d'un plan d'entreprise ; il faut interroger ceux qui pratiquent déjà l'activité qu'on a choisie, faire le tour des futurs clients (ont-ils besoin du produit que nous allons vendre ? Y a-t-il quelque chose qu'ils aiment ou détestent particulièrement ? Combien sont-ils prêts à payer ?), étudier la concurrence, constituer une liste des fournisseurs, comparer les endroits où l'on peut implanter l'entreprise, s'entretenir avec les employés éventuels, chercher les sources de financement, etc. Ce travail peut vous prendre quelques semaines aussi bien que plusieurs années, mais si vous avez envie de vous mettre à votre compte, vous ne pouvez pas faire un meilleur investissement.

« Cela m'intéresse toujours de voir quelqu'un écrire un plan d'entreprise, de regarder les milliers et les millions de dollars se bousculer sur un morceau de papier », dit le Dr Joseph R. Mancuso, président du Center for Entrepreneurial Management, de New York, qui écrit et fait des conférences sur la préparation et la présentation d'un plan d'entreprise vraiment efficace.

Cinq minutes qui valent de l'or

« Les bons plans d'entreprises sont comme de bonnes histoires, comme des articles intéressants du *Business Week*. L'ennui, c'est qu'ils sont rarement écrits pour le lecteur. Ils sont faits par des gens qui ont besoin d'éclaircir leurs idées, de tout coucher par écrit, ou de noter quelques données. Ils croient que ceux qui sont prêts à risquer leur argent dans une entreprise nouvelle vont prendre une semaine pour les lire. Ce qu'ils ne comprennent pas, c'est que leur argent dépend des cinq premières minutes où leur plan est dans les mains d'un lecteur. C'est là que le type va dire : " Hé, ça a l'air bon. Je vais le lire. "

« Il n'y a pas plus de format standard pour un plan d'entreprise que pour une œuvre d'art. J'en ai vu de très efficaces qui n'avaient que cinq pages. L'essentiel, c'est de montrer, dans le détail, comment vous allez faire. J'ai toujours dit qu'il fallait se faire aider par quelqu'un d'autre. Dans toutes les grandes villes, il y a des centaines de gens qui gagnent leur vie à faire des plans d'entreprises et la plupart se font payer entre 5 000 et 10 000 $. Je vous conseillerais de faire un plan, du début à la fin, et puis de laisser quelqu'un d'autre le polir. Et n'oubliez pas, trouver des fonds, c'est l'art de réduire les risques et non de vendre des rêves.

« Et ne vous laissez pas abattre si votre plan est rejeté. Tous ceux que j'ai vus ont été, la première fois, retournés à leur auteur. Le plan de la Digital Equipment Corporation, l'une des affaires les plus prospères de tous les temps, a été repoussé par tout le monde jusqu'à ce que l'American Research & Development décide d'y mettre de l'argent. Lorsqu'on entre dans le bureau de quelqu'un qui est prêt à contribuer au lancement d'une entreprise, il faut aller trouver une banque d'affaires pour y chercher un « non », il faut travailler à obtenir un « non » parce qu'on peut tirer d'utiles leçons d'un refus, et quand vous verrez un autre banquier, il vous répondra « peut-être ». Puis, très vite, vous n'aurez que des « oui ». Vous pouvez faire un plan d'entreprise si bon que vous aurez trop de propositions et vous devrez prendre une décision douloureuse : quelle offre dois-je rejeter ? C'est arrivé à Cetus et à Storage Technology, et, au début, la revue *Venture* a obtenu plus d'investisseurs potentiels qu'elle n'en avait besoin. »

5 Déclencher la pluie d'or

« Une entreprise qui a un capital insuffisant mourra... qu'elle soit bonne ou mauvaise. »

Peter J. Boni,
président,
Summa Four

Scott Curtis est un mécanicien exubérant de quarante-quatre ans qui répare des Citroën à Santa Clara, en Californie ; il a baptisé son garage le Curtis Circus et s'appelle lui-même « le clown en chef » ; il arbore un béret bleu-marine avec une salopette tachée d'huile et commence le travail le matin en disant à tous ceux qui sont à portée de voix : « Encore une merveilleuse journée Citroën de plus. »

Mais le plus important, c'est que sa petite entreprise de restauration et de réparation de voitures n'a fait que prospérer alors que l'industrie automobile américaine doit lutter à mort contre le Japon qui a détrôné les États-Unis, autrefois premier producteur d'automobiles du monde.

Alors qu'est-ce que sait Scott Curtis que Detroit ignore ? La réponse, c'est qu'il

- répond à la demande du consommateur d'aujourd'hui qui souhaite des produits plus durables ;

- réduit ses frais en se servant d'anciennes pièces « refaites » encore capables de tenir plusieurs années ;
- économise l'argent des clients en leur apprenant à entretenir eux-mêmes leur voiture ;
- s'est fait une réputation « quatre étoiles » qui, en ce moment, permet à la plus petite des entreprises de se créer une clientèle un peu partout dans le monde.

Curtis s'est installé à son compte comme beaucoup d'entrepreneurs le font... il a travaillé pour un patron de neuf heures à dix-sept heures, ce qui a payé le loyer, et avec le peu qui restait, il a acheté les outils et l'équipement nécessaires pour réparer des Citroën le soir et le week-end. C'est une façon prudente de financer une affaire car, si elle échoue, il vous reste tout de même un gagne-pain.

« Il y a de l'argent à gagner là-dedans »

Mais si vous voulez vous consacrer entièrement (sans interruption) à votre nouvelle entreprise, vous allez probablement finir par la financer avec vos biens personnels, l'argent que vous passeront votre famille et vos amis, des prêts obtenus auprès des banques et d'autres institutions officielles, celui avancé par des investisseurs qui spéculent sur des sociétés nouvelles et qui voudront un gros morceau de votre affaire en retour, si vous arrivez à convaincre un souscripteur que vous avez un concept formidable. Les entrepreneurs disent : « Il y a de l'argent à gagner là-dedans et certains billets portent mon nom écrit dessus », fait remarquer Stanley E. Pratt, l'éditeur du *Venture Capital Journal.*

Scott Curtis s'engagea sur la voie de la petite entreprise personnelle dès le collège, lorsqu'il devint dingue de voitures. Il travaillait alors un peu pour un garagiste concessionnaire de Rolls-Royce ; il balayait et nettoyait les outils et, en échange, cet homme lui enseignait les bases de la réparation automobile.

Peu à peu, Curtis rêva de posséder son propre atelier de réparation mécanique. Il se fit envoyer des brochures sur la petite entreprise, il suivit tous les cours qu'il put trouver et, lorsqu'il s'inscrivit au Foothill Junior College de Los Altos, il eut la bonne fortune de tomber sur « un professeur incroyable » qui lui enseigna tout ce qu'il avait besoin de savoir pour démarrer.

C'est alors que Curtis tomba amoureux des voitures Citroën. Le père d'une jeune fille qu'il connaissait en avait une et lui demanda un jour s'il voulait bien conduire sa famille à Salt Lake City et la ramener. « Je fus tellement épaté par cette voiture que je n'arrivais pas à y croire, dit Curtis. Nous avons fait du 120 ou du 130 à l'heure, et nous étions cinq plus les bagages. La voiture roulait comme un rêve et ne dépensait que 7 litres aux 100. »

Curtis a poursuivi ses études à la Heald's Business School de San Francisco et une fois son diplôme obtenu, il a travaillé pendant quatre ans comme spécialiste de l'audiovisuel au Foothill Junior College. En 1967, il se faisait 620 $ nets par mois et, dit-il, « j'aurais pu rester là jusqu'à ma mort ». Ce qui le sauva de ce destin, c'est qu'il s'était mis à restaurer des Citroën. « Je rentrais chez moi à 17 h 30. Je grignotais quelque chose et je travaillais sur une Citroën, sous l'auvent de la place de parking de notre appartement, jusqu'à minuit. »

Curtis continuait à rêver au jour où il possèderait son propre atelier de réparation, ce qui l'amena à se présenter au concessionnaire Citroën de Palo Alto ; il persuada le directeur des ventes de le laisser faire la démonstration des voitures aux clients éventuels qu'il amènerait à la salle d'exposition. Il ne demanda jamais un sou de commission bien qu'il se doutât que 10 à 15 de ses clients avaient fini par acheter une voiture. « Ce que je voulais, dit-il, c'était mettre le plus grand nombre possible de Citroën sur les routes. Je rêvais de lancer ma propre affaire et je savais que j'avais besoin d'une base joliment large, d'au moins

1 500 véhicules en circulation, car les Citroën ne tombent pas aussi facilement en panne que les autres voitures. »

A ce moment-là, un ami présenta à Curtis un homme qui possédait une affaire lucrative de pièces de Mobylette qui faisait 750 000 $ par an, et qui lui proposa de la gérer à sa place pour 300 $ par semaine. « Cet homme ne savait pas comment diriger son entreprise, cela ne l'intéressait pas et il voulait juste avoir la paix pour fabriquer ses pièces. » Scott accepta ce poste et « brusquement, dit-il, je fus obligé de transformer cette société en une véritable affaire avec des livres de compte bien tenus ».

Curtis dirigea cette entreprise pendant un an et, bien que cela lui pût douze à quatorze heures par jour, il trouvait moyen de travailler sur des Citroën le soir et les week-end afin de continuer à augmenter sa clientèle. Et de plus, souvent, à onze heures du soir, il enfourchait sa Mobylette pour chercher un endroit où installer son garage. Un agent immobilier lui trouva, pour finir, un petit local de 85 m^2 à 175 $ par mois.

Curtis dit qu'il se lança avec 1 000 $ en liquide et un stock de pièces neuves d'une valeur d'environ 500 $. Il avait aussi toute une quantité de pièces prélevées sur treize ou quatorze voitures qu'on lui avait données à démonter pour la casse, plus le contenu d'une demi-douzaine de remorques de pièces usagées qu'il avait ramassées ici ou là.

Pour commencer, il pouvait compter sur 150 clients déjà satisfaits de ses services. Maintenant, il a une clientèle de plus de 1 500 propriétaires de Citroën, acquise avec très peu de publicité mais beaucoup de bouche-à-oreille, qui lui procure autant de travail que lui-même, plusieurs membres de sa famille et trois aides peuvent en faire.

Le Curtis Circus restaure de vieilles Citroën, si bien que treize de ses clients ont déjà un million et demi de kilomètres au compteur. « C'est une joie pour moi, dit-il, de prendre une Citroën en mauvais état, mais qui peut faire encore des centaines de milliers de kilomètres et de la ramener à la vie. Je fais cela huit fois par an, en facturant mon travail de 8 000 à 12 000 $ pour chaque voiture, et elles ont toutes une plaque sur le tableau de bord disant CETTE AUTOMOBILE A ÉTÉ REFAITE POUR (le nom du client) PAR CURTIS CIRCUS (l'année) ».

Curtis garde toujours approvisionnée une « banque » de blocs de frein avant et d'autres pièces — qu'il fabrique quand il a un peu de temps — qu'il peut intégrer aussitôt ou expédier à un client éloigné. « Nous nous acharnons à refaire autant de pièces que possible en nous servant de la technologie d'aujourd'hui », dit Curtis. Il en résulte que beaucoup de ces montages contiennent des pièces restaurées que Curtis a amassées depuis des années.

Il a aussi conçu et fabriqué quarante-sept kits différents, faciles à assembler, dont le prix va de 10 à 2 000 $, qui ont pour but de simplifier l'entretien et d'améliorer la performance des vieilles Citroën. « Les fabricants de voitures du monde entier mettent les choses là où des êtres humains normaux ne peuvent pas les atteindre. Par exemple, le régulateur hydraulique de la Citroën est situé tout au fond, là où vit le moteur, dans ce qui ressemble au Trou Noir de Calcutta. Les automobilistes n'osent pas tripoter dans cet abîme, aussi j'ai conçu un kit qui resitue ce régulateur hydraulique plus haut, en pleine lumière, là où l'on peut facilement le réparer. »

Depuis qu'il a commencé à travailler sur des Citroën, Curtis a vivement poussé ses clients à entretenir eux-mêmes leur voiture et il a écrit des fiches d'instructions, point par point et illustrées, afin de les y aider. « En apprenant aux clients à s'occuper de leur véhicule, en commençant par des choses simples comme le nettoyage, le lustrage, la vidange d'huile, la pression des pneus, etc., on les rend encore plus passionnés de leurs voitures, dit-il. Très vite, ils vous appellent pour vous dire, “ Dites donc, Scott, j'ai fait soixante mille kilomètres depuis que j'ai changé le filtre à air... qu'est-ce qu'il faut que je fasse ? " Alors je leur vends des pièces et ils fournissent la main-d'œuvre, pour ce travail simple. Si je m'y étais mis moi-même, j'y aurais perdu car je n'aurais pas pu exiger pour cela mon tarif horaire de quarante dollars. »

La réputation de Curtis s'est tellement répandue que maintenant il travaille pour des propriétaires de Citroën de tous les états de l'Union, qui lui envoient des pièces à réparer (souvent accompagnées de la photo de leur véhicule bien-aimé, appelé Pierre ou Fifi, ou quelque chose d'aussi gaulois). Par exemple, le propriétaire d'une Citroën, habitant Chicago, s'était mis à démonter sa transmission ; il s'est rapidement aperçu qu'il ne saurait pas la remonter et il a envoyé environ trois cents pièces, dans une boîte, au Curtis Circus. Curtis a remonté la transmission et l'a renvoyée au client avec une facture de 1 600 $.

Depuis qu'il s'est installé, il y a dix-sept ans maintenant, Curtis a régulièrement agrandi ses locaux, qui sont passés de 85 m^2 à 140, puis à 230 m^2, et il y a trois ans, à 1 160 m^2... Ses dernières installations comprennent vingt-quatre aires de réparation, un bureau, une salle de conférence et, le plus important de tout peut-être, un hall d'exposition pour présenter une nouvelle voiture dont il a été nommé concessionnaire. C'est la voiture de sport à trois roues « Trihawk », qui comporte un moteur Citroën, se vend bien et va, dit Curtis, « apporter une nouvelle clientèle au Circus ».

Cette extension a augmenté les besoins d'argent de Curtis qui a contracté une série de prêts bancaires à court et à long terme, ainsi qu'auprès d'investisseurs privés. Il était en relation d'affaire amicale avec un banquier du coin, ce qui lui a permis d'obtenir, sur sa signature, des prêts de 2 500 à 6 000 $ à quatre-vingt dix jours ; et plus tard, lorsque son affaire s'est encore agrandie, deux autres prêts à long terme de 6 000 à 10 000 $. Curtis avait aussi besoin de fonds pour importer des pièces de France mais ses banquiers ne comprenaient pas cet aspect de son entreprise, aussi obtint-il de l'argent liquide de quatre investisseurs privés auxquels il paie 20 pour cent d'intérêt par an. Comme il s'est avéré que les pièces importées représentaient la partie la plus profitable de son affaire, Curtis trouve que les taux d'intérêt élevés qu'il doit payer pour son fond de roulement sont tout à fait justifiés.

« Les économies personnelles semblent être la source la plus répandue du financement des nouvelles entreprises », dit Arnold C. Cooper, professeur de management à la Krannert Graduate School of Management de l'université de Purdue. En argent comptant ou en nature, l'épargne personnelle est à l'origine de certaines très grosses sociétés. Steve Jobbs a vendu sa Volkswagen et Steve Wozniak sa calculatrice Hewlet-Packard HP 65, et ils se sont servis des 1 350 $ ainsi obtenus pour lancer Apple Computer. Donald Burr fit mieux qu'eux en vendant sa voiture, sa maison, deux appartements en copropriété, et en vidant son compte d'épargne afin de réunir l'argent dont il avait besoin pour créer People Express.

Les premiers 10 000 $ de Calvin Klein

Votre famille et vos amis peuvent vous fournir l'argent de la mise de fonds, si vous avez une bonne idée et si vous savez vous y prendre avec eux. Brett Johnson emprunta 1 500 $ à sa grand-mère pour lancer la Crowd Corporation qui fabrique des couvre-chefs ornés de publicités pour Coca-Cola et d'autres clients qui lui ont acheté pour 7 millions de dollars de marchandise en 1984. Le couturier Calvin Klein a monté sa fabuleuse affaire de prêt-à-porter féminin en 1968 avec 10 000 $ fournis par son ami d'enfance, Barry Schwartz, qui devint son associé et un gestionnaire qui ne fait pas de sentiment.

Si vous n'avez ni famille ni amis pour miser sur votre projet, vous pouvez essayer auprès de votre patron. La General Electric a donné à deux de ses ex-employés

525 000 $ contre 15 pour cent des actions de leur firme de communications mobiles appelée Mobileat Corporation. Et Xerox a donné à cinq de ses ex-cadres son projet d'ordinateur personnel C8/16 contre une participation minoritaire dans leur Sunrise Systems, Inc., une entreprise nouvelle qui produit du *hardware* et se vante de compter Xerox parmi ses clients.

On sait bien que des personnes riches, poussées par le goût du risque, ont financé des entreprises hasardeuses mais fascinantes, des restaurants prestigieux aussi bien que des comédies musicales de Broadway ; ce sont les concepts facilement explicables en quelques mots qui remportent le plus souvent leur adhésion. C'est ce qui est arrivé à Chuck Norris, ex-champion du monde de karaté, lorsqu'il s'est mis à faire le tour des producteurs d'Hollywood à la recherche d'un million de dollars pour produire son premier film *Good Guys Wear Black*. « Il y a quatre millions d'amateurs de karaté aux États-Unis, aurait-il dit à ses investisseurs éventuels. Ils me connaissent tous. Si la moitié seulement d'entre eux vont voir le film, ça fera un bénéfice brut de 6 millions de dollars pour un budget d'un million de dollars. » Norris a eu son argent et, jusqu'à aujourd'hui, le film a rapporté trois fois plus que prévu.

Chose étonnante, les banquiers et les caisses de dépôts sont d'excellentes sources de prêt pour ceux qui veulent lancer une entreprise nouvelle, à condition qu'ils leurs fournissent des garanties. Xavier Roberts, lorsqu'il créa ses Poupées Patoufs, obtint un petit prêt bancaire en offrant des automobiles comme garanties. Lorsque son argent eut fondu, il finança sa juvénile affaire avec une carte Visa qui lui permit de passer tous les mois une commande de tissu, de fil et de bourre, d'une valeur de 700 dollars, et cela jusqu'à ce qu'il ne puisse plus faire face aux remboursements et qu'on lui enlève sa carte.

Herb Colvin, un jeune entrepreneur noir, s'est aussi servi de sa voiture et de son compte en banque pour lancer Suncoast Supply dans un bâtiment refait à neuf, à quelques pâtés de maisons de l'aéroport international de Tampa.

Colvin était directeur chez Johnson & Johnson lorsqu'il découvrit, avec fascination, les possibilités d'avenir de la technologie de la télévision par câble et par satellite. En 1981, il vendit sa Porsche et rassembla tout son argent pour acheter une grosse antenne parabolique qu'il se mit à expérimenter dans son arrière-cour. Quelques mois plus tard, Colvin enregistra Suncoast Supply pour vendre des connexions de télévision privée, et décrocha pour premiers clients le Grenelefe Golf et le Tennis Resort.

Enhardi par ce succès, Colvin se mit à faire des recherches sur l'avenir de la télévision câblée. En quelques mois, et avec l'aide du Small Business Development Center de l'université de Floride du Sud, il prépara un plan d'entreprise de soixante-cinq pages pour une nouvelle société au service de l'industrie de la télévision câblée.

Les données rassemblées par Colvin indiquaient que les sociétés de télévision câblée installeraient bientôt des systèmes multimillionnaires dans les principales villes du pays et que beaucoup d'entre elles, y compris celle de Tampa, insisteraient pour qu'un substantiel pourcentage de ce travail soit sous-traité par de petites firmes.

Colvin voyait cela comme une opportunité, aussi quitta-t-il son poste de directeur chez Johnson & Johnson et lança-t-il Suncoast Supply, qui fut financé par la Community Federal Savings and Loan de Tampa, gérée par des Noirs ; le personnel de la nouvelle entreprise fut formé à partir d'une « coalition arc-en-ciel ».

« Ma femme, Carole, qui travaillait comme orthophoniste pour l'Hillsborough County Education Deparment, pensait que j'étais fou, dit Colvin, mais très vite, elle quitta son poste pour devenir vice-présidente de la société, qui compta parmi ses premiers clients Cable Atlanta, Tampa Cable Television et Times-Mirror Cable Television. Dans les quatre premiers mois de son existence, Suncoast Supply fit un chiffre d'affaires de 150 000 $ et, en 1984, il s'éleva à 1,2 million de dollars. « Les journées sont longues et fastidieuses, dit Carole Colvin, mais c'est merveilleux de monter une affaire. »

Il existe d'autres sources intéressantes de capitaux, comme les organismes nationaux, régionaux ou municipaux, qui prêtent souvent à des taux moins rigoureux que les investissements privés et garantissent parfois les prêts d'ordre privé. Ils ont des exigences spéciales et favorisent surtout les petites entreprises ou celles dont les entrepreneurs sont, soit désavantagés économiquement, soit handicapés physiques. Il existe aussi des organismes officiels qui prêtent de l'argent aux entreprises qui ont souffert du feu, de l'inondation ou de tout autre cataclysme naturel.

Certaines municipalités feront tout ce qu'elles peuvent pour encourager l'implantation de nouvelles entreprises et remplacer ainsi celles qui sont mortes ou mourantes, afin de ne pas voir leur commune devenir une ville fantôme.

Mais la source de financement des nouvelles entreprises dont on parle le plus actuellement, c'est le capital-risque, qui apparut aux États-Unis lorsque les Rockefeller, les Phipps, les Whitney et autres familles bien nanties se mirent à chercher de nouvelles manières de maintenir et d'étendre leurs immenses fortunes. L'une des rares manières de le faire légalement, ce fut de fonder des firmes de capital-risque comme la Rockefeller's Venrock, Inc. — l'une des premières à investir dans Apple Computer — qui engouffre des millions dans de jeunes sociétés qui feront peut-être rapidement faillite mais pourront peut-être aussi multiplier leur mise par cinq ou dix, en cinq ans.

Aux vieilles familles argentées d'Amérique se sont récemment joints de nouveaux venus au jeu du capital-risque, comme Arthur Rock, de San Francisco, qui gagna des millions en fonçant tête baissée dans des entreprises de technologie de pointe, telle Teledyne, Intel et Apple Computer. Les derniers arrivés sur la scène du capital-risque sont d'énormes sociétés financières comme New York's Citibank, Manufacturers Hanover Trust, Prudential-Bache et Morgan Stanley qui, au début de cette année, annonça qu'ils venaient de réunir 40 millions de dollars pour « participer, avec des sociétés de technologie de pointe, à de nouveaux projets de recherche et de mise au point ».

L'art de mettre en œuvre

« Il y a actuellement tellement d'opportunités intéressantes d'investissement, dit Benjamen Rosen qui investit dans des créations d'entreprise, que nous n'avons ni le temps ni le personnel suffisant pour les étudier toutes... elles sont presque illimitées. Il y a eu une invention clef, dans les années soixante-dix, qui est probablement derrière 90 pour cent de tous les lancements dont nous nous sommes occupés, et c'est le microprocesseur. Nos sociétés dépendent, toutes, directement, du microprocesseur. Bien qu'ignorant en ce domaine, je suppose qu'en biotechnologie, nous avons l'équivalent du microprocesseur. L'ingénierie génétique est une technique nouvelle qui va engendrer pas mal de choses.

« Nous croyons qu'un plan d'entreprise est une bonne discipline qui permet aux entrepreneurs de rendre leurs rêves tangibles. Grâce à lui, vous pouvez savoir si vous avez, potentiellement, une affaire qui vaut 1, ou 10, ou 100 millions de dollars. Il vous aide à organiser vos pensées ; ce qui ne suffit pas à vous rendre crédible. Car il n'y a aucun moyen de prédire réellement l'avenir financier et qu'une large part d'un plan d'entreprise établit des pronostics sur cinq années. Par exemple, nous avons soutenu Lotus Development en nous basant sur leurs pronostics qui étaient que le chiffre d'affaires de la première année s'élèverait à 3 millions de dollars. Ils se sont retrouvés avec 53 millions de dollars, le coefficient d'erreur étant de 17. COMPAQ sous-estima, au coefficient 3, leurs prévisions et nous avons pensé qu'elles étaient si follement optimistes que nous n'y avons pas cru. La plupart des plans d'entreprise se trompent énormément, dans un sens ou dans l'autre. L'ennui, c'est que nous ne savons jamais lequel. Heureusement pour nous, Lotus et COMPAQ s'étaient trompées dans le bon sens.

« Dès le début, nous établissons un marché. Les fondateurs ont tant de titres, les commanditaires tant, c'est négocié. Chaque société a besoin de trois, et parfois de quatre séries de financement avant d'émettre des actions en bourse, et nous sommes absolument inflexibles sur le fait que des étapes doivent être atteintes avant que nous acceptions d'effectuer des financements plus substantiels. S'ils ne peuvent pas le faire aux dates prévues, cela aura un impact désastreux sur leur réussite future. Il est plus important de remplir ses obligations que d'avoir un produit unique en son genre. L'exclusivité est très rare actuellement. Tout ce qu'on peut faire, quelqu'un d'autre peut le faire en six mois. La qualité typique de l'entrepreneur, c'est l'art de la réalisation. »

David T. Thompson, coordinateur national de l'investissement à risque pour la grande firme comptable Deloitte Haskins & Sells, de New York, croit que vous aurez du mal à trouver des capitaux si votre nouvelle affaire a :

- peu d'actif vendable à liquider en cas d'échec ;
- un développement du produit peu coûteux, ce qui permettrait à la concurrence de foncer sur le marché ;
- une technologie qui va changer rapidement, ce qui rendrait en peu de temps le produit périmé ;
- un produit difficile à vendre parce que ses avantages sur la concurrence ne sont pas facilement visibles ;
- un produit « révolutionnaire » ;
- un seul produit et rien d'autre en prévision ;

- une équipe de gestion incomplète ou inexpérimentée ;
- un marché qui n'est pas bien visible ou dont la croissance serait lente.

La meilleure façon de rencontrer un investisseur éventuel, c'est de lui être présenté personnellement ; si vous ne connaissez personne qui peut le faire, essayez de demander à votre banquier ou à votre expert-comptable. Si tout cela échoue, il est tout de même possible de contacter à froid une firme d'investissement, soit par téléphone, soit par lettre.

Aucun investisseur n'accordera d'attention à votre demande si elle n'est pas accompagnée d'un plan d'entreprise imposant, construit autour d'une solide équipe de gestionnaires. « Lorsque nous jetons un coup d'œil sur un plan d'entreprise, dit Jacqueline C. Morby, PDG de la TA Associates, de Boston, nous le feuilletons pour trouver d'abord la partie *management*. Notre société idéale — celle qui a des chances de marcher — a une équipe composée de : 1) un PDG qui a acquis, dans une grande société, une expérience de la gestion financière ; 2) un dire cteur du *marketing* solide, avec une formation à la planification et à la gestion du produit ; et 3) un directeur technique de grande envergure, qui a déjà conçu des produits et qui peut diriger une équipe de développement. »

Puisque la communauté des investisseurs d'entreprises nouvelles est un milieu très fermé, prenez garde que votre demande n'ait pas la réputation d'avoir traîné un peu partout. « C'est un gros risque, pour un entrepreneur, que de décider à combien d'investisseurs il va montrer son plan, dit Bryan Cressey, de Golder, Thoma et Cressey, de Chicago. S'il ne le montre qu'à un seul, il n'aura peut-être pas la meilleure transaction possible. S'il en touche plus de dix, les investisseurs ne lui accorderont plus aucune attention. La première chose que je cherche, c'est le nombre d'exemplaires noté sur le plan, dit-il. S'il y en a plus de vingt, je ne regarde pas plus loin. Certains l'ont appris, alors maintenant ils essaient de camoufler le numéro de l'exemplaire. J'en ai vu un, hier, qui portait CP318. Cela ressemblait plus à un code secret qu'à un numéro de plan. »

Si vous disposez d'un concept exceptionnellement fascinant et d'une équipe d'experts pour le réaliser, vous avez une chance d'obtenir les fonds initiaux nécessaires en vendant des actions. La Securities Data Company, de New York, dit que soixante-cinq sociétés nouvelles, dont les résultats annuels ne dépassent pas 100 000 $, ont obtenu près de 411 millions de dollars en émettant des actions, en 1984.

La clef, pour opérer un financement sans histoire, c'est de trouver un souscripteur qui accepte d'essayer de vendre vos valeurs au public à cause du profit rapide et coquet qu'elles peuvent lui rapporter si tout se passe bien. Normalement, les soumissionnaires se font payer des honoraires en liquide ; ainsi qu'un droit préférentiel d'achat des actions de votre société à bas prix. Ils gagneront de l'argent si les investisseurs, en se précipitant, font monter le prix de l'offre, car ils pourront alors vendre avec un beau profit.

Aucun livre ne peut donner la liste, même partielle, des sources de capitaux utilisables par les entrepreneurs, ce qui signifie que vous devez fouiner attentivement partout.

Mon dernier conseil, c'est de ne pas vous accrocher à la première offre de financement qu'on vous fera.

Carole Hire, Bea McHugh et Mary Ellen Gaffney, qui voulaient créer une maison de santé, ont repoussé deux offres de mise de fond avant de trouver celle qui leur convenait. Elles avaient toutes les trois pratiqué pendant vingt ans ce même genre de service et mis au point un plan d'entreprise détaillé ; de plus, Carole Hire avait géré une firme qui assurait des soins à domicile à des invalides et à des convalescents.

Elle dit que deux capitalistes désireux d'investir dans une entreprise nouvelle leur avaient offert de les financer contre 60 pour cent des actions de leur affaire. « Je sais combien de travail il faut mettre dans une entreprise nouvelle pour la faire marcher, dit-elle, et je trouvais que c'était de l'auto-destruction que d'accepter cette offre. Nous ne le ferions vraiment qu'en dernier ressort. »

Hires se rendit à la Small Business Administration, qui proposa de leur prêter une somme globale de 75 000 à 100 000 dollars. Elle la rejeta aussi parce qu'elle n'avait pas besoin d'autant d'argent pour commencer et elle pensait qu'elle réduirait les paiements d'intérêts de leur société en obtenant une ouverture de crédit où elle pourrait puiser au fur et à mesure de leurs besoins.

Pour finir, Horizon Bank lui accorda une ouverture de crédit de 130 000 $; elles ouvrirent leur maison de santé le 1er janvier 1981 et, à la fin de la première année, elles avaient déjà émis pour près d'un million de dollars de facturations.

6 Il faut plus que de l'argent

« Il faut plus que de l'argent pour qu'une entreprise réussisse. Vous devez aussi savoir ce que vous faites. »

Mary Kay Ash,
fondatrice et présidente,
Mary Kay Cosmetics

Lorsque Suzy Bass décida de se mettre à son compte, elle venait de divorcer, avait deux enfants à sa charge (de quatre et huit ans), voyait mal sans ses lunettes et ne pesait que cinquante kilos ; pourtant, elle mit en route un service de livraison de glaçons, par sacs de vingt kilos, à des bars, des restaurants et d'autres clients de la ville d'Austin, dans le Texas, entreprise dont le chiffre d'affaire s'élève environ à 400 000 $ par an.

Elle avait obtenu, lors de son divorce, une somme de 12 000 $ qui lui permit de lancer son affaire et de vivre jusqu'à ce qu'elle commençât à tirer de l'argent de sa vente de glaçons. Mais, comme elle s'en aperçut très rapidement, il faut plus que de l'argent pour lancer une entreprise. Il faut des contacts, un outillage de fabrication, du matériel, des véhicules, des locaux, de la main-d'œuvre, des fournisseurs, du savoir-faire, de la persévérance et encore bien d'autres choses.

Suzy Bass commença par passer en revue un certain nombre de concepts et pensa à ouvrir une boutique de mode ou de cadeaux, mais elle se dit que cela ne pourrait pas lui assurer des revenus décents, à elle et à ses enfants. Puis, un ami qui possédait une fabrique vint à son secours, ce qui lui rappela un incident arrivé dans un restaurant où elle avait travaillé, quelques mois auparavant. La machine à faire la glace était tombée en panne, obligeant le directeur à envoyer son aide-serveur en acheter à une boutique voisine alors qu'on avait besoin de lui pour débarrasser les tables.

Suzy Bass comprit aussitôt qu'elle avait trouvé une idée qui allait lui permettre de se creuser un interstice dans le marché de la glace : un service de dépannage de livraison de glaçons. Mais avant de dépenser un sou de la somme qu'elle possédait, elle parla avec des gens de Houston et de San Antonio et rendit visite aux cinémas, aux clubs, aux bars, aux restaurants, aux traiteurs et à tous les autres clients possibles, ce qui lui apporta assez de confiance en elle pour lancer Flash Cubes Fast Ice Delivery.

L'affaire n'était pas plus tôt amorcée que les ennuis commencèrent. On refusa de lui louer à bail des machines à fabriquer la glace et un camion de livraison. « Ils ont été très francs, dit-elle. En tant que femme, sans solvabilité, sans formation et sans expérience professionnelle, je représentais un trop gros risque. » Mais un ami de Houston vint à la rescousse, l'aida à obtenir une machine à fabriquer de la glace, et elle décida de se servir de sa vieille Honda, qui avait un hayon à l'arrière, comme camionnette de livraison.

Il lui restait à trouver un local. Elle avait besoin de quelque chose de bon marché, situé au centre, avec de hauts plafonds et une aire de chargement. Elle finit par découvrir un ancien entrepôt. Enfin, elle était prête à se précipiter pour livrer de la glace aux clients qu'elle pensait avoir dénichés depuis des mois. Pour être sûre qu'ils ne l'avaient pas oubliée, elle leur envoya des autocollants à mettre sur leur glacière. Ces vignettes portaient le nom de sa société, son numéro de téléphone et ses heures de livraison : de 16 h à 22 h, la tranche horaire la plus fructueuse, se disait-elle.

Le premier appel se fit entendre à 8 h du matin, et avant que Suzy Bass comprenne ce qui lui arrivait, elle se retrouva en train de travailler vingt heures par jour : sortir des tonnes de glaçons de sa machine, les mettre dans des sacs, charger ceux-ci dans sa Honda, se rendre chez les clients, décharger les sacs, préparer les reçus, tenir la comptabilité, téléphoner pour offrir ses services — et cela toute seule. « C'était écrasant, épuisant et tout à fait enivrant dit-elle. Je ne me serais jamais cru capable d'en faire autant physiquement et autrement. » Et comme si ce n'était pas assez, elle s'occupait aussi de ses enfants, les emmenant souvent avec elle à l'entrepôt où il y avait des jeux et deux petits lits, ou les entraînant, à contrecœur, dans ses tournées de livraison.

Suzy Bass travaillait littéralement d'arrache-pied lorsque les premières douleurs de croissance de Flash Cubes se manifestèrent. Trente jours après l'ouverture, elle livrait tellement de sacs qu'elle fut obligée de remplacer sa Honda par un vrai camion. La première banque à laquelle elle s'adressa lui répondit négativement, mais la seconde accepta et elle lui confia aussitôt toutes ses activités bancaires. Puis un soir, pendant une livraison, elle se cassa le pied, une catastrophe puisqu'elle n'avait personne d'autre pour faire le travail. Cela l'obligea à embaucher son premier salarié, ce qui lui laissa le temps de réfléchir et de faire un peu de planification stratégique à long terme. Elle comprit vite qu'il lui fallait prendre un aide-comptable, lancer encore plus d'appels d'offre et dresser un plan d'extension franchement orienté vers le marketing.

Elle utilisa toutes les ressources disponibles auxquelles elle put penser :

— Elle transforma les côtés de son camion en panneaux d'affichage publicitaires mobiles sur lesquels on pouvait lire : *Flash cubes, livraison rapide de glace, 474-4439.*
— Elle expédia une publicité postale à tous les clients éventuels d'Austin, au début de chaque printemps, à la fin de la saison froide.
— Elle parcourut la liste des manifestations qui allaient avoir lieu, établie par la chambre de commerce, et contacta les personnes responsables de leur organisation pour leur proposer ses services.
— Elle demanda aux distributeurs de bières de la prévenir des diverses occasions où ils interviendraient afin d'obtenir ainsi une nouvelle clientèle.
— Elle lia amitié avec les gens qui lui achetaient de la glace pour les restaurants, les bars, les théâtres, etc., de sorte que, s'ils allaient travailler ailleurs, ils se souviennent de Flash Cubes.

Cette stratégie de marketing améliora si bien les ventes de Flash Cubes qu'au bout de deux ans, il fallut des installations plus grandes que Suzy Bas trouva dans un bâtiment appartenant à Redi-Ice, une filiale de la société qui possède la chaîne de magasins 7-Eleven. Elle loua juste assez d'espace pour un minuscule bureau, une aire de chargement et deux machines à fabriquer la glace ; de plus, Redi-Ice pouvait lui fournir autant de glace qu'il fallait lorsque ses propres machines ne suffisaient pas à couvrir ses commandes.

Elle dut affronter un autre problème lié, lui aussi, à l'extension, lorsqu'elle découvrit que l'un de ses employés la volait. Les conducteurs de Flash Cubes avaient des carnets à souche numérotés et lorsqu'un client payait sa glace, presque toujours en liquide, ils lui donnaient un reçu. Mais l'un d'eux avait ouvert, par effraction, le tiroir qui contenait les carnets encore inemployés et il en avait pris un dont les numéros étaient très en avance sur ceux qui étaient utilisés à ce moment-là. Il avait donné aux clients des reçus détachés de celui-ci et empoché l'argent.

Avant qu'on le découvrît, il avait filé avec entre 10 000 et 20 000 dollars. Ce revers encouragea Suzy Bass à se montrer plus méfiante à l'égard de ses employés, à leur expliquer comment les grosses sommes en liquide qu'ils recevaient servaient à faire marcher l'entreprise et donc à assurer leur emploi, et à instituer des contrôles financiers plus stricts.

Cela faisait cinq ans qu'elle était à la tête de son entreprise, avec 10 employés et 5 camions de livraison, lorsqu'en 1984, elle lança une seconde affaire appelée Sno Delights, qui vend des New Orleans — des desserts glacés à trente parfums différents — dans des caravanes disséminées autour d'Austin. « J'ai probablement démarré avec plus de caravanes Sno Delights que je ne peux réellement en gérer, dit-elle, mais l'affaire marche bien et j'en suis contente. »

L'expérience de Suzy Bass reflète celle d'autres entrepreneurs qui ont trouvé des concepts efficaces et rassemblé les ressources nécessaires pour les réaliser. Il n'y a pas de procédure modèle bien que la plupart des nouvelles entreprises semblent suivre la même progression : une mise de fonds, un nom bien choisi, une implantation, un équipement, la maintenance et les stocks, du personnel.

Les trois types de sociétés

L'une des premières décisions qu'il vous faudra prendre, en tant qu'entrepreneur, c'est de choisir, en toute légalité, entre les trois possibilités suivantes : rester l'unique propriétaire de votre affaire, prendre un ou des associés, en faire une société anonyme.

Si vous prenez la tondeuse de la famille et que vous vous mettiez à tondre les pelouses du quartier, vous n'avez rien d'autre à faire. Le simple fait d'être payé par vos voisins pour vous occuper de leur gazon vous rend l'unique propriétaire de votre entreprise.

L'avantage, c'est que vous êtes votre propre patron et si votre affaire devient une autre General Motors, vous la possédez entièrement. Le désavantage, c'est que vous êtes tout seul. Vous n'avez pas d'associé qui vous aide à financer l'opération, qui combine et complote avec vous pour assurer son succès et qui soit à vos côtés pour partager les bons et les mauvais moments. En tant qu'unique propriétaire, vous êtes aussi personnellement responsable de toutes les dettes, et si vous coupez le gros orteil d'un client en taillant sa verdure, vous pourrez perdre en dommages et intérêts tout ce que vous possédez.

Si vous préférez partager le fardeau avec quelqu'un, créez une société de personnes. Dans ce cas, vos associés et vous serez personnellement responsables des dettes de la firme, ou des arrêts d'un jugement, mais la responsabilité de gestion de l'entreprise peut être répartie selon les désirs des associés.

Vous risquez de gros ennuis si vous ne signez pas de contrat avec vos associés, un contrat où sera clairement formulé tout ce sur quoi vous vous êtes mis d'accord, les sommes investies par chacun, la répartition des fonctions, le partage des profits et pertes. Il faut aussi vous mettre en règle avec le fisc et la sécurité sociale.

Peu de relations, y compris le mariage, sont soumises à autant de *Sturm und Drang* que celles des associés entre eux ; leur équilibre délicat et leur survivance dépendent d'une définition bien claire des frontières de l'autorité de chacun, de la communication entre les parties et du respect que chacun doit avoir pour le style de gestion des autres, qu'il tienne de la dictature ou du consensus, ou de quelque chose situé entre les deux.

Trois jeunes Californiens — dont deux étaient au chômage et vivaient de l'aide sociale — ont découvert à leurs dépens cet aspect de la vie d'association en 1974, peu après avoir commencé à exploiter une recette de gâteau en créant Just Desserts, une pâtisserie industrielle dont le chiffre d'affaires, en 1984, a atteint 5 millions de dollars.

Elliot Hossman et Gail Horvath eurent immédiatement des ennuis parce qu'ils étaient mariés et que leurs activités professionnelles frénétiques entraient en conflit avec leur vie privée. Une solution : Gail mit une certaine distance entre son mari et elle en allant gérer la boutique de la firme, au centre ville ; et plus tard, en prenant deux années sabbatiques pour avoir un enfant, après quoi elle retourna au travail avec une ardeur renouvelée.

On n'avait pas réparti le travail dès le début, à Just Desserts, et les associés ne faisaient que s'entraver mutuellement. « C'était un cauchemar », dit Barbara Radcliff, la troisième associée. Elliot Hossman s'était chargé de la partie administrative mais il était tout le temps fourré à la cuisine. « Abandonner la cuisine, dit-il, cela m'arrachait le cœur. » Les associés travaillaient aussi tellement qu'ils n'avaient pour ainsi dire plus le temps de se parler. « A ce moment-là, nous ne communiquions pas régulièrement, dit Barbara, alors nous ne savions plus ce qui se passait. Nous perdions peu à peu tout rapport les uns avec les autres et la planification devenait obscure. » Les associés se sont depuis appliqués à établir une structure plus claire, des tâches mieux définies, des relations régulières, etc., tout ce qui pouvait rendre leur vie de travail moins difficile.

On peut toujours mettre fin à une association, bien sûr, et la manière la plus facile, c'est de racheter les parts de vos associés. Stina Hans, qui créa, avec deux associés, Mini-Computer Business Applications, en 1975, les a rachetées cinq ans plus tard, devenant ainsi l'unique propriétaire de cette société en pleine expansion dont le chiffre d'affaires atteignit 7,3 millions de dollars à la fin de son année fiscale qui se terminait le 31 mars 1984.

Désamorcer une bombe à retardement

Si cette bombe à retardement que constitue la responsabilité illimitée et qui « tictaque » toujours dans une entreprise fondée par un seul propriétaire ou plusieurs associés en nom propre continue à vous inquiéter, alors il faut constituer une société par actions. Vous pouvez, évidemment, vous protéger en souscrivant une police de responsabilité civile qui vous remboursera si vous êtes tenu financièrement responsable des transgressions de votre affaire — mais pas des factures non payées ni des chèques sans provision. Vous pouvez même créer une société à responsabilité limitée, dont vous seriez un simple associé, ce qui vous protégerait de tout sauf de la perte de votre investissement.

Mais la manière la plus sûre de ne pas finir ruiné si votre entreprise fait faillite, c'est de constituer une société par actions. Si les choses tournent mal, tout ce que vous risquez de perdre, c'est la somme que vous aurez investie dans l'affaire. Les créditeurs de votre société ou les parties gagnantes d'un procès ne peuvent toucher ni à votre maison, ni à votre auto, ni à aucun de vos biens personnels. Vos biens mobiliers peuvent être saisis si vous avez accepté d'être personnellement responsable des dettes de votre société, condition que la plupart des banques exigent si vous demandez un prêt pour votre première affaire.

Il y a encore d'autres avantages appréciables. Deux des plus importants sont : 1) que la société par actions vous permet de déduire de vos impôts les assurances de groupe contractées pour vos cadres supérieurs, et 2) que les premiers 100 000 $ de bénéfice sont imposés à un taux effectif qui n'est que de 26 pour cent, au lieu des 50 pour cent que vous devez payer si vous déclarez l'argent que rapporte votre affaire comme un revenu personnel.

Il y a aussi des inconvénients dont voici les principaux :

- Constituer une société par actions, c'est cher, car les frais juridiques s'élèvent à des centaines ou des milliers de dollars.
- Cela vous oblige à accomplir des formalités et à tenir une paperasserie qui coûtent beaucoup de temps : les réunions d'actionnaires, les procès-verbaux des séances,

les comptes rendus à envoyer régulièrement aux actionnaires, et toutes sortes de formulaires à remplir pour différents organismes officiels.

• Les bénéfices sont assujettis à l'impôt sur les sociétés et toute part qui vous en est versée, à vous et aux autres actionnaires, est, en plus, imposée en tant que revenu personnel.

Plus vous approchez du moment où vous allez vous mettre à votre compte, plus la peur de vous sentir isolé s'empare de vous, comme elle l'a fait de beaucoup d'autres entrepreneurs. Une bonne manière d'apaiser rapidement cette inquiétude, c'est de vous joindre à un groupe de soutien composé d'autres hommes d'affaires de votre région, une chambre de commerce par exemple, ou le Rotary Club. Joseph Sonnenreich gère seul une agence de publicité à partir de son appartement de New York City, et depuis plus de vingt ans, il appartient à la League of Advertising Agencies, qui regroupe environ quatre-vingts petites et moyennes agences de publicité. Sonnenreich peut bavarder avec d'autres membres s'il en a envie, et se servir de la ligue comme d'un office central pour trouver des photographies, des artistes, des dessinateurs et d'autres spécialistes qu'il désire engager. « Le libre échange des informations économise beaucoup de temps, dit-il, et tous les membres sont d'accord pour partager leurs compétences. » Briarpatch Network fut créé, à San Francisco, en 1974, « afin d'encourager les gens qui ont les mêmes préoccupations » à s'aider les uns les autres en partageant leurs connaissances et leur expérience professionnelles. On vient d'ouvrir, dans le Connecticut, le premier d'une nouvelle sorte de Venture Capital Clubs, où des entrepreneurs, des juristes, des ingénieurs, des inventeurs et d'autres personnes qui s'intéressent aux affaires se réunissent une fois par mois pour entendre des conférences, discuter des produits et des services qu'il pourraient offrir et chercher le financement des concepts découverts par les autres membres.

Mais maintenant, vous devez être engagé assez loin dans la mise au point de votre idée d'entreprise pour commencer à chercher quel nom vous allez lui donner. Un bon nom d'affaire, c'est de l'argent en banque, bien que la plupart des meilleurs soient le fruit d'un hasard heureux. Steve Jobs et Steve Wozniak pensaient appeler leur société d'ordinateur Executek ou Matrix Electronics jusqu'à ce que Jobs, qui à une certaine époque ne se nourrissait que de fruits, leur suggèrât de la baptiser Apple. Les noms les meilleurs sont ceux qui disent, au premier coup d'œil, de quelle affaire il s'agit.

On prend tellement au sérieux, actuellement, le fait de trouver des noms mémorisables pour les entreprises et leurs produits que cela a donné naissance à une firme spécialisée dans ce travail, Name Lab, qui compte parmi ses clients RCA, Chrysler, Honda et Federal Express. Sa meilleure trouvaille à ce jour, c'est d'avoir choisi « Compaq » pour décrire une nouvelle société qui avait l'intention de vendre des ordinateurs portatifs, société qui a remporté le plus gros chiffre d'affaires pour une première année, de toute l'histoire des États-Unis. Ira Bachrach, le fondateur de Name Lab, croit que les noms des produits doivent être aussi marquants que ceux des sociétés qui les fabriquent. Il a même inventé un indice pour mesurer la facilité qu'auront les consommateurs à retenir le nom de la marque d'un produit en se servant d'une échelle qui va de -5 à $+5$.

Se procurer des équipements de travail et des services de soutien de qualité, c'est crucial pour une affaire qui débute, et là aussi, il y a des options qui correspondent à vos besoins.

Des couveuses pour entreprises

Un progrès bien accueilli dans le domaine des infrastructures, c'est ce qu'on appelle des « serres » ou des

« couveuses » pour entreprises, où l'on trouve, pour un prix calculé proportionnellement à l'utilisation qu'on en fait, des lieux de travail, des salles de conférence, des cantines, des secrétaires à temps partiel, des services de réponses téléphoniques, du mobilier et des camionnettes à louer, etc. Des universités offrent des couveuses plus raffinées avec accès à des experts en affaires et en ingénierie appartenant au corps enseignant, et des étudiants qui fournissent ce qu'un plaisantin a qualifié de « main d'œuvre esclave ».

Loren A. Schultz, qui lança plusieurs entreprises dont Decision Data Computer Corporation, société qui vaut maintenant 100 millions de dollars, est en train d'implanter une chaîne de couveuses appelées Technology Centers International, dont le siège social est à Montgomeryville, en Pensylvanie, et qui dispense des conseils coordonnés par un « Center Champion » à demeure. Ce « Champion », généralement quelqu'un possédant une grande expérience de la gestion, aide les sociétés à dresser des plans d'entreprise, à obtenir des ressources y compris des mises de fond initiales, à lancer une affaire et à la guider dans le noir. Schultz dit qu'il a prévu dix centres en fonctionnement d'ici la fin 85 et que sa plus grande récompense sera d'investir dans les affaires du centre qui réussiront.

Les couveuses pour entreprises naissantes, c'est un concept dont le temps était venu et, dans les mois qui viennent, on en lancera sans doute de très originales, comme Kitchen Privileges, fondée par Saul Barry Wax et ses associés. « Nous sommes les premiers, dans ce pays, dit celui-ci, à louer des cuisines à usage commercial. » La cuisine de Wax est tout équipée, patentée par les organismes locaux et fédéraux, et peut servir à six cuisiniers pendant quatorze heures par jour à raison de vingt-sept dollars de l'heure. Wax voit sa cuisine comme une « serre » pour ceux qui sortent de nouveaux produits alimentaires. « Ils peuvent ne dépenser que 3 000 $ pour fabriquer un produit, et si ça ne marche pas, ils n'ont pas perdu grand chose. » Si ça réussit, ajoute-t-il, sa cuisine est conçue pour assurer leur production jusqu'à ce qu'ils aient besoin d'installations bien à eux.

A sa manière, le système américain de la libre entreprise est une sorte de couveuse où l'on peut trouver à portée de main tout ce qu'il faut pour transformer une idée en espèces sonnantes et trébuchantes.

Richard Manney, qui créa il y a vingt ans Mediators, Inc., une société d'achat d'espace publicitaire à New York, avait toujours souhaité contrôler son propre produit et, en 1982, avec son associé Tom Settineri, il utilisa ce système pour lancer MBC Beverages. Son produit est toute une série de sodas de régime dont la formule a été conçue par Hurty-Peck & Company. Il vend le soda en poudre à des gens qui le réhydratent, le mettent en bouteille et le vendent à des courtiers en boissons qui l'expédient dans des entrepôts et le redistribuent dans tous les supermarchés. L'ingrédient clef de MBC, c'est le nom de ce nouveau soda — Sweet'n Low — obtenu sous licence exclusive de la Cumberland Packing Corporation, de Brooklyn, qui fait des édulcorants à basses colories.

Conserver ses espèces, c'est un problème crucial pour une entreprise qui débute, et il y a d'innombrables manières d'y arriver.

L'une des plus répandues consiste à louer ce dont vous avez besoin au lieu de l'acheter immédiatement. Presque tout ce que votre entreprise ne consomme pas peut être loué, les structures, l'outillage de production, l'équipement de bureau, les véhicules, et maintenant la main-d'œuvre à plein temps (y compris vous-même). La main-d'œuvre intérimaire est l'une des industries nouvelles les plus dynamiques puisque le nombre d'inscrits est passé de 4 000 en 1983 à 60 000 aujourd'hui et, selon un expert cité par *Nation's Business*, il va atteindre les 10 millions au cours de la prochaine décennie.

Il existe actuellement environ deux cents firmes qui se consacrent à cette activité, dont Omnistaff, à Dallas, est la plus importante, avec plus de 7 000 personnes travaillant pour 1 000 clients dans quatorze états. Vous pouvez payer l'une de ces firmes pour qu'elle reprenne votre personnel actuel, ou pour qu'elle passe une annonce et sélectionne, interroge et choisisse le meilleur candidat pour tout poste que vous avez à pourvoir (ou vous pouvez faire cela vous-même, à grand renfort de discipline, de promotion et de licenciement). Mais la tâche principale de ces fournisseurs de main-d'œuvre, c'est de préparer vos fiches de paie, d'en déduire les taxes et les charges sociales, de s'occuper de l'indemnité de chômage et de l'assurance contre les accidents du travail, dc remplir les formulaires et, en gros, de vous soulager de toute la paperasserie afin que vous puissiez vous concentrer sur la gestion de votre affaire. Le coût de ces services va de 4,5 à 10 pour cent de la somme globale de vos salaires, plus le montant exact de votre programme de participation du personnel au bénéfice, que ces firmes administrent aussi.

Un troc de gâteaux et des chopes de bière

On peut aussi économiser cet argent si précieux en utilisant le troc, comme le fit Wally « Famous » Amos lorsqu'il troqua pour 750 $ de biscuits au chocolat contre des annonces publicitaires à la station de radio locale. Une autre stratégie consiste à payer ce dont vous avez besoin avec des actions de votre société, transformant ainsi vos fournisseurs en associés. Des firmes de recherches en management, des experts-comptables, des agences de publicité, des firmes de relations publiques, des conseillers en management, des hommes de loi et d'autres fournisseurs de services professionnels réduiront leur note d'honoraires, ou même n'en percevront pas, en échange d'une participation quelconque à une nouvelle entreprise qui est à court de liquidités. Un cabinet de juristes du New Jersey a effectué un travail juridique important pour une société qui construit des cités-jardins dans l'Arizona ; ils ont demandé des honoraires moins élevés que d'habitude en échange d'une participation tant aux bénéfices qu'aux pertes. La même firme a pris aussi des actions et des titres dans une nouvelle société de personnes qui est devenue ensuite anonyme, lui permettant ainsi une beaucoup plus large rentabilisation de ses services juridiques que si elle avait exigé ses honoraires en liquide.

Bien que la plupart des nouvelles affaires soient souvent, au début, gérées par une seule personne, elles ne peuvent grandir sans l'aide d'un personnel efficace et cela est parfaitement illustré par ces hommes et ces femmes qui, travaillant dans des industries de technologie de pointe, s'en vont pour s'installer à leur compte en débauchant une poignée de gens clefs qui vont partager leur entreprise hasardeuse.

Lorsque James Meadlock quitta IBM, en 1969, pour créer Integraph, Inc., il emmena avec lui quatre de ses ingénieurs et sa secrétaire (qui devint sa femme et la vice-présidente de cette société de conception assistée par ordinateur de 400 millions de dollars). Il la fonda avec 39 000 $ d'argent personnel et, deux ans après que la société eut lancé des actions sur le marché, en 1981, il valait 80 millions de dollars.

Si vous voulez réussir avec une entreprise dont vous serez le seul propriétaire, il vous faudra découvrir, embaucher, diriger et motiver un personnel de qualité. Vous saurez que vous avez échoué si, un jour, en arrivant au travail, vous découvrez que l'un de vos employés a épinglé une note sur votre panneau mural : « Ceux qui croient que les morts ne reviennent jamais à la vie devraient se pointer ici à l'heure de la sortie. »

« Diriger des gens, cela représente au moins le tiers de la gestion de votre affaire », dit William H. Scott, professeur de gestion appliquée à l'université de New Hampshire. « La plupart des gens seront satisfaits et travailleront à 100 pour cent si on leur assure un salaire suffisant, un sentiment de sécurité, des possibilités d'interaction sociale et des conditions de travail convenables. Si vous voulez que votre personnel fonctionne avec enthousiasme et une efficacité exceptionnelle, il faut leur donner le sentiment qu'ils se développent, qu'on les reconnaît, qu'ils sont performants et qu'ils peuvent « participer ».

L'un des moyens les plus faciles et les plus rentables d'y arriver, c'est d'établir un programme de suggestions faites par les employés : les encourager à proposer des idées qui économiseraient l'argent de la société et les récompenser lorsqu'ils le font. Il y a quelque 3 000 programmes officiels de ce type appliqués en ce moment aux États-Unis, aux dires de la National Association of Suggestions Systems, de Chicago, et en 1984, ils ont généré un total de 300 758 idées qui ont économisé aux employeurs 800 millions de dollars, une fois déduits les 98 millions de récompenses distribués. Ce n'est pas une mauvaise rentabilité et le plus beau, c'est que cet investissement est à la portée de la plus petite des entreprises.

Dans leur livre *The 100 best Companies to Work for in America,* publié en 1984, les auteurs, Robert Levering, Milton Moskowitz et Michael Katz, disent que leurs recherches les ont convaincus qu'il est bien plus agréable de travailler dans une petite entreprise que dans une grande société. C'est sans doute en partie parce que les petites entreprises sont bien plus inventives dans leur manière de faire sentir aux gens qu'ils font partie d'une équipe ; les auteurs remarquent que c'est, pour les employés triés sur le volet qu'ils ont interrogés, la troisième caractéristique la plus importante, après un bon salaire et de gros avantages divers. Par exemple :

- Lorsqu'un employé travaille depuis deux mois à Apple Computer, on lui prête un ordinateur, et dix mois après il est à lui.

- Si le PDG et fondateur d'Advanced Micro Devices, Jerry Sanders, arrive en retard au travail, il doit garer sa Rolls Royce dans l'annexe du parking, de l'autre côté de la rue.

- Les employés de l'Olga Company (que l'on appelle des « associés ») se réunissent une fois par semaine pour suggérer à la direction de cette fabrique de sous-vêtements féminins comment la société pourrait être gérée plus efficacement.

- People Express pratique une forme d'autogestion en poussant chaque employé — qui doit posséder au moins cent parts des actions de la ligne aérienne — à regarder autour de lui pour se trouver un travail qu'il aimerait faire ou qu'il est nécessaire de faire. Le personnel volant peut passer du temps à terre à établir l'ordonnancement, des pilotes peuvent faire un peu de marketing pour ces voyages à prix réduits, du type charter, qui ont fait de People Express une entreprise qui rapporte et ne cesse de croître au sein d'une industrie qui, comme on le sait, connaît de graves difficultés.

- Une fois par an, au printemps, les gestionnaires de Quad/Graphics Inc. abandonnent l'imprimerie pour une journée de réunions et une visite au musée d'Art de la ville, laissant les « associés » — le personnel — diriger l'affaire sans surveillance.

- Les « beuveries » de Tandem Computers sont célèbres dans toute la Silicon Valley ; le vendredi après-midi, tout le monde, du président jusqu'en bas de l'échelle, se rassemble sur la terrasse de la cafeteria pour boire de la bière et bavarder.

L'ultime stratégie, pour obtenir le maximum des ressources humaines de votre société, c'est de motiver vos gens à se surpasser, et peu d'entrepreneurs mettent plus d'énergie à le faire que Mary Kay, dont la société de produits de beauté est l'une des cent meilleures pour la qualité du travail.

Mary Kay est probablement la plus grande femme entrepreneur des États Unis ; elle a créé son affaire dans une boutique de 45 m^2, en 1963, et celle-ci est maintenant cotée au New York Exchange ; ses 194 000 « conseillères en beauté » indépendantes ont vendu, en 1984, pour 300 millions de dollars de crèmes de soin, d'articles de toilette, de parfums, etc., lors de réunions tenues chez des particuliers, d'un bout à l'autre du pays.

« Lorsque vous lancez une entreprise nouvelle, votre meilleure raison de le faire, dit Mary Kay dans son autobiographie, c'est *que l'on a besoin de ce que vous allez offrir.* Quand nous avons commencé, aucune société de produits de beauté ne proposait de soigner la peau de ses clientes. On se contentait de vendre du rouge à joues et à lèvres, ou de proposer de nouvelles couleurs de maquillage des yeux. Aucune marque n'enseignait aux femmes à soigner leur peau. Aussi nous nous sommes installés dans le marché, là où il y avait un réel besoin... et nous y avons répondu. »

Mary Kay dit que le moment le plus dur de sa vie, ce fut juste après la Deuxième Guerre mondiale, lorsque son mari, le père de ses trois enfants, revint lui annoncer qu'il voulait divorcer. Brusquement, Mary Kay se retrouvait chef de famille, et comme elle voulait rester le plus possible avec ses enfants, elle prit un travail à temps partiel : elle vendit des produits de la Stanley Home Products à des « réunions » de femmes (des démonstrations de vente) tenues chez des particuliers. Mary Kay avait dix à douze dollars de commission à chaque réunion, ce qui veut dire qu'elle devait en tenir trois par jour pour survivre.

A l'une d'elles, Mary Kay remarqua quelque chose de très étrange. Il y avait une vingtaine de femmes d'âges différents dans la pièce et toutes avaient une peau de pêche. Après la réunion, tout le monde alla prendre le café dans la cuisine, et Mary Kay vit son hôtesse tendre à chaque femme de petits pots avec des étiquettes écrites au crayon. Chaque fois qu'elle donnait un pot, elle notait quelque chose dans un cahier. « Voyons, maintenant vous allez mettre le numéro trois pendant deux semaines, disait-elle par exemple, et puis le numéro quatre pendant dix-sept jours. »

Il s'avéra que ces femmes servaient de « cobayes » pour des crèmes de soin que leur hôtesse avait concoctées et Mary Kay se porta volontaire pour un traitement. La femme lui dit qu'elle avait une peau « vieillissante » et lui donna une boîte à chaussures remplie de ses produits, présentés dans des pots réutilisés, plus une feuille de prescriptions pleine de fautes de syntaxe et d'orthographe. Mary Kay se servit des crèmes, les apprécia et finit par acheter les formules à la fille de cette femme qui les avait depuis des années mais ne savait pas comment faire pour les commercialiser ; Mary Kay, elle, était sûre de le pouvoir et, le 13 septembre 1963, elle ouvrit, à Dallas, les portes d'une minuscule boutique avec neuf vendeuses et son fils Richard comme administrateur financier. Le magasin était plein de pots de crèmes et d'un équipement de bureau d'occasion dans lesquels elle avait investi toute sa fortune... 5 000 dollars.

La recette du succès de Mary Kay

Des milliers de femmes passaient, chaque jour, devant la boutique de Mary Kay, mais très peu venaient voir sa ligne, inconnue, de produits de beauté. Elle comprit très vite que, si elle ne faisait pas quelque chose pour lancer son affaire, elle mourrait, aussi décida-t-elle d'attirer l'attention en vendant des perruques de vrais cheveux, qui, à l'époque, faisaient fureur. Elle en mit en vitrine, écrivit sur des pancartes « Grande Inauguration », engagea Renée of Paris pour coiffer avec chic les perruques vendues ce jour-là et un mignon petit mannequin pour servir le champagne aux clientes.

Elle vendit une douzaine de perruques mais la plupart lui furent rendues le lendemain car les époux de ces dames les avaient trouvées bizarres ainsi. « Nous avons appris, dit Mary Kay, que c'est une terrible erreur d'acheter une perruque trop différente de ses cheveux. Ce doit être un complément, dans la garde-robe d'une femme, quelque chose qu'elle porte lorsqu'elle n'a pas le temps d'aller chez le coiffeur. » Les perruques avaient aussi mis la boutique dans un triste état : il y avait des sèche-cheveux et des bigoudis partout, et elles prenaient tant de place qu'il n'en restait plus pour les produits de beauté. De plus, il fallait environ huit heures à l'une de ses conseillères pour vendre et coiffer une perruque ; Mary Kay décida donc de ne plus s'occuper que de crèmes de soin et de maquillage.

C'est alors qu'elle développa les cinq étapes des soins de la peau — « nettoyer, stimuler, rafraîchir, hydrater et protéger » — assurées par l'utilisation de ses « produits, étudiés scientifiquement pour pratiquement tous les types de peau ». Le concept marcha et la quantité de produits vendus en boutique et à de « petites réunions intimes » commença à monter en flèche. Le chiffre d'affaires de la première année s'éleva à 198 000 $ et, à la fin de la seconde, il était passé à 800 000 $. « L'échec nous amena au succès », dit volontiers Mary Kay.

Sa société est gérée par son fils Richard, ce qui la laisse libre de consacrer toute son énergie à « diriger et motiver l'organisation des ventes », ce qui est la clef de son succès. Mary Kay Cosmetics, comme Avon, Tupperware, Shakkle et d'autres sociétés de vente directe, doit attirer et motiver une armée de vendeuses à temps partiel qui changent constamment. Environ 80 pour cent des conseillères partent chaque année et doivent être remplacées ; durant cette année, chacune d'elle a vendu, environ, pour 3 600 $ de produits de beauté, dont 1 800 lui reviennent. Pousser ces vendeuses à leur compte à proposer plus de marchandises et à recruter d'autres conseillères, telle est la part la plus importante de la vie professionnelle de Mary Kay.

Sa philosophie de la motivation est basée sur la devise « aller-donner », qui souligne que donner est plus important que le reste. Mary Kay insiste pour que ses conseillères en beauté ne pensent jamais « Pour combien puis-je vendre de marchandises à ces personnes, aujourd'hui ? » mais bien plutôt : « Que puis-je faire pour que ces femmes repartent d'ici en se sentant mieux dans leur peau ? Comment puis-je leur donner une meilleure image d'elles-mêmes ? »

Mary Kay se sert de sa devise lorsqu'elle négocie avec ses conseillères indépendantes qui n'ont pas de secteur particulier et peuvent vendre ses produits et recruter de nouvelles vendeuses n'importe où ; elles sont 140 contre une dans l'effectif de la société.

Mary Kay invente sans cesse de nouvelles récompenses à distribuer à ses conseillères dont les ventes et les efforts de recrutement atteignent certains nivaux établis par elle. Lorsqu'une conseillère vend pour 100 dollars de produits en une seule réunion, elle obtient un ruban, et lorsqu'elle fait 200 $, elle en a un autre. Les conseillères qui recrutent trois nouvelles vendeuses ont le droit de porter une veste rouge ; celles qui en recrutent cinq décorent la poche de poitrine de leur veste d'un emblème portant les lettres TLC, pour « team leader consultant », et celles qui rassemblent huit nouvelles recrues ont un autre « emblème tout à fait frappant ». Toutes les TLC ont le droit de porter, sur leur veste, une broche représentant un bourdon doré pour chaque nouvelle vendeuse qu'elle engage.

Pour les conseillères en beauté qui gravissent « l'Échelle du Succès » — une broche en forme d'échelle avec un diamant sur chaque barreau pour celles qui atteignent le maximum de ventes et de recrutements — il y a d'autres stimulants, dont les plus importants sont distribués chaque année lors de la spectaculaire Soirée des Récompenses tenue au Dallas Convention Center. Plus de

25 000 vendeuses assistent à ces extravagances organisées autour du thème « Les rêves se réalisent parfois », qui comporte, sur scène, un château-fort entouré de chevaliers et de leurs dames dansant sur la musique de *Camelot*.

Les meilleures vendeuses reçoivent une des fameuses Cadillac roses de Mary Kay, mais la grande gagnante, c'est la Reine des Ventes qui, selon les années, a reçu « deux fabuleuses bagues avec des diamants ; un collier d'or et de diamant ; une veste de vison ; une autre avec un col et des manches de Labrador ; des vacances de rêve, tous frais payés, en Espagne, pour la Reine et son mari ; une broche de diamants en forme de lingot ; et bien entendu une broche en or représentant un bourdon ornée de dix-neuf diamants ».

Mais Mary Kay ne se contente pas d'utiliser des récompenses matérielles. Les motivations psychologiques ne sont pas moins importantes et elle a, en ce domaine, plus d'un tour dans son sac. Elle pousse les conseillères à écrire des chansons sur leur travail et des prix récompensent les meilleures. Avant les réunions hebdomadaires avec les directeurs des ventes, on encourage les conseillères à « croasser » leurs succès des semaines passées, et toutes sont invitées à se joindre au « Club de Cinq Heures » de Mary Kay, c'est-à-dire à se lever chaque matin à cinq heures pour compléter la liste des six choses les plus importantes qu'elles souhaitent accomplir ce jour-là.

Peut-être que la récompense la plus valorisée, c'est celle que Mary Kay réserve aux administratrices de la société ; tous les mois, elles viennent à Dallas pour compléter leur formation et sont toujours invitées chez elle pour prendre le thé. Une fois là, elles pénètrent dans la salle de bains de Mary Kay, où trône une immense baignoire de marbre, ronde et encastrée. Elles sautent tout habillées dans la baignoire vide et on prend alors une photo qui occupera, dorénavant, la place d'honneur au mur de leur salon. Comme dit Mary Kay, « Il faut plus que de l'argent pour qu'une nouvelle entreprise réussisse ».

7 Le moment de vérité

« Ma devise a toujours été “ Attaque, attaque, attaque ! ” Il n'y a pas de pitié en affaires. »

Glenn R. Jones,
président, Jones Intercable

Anthony Seraphin, de Conshohocken, en Pensylvanie, avait un projet d'affaire qui, pensait-il, ne pouvait que réussir. C'était un procédé qui permettait d'envelopper les navires de plaisance dans une feuille de plastique épais qui rétrécissait, lorsqu'on soufflait de l'air chaud dessus, pour former comme une peau collant au bateau qui le protègerait durant les mois d'hiver passés en cale sèche.

L'idée de « Protect-A-Boat » avait tout pour elle. C'était bon marché, rapide et facile à réaliser. La clientèle du navire de plaisance est large, riche et en pleine expansion. Et le procédé de Seraphin était sous brevet ! Pourtant ce produit a dormi pendant deux ans parce que Seraphin n'arrivait pas à trouver comment faire pour le vendre.

Il enveloppa un bateau de cinq mètres dans son plastique protecteur et l'emmena partout avec lui, y compris au supermarché. Il devint si désespéré qu'il s'en servit pour bloquer l'entrée des marinas afin que leurs gérants soient obligés de regarder son produit et d'entendre son argument de vente.

Pendant ce temps-là, Seraphin échouait également sur d'autres fronts. Il continua d'essayer de le vendre aux propriétaires de marinas en suivant les côtes proches du New Jersey jusqu'à ce qu'il trouve un local à louer à un prix bon marché d'arrière-saison, mais à cette date toutes les dispositions avaient été prises pour entreposer les bateaux pendant l'hiver. Il insistait aussi pour envelopper lui-même les navires de ses clients au lieu de concevoir un kit à faire soi-même pour que des milliers de propriétaires puissent l'acheter et l'utiliser.

Bientôt Seraphin se trouva incapable de payer ses créances et il allait être obligé de se déclarer en faillite lorsque cinq investisseurs locaux décidèrent d'injecter 123 000 $ dans son Protect-A-Boat, contre 38 pour cent des actions de la société. Cet apport de capital, plus une attaque sur le front des relations publiques, changèrent complètement la situation : Seraphin paya ses dettes, développa un kit à faire soi-même, investit dans la publicité et, durant l'année fiscale de sa société, qui se termina le 30 juin 1985, ses ventes s'élevèrent à 700 000 dollars contre 73 000 en 1983.

La plus merveilleuse idée du monde est dénuée de valeur si on ne peut pas lancer le produit sur le marché et attirer l'attention de clients éventuels dont le cœur et l'esprit sont gagnés à vos concurrents ; Mary Kay Ash apprit cette dure leçon lorsqu'elle ne put arriver à attirer les acheteuses de produits de beauté dans la boutique de Dallas, mais elle réussit en leur offrant, à domicile, des « démonstrations de beauté ».

La voiture qui ne roula jamais

Des affaires, trop nombreuses à évaluer, sont restées méconnues parce qu'elles n'avaient pu être portées à la connaissance des consommateurs, d'autres parce qu'elles étaient incapables de livrer un produit viable. Une petite société, appelée Holosonics, fit parler d'elle dans la presse en accaparant 90 pour cent de tous les brevets en circulation sur une technique de photographie au laser qui produit des images en trois dimensions connues sous le nom d'holographes. Holosonics avait, pratiquement, l'exclusivité de cette technique, et pourtant elle dut se déclarer en faillite parce qu'elle était incapable d'imaginer ce que serait son produit et encore moins d'en parler. D'autre part, pas mal d'affaires ont profité d'un lancement à l'échelle mondiale, puis ont glissé dans l'abîme lorsque leur produit s'est avéré incapable de tenir ce que leur publicité anticipée avait si trompeusement promis.

L'été 1947, Preston T. Tucker, quarante-trois ans, dévoila sa nouvelle torpedo à Chicago, devant un public de trois mille prestigieux vendeurs de voitures qui avaient payé jusqu'à 50 000 $ le privilège de distribuer ce qu'il avait appelé, dans sa campagne publicitaire, « La première voiture vraiment nouvelle depuis cinquante ans ».

Tucker tint sa « première mondiale » dans une immense usine qui, pendant la Deuxième Guerre mondiale, avait fabriqué des B-29 ; il l'avait louée avec une partie des 26 millions de dollars empruntés pour produire cette « automobile vraiment moderne, descendante des championnes des pistes » qui, promettait-il, transformerait toutes les autres voitures en véhicules périmés.

Le silence tomba sur l'assistance lorsque, sur la scène hâtivement édifiée, les rideaux s'écartèrent pour révéler une automobile marron, surbaissée, avec un phare en « œil de Cyclope » planté au milieu du nez et qui tournait en même temps que ses roues de devant. De splendides mannequins en robe du soir l'entouraient, portant les répliques en papier mâché de certaines des huit cents pièces que Tucker prétendait avoir éliminées de son modèle. « La Tucker n'a pas besoin de pédale d'embrayage », roucoula l'une d'elles. « La Tucker n'a pas besoin de différentiel », ronronna une autre. « La Tucker n'a pas besoin de transmission », gazouilla une troisième.

« En trois mois, nous en construirons trois mille », annonça Tucker d'un air triomphant en montant dans sa torpedo ; tandis qu'il descendait une rampe de quinze mètres, l'automobile fut aussitôt entourée d'un cordon de gardiens de l'usine afin d'empêcher les vendeurs de la regarder de trop près.

En réalité, ce gala extravagant était une imposture organisée par P. T. Tucker pour célébrer une voiture qui ne roula jamais. La chose qu'il pilota sur la rampe était un monstre assemblé à la main, composé de morceaux de vieilles Cords, Dodges, Oldsmobiles, et Dieu sait quoi d'autre, récupérées dans des décharges et des lots de voitures d'occasion. La torpedo de Tucker s'affaissait car elle était beaucoup trop lourde, son eau et son essence fuyaient, elle n'était pas stable et avait tendance à osciller, elle ne pouvait pas démarrer sans l'apport d'une force auxiliaire tirée d'accumulateurs supplémentaires, et pour finir, était incapable de faire marche arrière.

Cette automobile était « une monstruosité mécanique », conclut la Securities and Exchange Commission. La Tucker Corporation, qui n'en construisit que quarante-neuf, finit par s'effondrer au grand dam de milliers de vendeurs, d'actionnaires et d'innocents fans d'automobiles qui avaient payé 2,3 millions de dollars à l'avance pour des housses de siège, des radios, des appareils de chauffage et d'autres accessoires, pour une voiture qui ne sortit jamais de la chaîne de montage.

Lancer une affaire sur l'impitoyable marché, c'est le moment de vérité pour tous les entrepreneurs, et il faut devancer la concurrence en faisant preuve de toute l'imagination et de tout le flair dont on est capable, mais, à l'inverse de Tucker, il vaut mieux commencer avec un produit ou un service de premier ordre.

Si vous ouvrez un nouveau commerce, un restaurant, une boutique de cadeaux ou un garage, il vous faudra déployer tout un arsenal de lancement afin d'attirer les clients sur les lieux. Des affiches portant « Grande Inauguration », des banderoles qui attirent l'œil, des cadeaux, des prix de tombola, des rafraîchissements, une vente à « deux pour le prix d'un », et même des projecteurs balayant le ciel d'été. Lorsque Selma Weiser ouvrit sa première boutique de mode Charivari, à Manhattan, elle mit une danseuse dans sa vitrine pour racoler les chalands. Il faut croire que c'est efficace. Aujourd'hui elle possède six boutiques qui lui ont rapporté plus de 10 millions de dollars en 1984. « La vente au détail, c'est du théâtre », dit Irwin Greenberg, président de la chaîne de magasins Hess Department Stores.

La California's Tower Records a attiré une foule de clients en transformant, simplement, ses deux boutiques de Manhattan en palais du divertissement gratuit. Ils dépensèrent 2 millions de dollars en décorant la première de chromes étincelants et de néons couleur d'arc-en-ciel qui palpitaient sur des murs rose et gris. Au plafond, quinze moniteurs télé passaient, en avant-première, les plus récents tubes de vidéo-musique tandis qu'un animateur, dans une cabine vitrée, faisait couler à flot, dans les différentes parties du magasin, du jazz, du rock et de la musique classique. Pendant le week-end, ils ont invité des artistes célèbres, qui se sont mêlés à la foule : le peintre Robert Rauschenberg, Hall et Oates les vedettes du rock, le chanteur Lou Reed, le pianiste Vladimir Horowitz et les troupes des spectacles à succès de Broadway.

Surpasser la concurrence en finesse

Il y a deux éléments absolument déterminants dans la stratégie de lancement, c'est la publicité et les relations publiques, dont la mission est de faire connaître votre affaire.

Prenons pour exemple l'agence de publicité Fallon McEliggott Rice, fondée en été 1980, que *Advertising Age* a élue « agence de l'année », en 1983. C'est une extension de Lunch Hour LTD, lancée sept ans auparavant par Pat Fallon et Tom McElligott, qui travaillaient alors pour de grandes agences rivales et voulaient, selon les termes de Fallon, créer « l'agence la plus créative d'Amérique ». Dans la publicité qui annonçait son lancement, Fallon McElligott Rice disait qu'ils croyaient que « l'imagination est presque le seul moyen qui vous permette d'obtenir légalement une supériorité déloyale sur vos concurrents », et qu'ils désiraient travailler « pour des sociétés qui préfèrent surpasser la concurrence en finesse plutôt qu'en finances ». Pat Fallon, le président de l'agence, dit qu'il est difficile d'avoir de la bonne publicité sur le marché d'aujourd'hui, sauvagement compétitif, sans dépenser pas mal d'argent... mais que ce n'est pas impossible.

« Ce qu'il faut savoir, souligne-t-il, c'est que cette année, les annonceurs paieront 90 millions de dollars pour un peu plus de 200 000 impressions produites sur les hommes, les femmes et les enfants des États-Unis. » Disons que 560 fois par jour, quelqu'un essaiera de vous vendre quelque chose. Sur ces 560 messages, vous en remarquerez soixante-seize, ce qui ne veut pas dire que vous vous laisserez influencer par eux ni que vous vous en souviendrez, mais que vous les remarquerez. Sur ces soixante-seize, douze vous resteront en mémoire, mais trois d'entre eux d'une manière négative. Et l'on dit de plus en plus que si les gens n'aiment pas votre image publicitaire, ils ne se dérangeront pas pour acheter votre produit. Ainsi, le taux d'efficacité est-il de 9 sur 560, ce qui signifie que 98 pour cent de la publicité ne sert à rien.

« En publicité, il faut savoir ce que vous faites. Le monde change, c'est une jungle, appelons ça du darwinisme, ce qui rend très difficile la tâche des annonceurs de produits dépendant totalement du consommateur car la plupart des annonces n'agissent pas sur ce dernier, même lorsqu'elles sont conçues par des professionnels compétents. La bonne publicité peut également être fort coûteuse. Je dirais qu'il vous faudra dépenser 500 000 $ par an pour avoir quelqu'un de sérieux à Minneapolis et au moins 1 million à New York. Si vous débutez et n'avez pas cette somme à dépenser, il vous faudra alors être terriblement, terriblement fin, ou avoir de la chance. Ce que je fais, c'est de lire toutes les publications que je peux trouver sur le marketing et la publicité. Vous pouvez aussi demander aux responsables du journal, de la radio et de la télé du coin s'ils connaissent de jeunes publicitaires indépendants qui feraient des campagnes peu coûteuses.

« Lorsque mon associé et moi, nous nous sommes lancés en indépendants, nous avons passé presque sept ans à ne faire que de brillantes campagnes à petit budget pour de petits clients. Nous avons mené une campagne très fructueuse, ici à Minneapolis, pour un coiffeur. Dans cette profession, on se servait, à l'époque, de grandes photos de mode, mais comme les annonceurs ne pouvaient pas s'offrir des photographes prestigieux, comme Richard Avedon, les publicités finissaient par avoir l'air stupide. Nous non plus nous ne pouvions pas nous payer Avedon, aussi nous avons utilisé des photos, existant déjà, de personnages célèbres, et nous les avons agrandies. Sur la photo d'Einstein, nous avons mis : “ Une mauvaise coupe peut donner l'air idiot à n'importe qui. ” Nous avons pris Shakespeare et le commentaire suivant : “ Une mauvaise coupe de cheveux, c'est une tragédie. ” La campagne a coûté 25 000 $ au client et chaque fois qu'il s'en resservait, son chiffre d'affaires s'accroissait de 35 pour cent. »

Estimez-vous heureux si vous pouvez obtenir une campagne, même médiocre, pour 25 000 $, mais on peut avoir de la bonne publicité pour un prix raisonnable, comme Jeff Slutsky en a fait la preuve. On a écrit des articles élogieux, dans *Inc*, *The Wall Street Journal* et ailleurs sur la troublante capacité qu'a ce publicitaire de vingt-neuf ans d'attirer, à peu de frais, l'attention sur ses petits clients.

Par exemple, Brickley's Firehouse, une immense boîte disco de Fort Wayne, dans l'Indiana, qui était ouverte depuis six mois bien que personne ne semblât s'en être aperçu. Slutsky avait investi 10 000 $ dans cette entreprise, somme qu'il avait empruntée, et il commençait à s'inquiéter lorsqu'il apprit qu'une station de radio locale voulait offrir une grande fête à ses auditeurs. Il alla trouver le directeur et l'invita à organiser sa réception à Brickley's Firehouse, à charge pour la boîte de nuit de fournir, gratuitement, la bière et le vin aux invités. « L'idée lui plut, raconte Slutsky, et ils ont fait une pub fantastique. Toutes les heures, on annonçait aux auditeurs qu'une grande fête allait avoir lieu à Brickley's Firehouse. Brusquement, les gens se sont mis à faire la queue. Nous avons dépensé 2 000 $ en boissons et gagné ainsi pour près de 30 000 $ de notoriété. A partir de ce jour-là, la boîte n'a pas désempli. » Quelques années plus tard, Slutsky se servit de l'argent qu'il avait tiré de la prospérité de Brickley's Firehouse pour implanter le Retail Marketing Institute, qui se déplaça de Fort Wayne à Columbus, dans l'Ohio, en 1984, et qui aide surtout les petits détaillants — et les moyens aussi — à se distinguer de la foule des autres commerçants.

Slutsky est un garçon très occupé et, lorsqu'il n'est pas à son bureau, un répondeur informe, en ces termes, ceux qui l'appellent : « Nous avons congédié notre réceptionniste et c'est à vous que ces économies profiteront. » « Une autre manière d'épargner de l'argent à nos clients, dit-il, c'est un colis que je vends 189 $ et qui est conçu pour les entreprises familiales qui ne peuvent pas se permettre de m'avoir pour conseiller personnel. Il contient la cassette d'un programme de formation et un manuel de formation plus poussée, ainsi que des idées publicitaires peu coûteuses piquées un peu partout, plus un exemplaire de mon livre *Streetfighting*. Je passe la plus grande partie de mon temps à concevoir des campagnes de publicité pour des sociétés connues, qui peuvent être exécutées un peu partout et s'avèrent très rentables.

« L'une des techniques les plus faciles et les moins coûteuses que j'utilise, c'est la publicité croisée qui peut servir à deux clients à la fois. Quand j'étais l'un des trois propriétaires du All Sports Nautilus Fitness Center, à Fort Wayne, nous avons contacté le président du Wildwood Racquet Club de la ville et nous lui avons montré un article de revue dans lequel on disait que Billie Jean King, Chris Evert Llyod, Arthur Ashe et d'autres champions de tennis utilisaient l'équipement Nautilus pour accroître leur endurance, la puissance de leur service, etc. Nous avons dit au propriétaire du club de tennis que ses membres tireraient un grand bénéfice de notre équipement et qu'il pourrait leur offrir une adhésion de lancement, en exclusivité, à moitié prix, à notre centre, accompagnée de ses compliments. La première chose qu'il nous demanda, ce fut : " Combien ça va me coûter ? " " Pas un centime, lui avons-nous répondu, et nous nous chargeons même de l'impression et de l'expédition à vos mille adhérents. " L'opération nous a coûté un peu plus de quarante dollars et nous y avons gagné six nouvelles adhésions valant 1 800 $.

« Une fois qu'une affaire est lancée, nous utilisons une autre stratégie pour maintenir l'élan gagné. Cela consiste à donner, presque gratuitement, votre produit, quel qu'il soit, pendant un jour. Nous avons fait cela pour une pizzeria de cinq cents places qui afficha " Menu spécial : toutes les pizzas que vous pourrez manger pour quatre-vingt-dix cents. " Cette pub, que Pizza Hut fit avec le soutien d'une station de radio locale, amena tant de gens, par un jour d'hiver où il faisait plusieurs degrés en dessous de zéro, que la circulation fut bloquée sur des kilomètres et que la police nous demanda d'annuler notre opération.

« La publicité gratuite, c'est important, mais pour l'obtenir il faut faire quelque chose qui présente de l'intérêt pour le public. Je me souviens qu'à l'occasion de la Saint-Patrick, nous avons fait venir miss Irlande dans une chaîne de restaurants irlandais de Chicago. Nous l'avons traînée d'un établissement à l'autre et je pense que toute l'opération n'a pas coûté plus de 4 000 dollars à notre client. Si vous voulez la même chose pour vendre des pommes de terre, nous vous amènerons miss Idaho ; si c'est du maïs, nous aurons miss Iowa, et s'il s'agit de lotions à bronzer, ce sera miss Californie. »

John Wayne mange ici

« J'ai raconté, par écrit, pas mal d'autres chouettes trucs publicitaires, comme ce propriétaire de restaurant qui avait décidé de faire un peu de battage en affichant, sur sa vitrine : " John Wayne dînera ici mardi prochain ". John Wayne est bien arrivé, mais c'était un vieux type en chemise de flanelle et salopette, un homonyme de l'acteur. Pourtant les gens qui étaient venus voir le vrai John Wayne ont marché, se sont fait photographier avec lui et lui ont même demandé des autographes. Ces astuces-là n'ont qu'une application limitée dans la vie réelle et j'ai écrit là-dessus parce que c'est comme cela que je me suis fait de la publicité, et j'ai été aidé par la publication de ma photo dans *The Wall Stret Journal*.

« Le jour où l'article a paru, mon téléphone a commencé à sonner à 6 h 30 du matin et n'a pas cessé jusqu'à 10 h du soir. Je n'ai même pas pu aller aux toilettes et j'ai dû appeler mes parents sur une autre ligne pour qu'ils m'apportent un sandwich, sinon je n'aurais rien eu à me mettre sous la dent ; et cela a duré pendant une bonne semaine. Environ la moitié des gens qui ont appelé m'ont acheté quelque chose, j'ai vendu pour 20 000 $ de colis publicitaires et j'ai ramassé quelques clients. Je reçois encore un ou deux appels par semaine grâce à cet article, bien qu'il ait paru en octobre 1983. »

Si vous êtes dans une branche très compétitive, comme les ordinateurs, il vous faudra, afin de maintenir l'attention fixée sur votre nouvelle entreprise, faire appel au service continu d'une firme de relations publiques, comme la Silicon Valley's Franson & Associates, qui vous coûtera, par an, entre 100 000 et 150 000 $, plus la possibilité pour eux d'acheter, à bon marché, quelques actions de fondateurs de votre société. Paul Franson a fondé sa société fin 1980 et, en 1984, c'était l'une des agences de relations publiques du pays dont la croissance était la plus rapide ; elle compte quarante employés, à Los Angeles et à San Jose, et a, parmi ses clients, Software Publishing et le département des ordinateurs personnels de Hewlett-Packard. « Nous recevons, chaque jour, deux ou trois appels de sociétés dont personne n'a jamais entendu parler, dit Franson, et nous ne pouvons évidemment pas nous en occuper. » Mais celles qu'ils acceptent d'aider peuvent espérer des services semblables à ce récent voyage que Franson fit à New York avec un client de logiciels d'ordinateurs, pour lui faire rencontrer ses contacts à *Fortune, The Wall Stret Journal, PC, Computer Software News, Computer and Electronics, et New York,* et l'aider à participer à une conférence de presse organisée par le fabricant de matériel d'ordinateurs, Data General.

Franson croit que les jeunes compagnies peuvent très bien se positionner elles-mêmes sur le marché et décider de ce qu'il faut dire sur leur affaire et à qui, sans dépenser une fortune en relations publiques. « Vous pouvez commencer, dit-il, par lire des revues comme *Business Marketing,* fréquenter des conférences et des séminaires donnés par des professionnels des relations publiques, ou aller dans une boutique de RP et exprimer le désir de parler avec eux de votre entreprise. Si vous leur dites que vous souhaitez travailler avec eux, vous obtiendrez sans doute pas mal d'informations utiles en une heure de temps et cela ne vous coûtera rien. Vous pourrez louer, pour quelques heures ou une demi-journée, les services de certains d'entre eux, à titre de consultants, et si vous ne leur demandez pas de rapport écrit, le prix sera assez modeste. Une firme de RP pourra aussi vous aider pour un projet spécifique, le lancement d'un nouveau produit, par exemple. Pour finir, vous devriez envisager la possibilité d'adjoindre un professionnel des relations publiques à votre conseil d'administration. Vous serez peut-être obligé de lui vendre des parts de fondateur à bas prix, mais vous aurez de bonnes relations publiques ainsi que des conseils sur les affaires en général, et vous obtiendrez probablement quelques merveilleux contacts de plus. »

Dans la plupart des cas, une société qui démarre n'a guère d'argent de reste à dépenser en publicité ou en relations publiques lorsqu'elle a investi la plus grande partie du capital dans le développement de son premier produit. C'est ce qui se passe souvent avec les entreprises de technologie de pointe, au nombre de deux mille à peu près, qui ont brusquement surgi pour composer des logiciels d'affaires à l'usage des ordinateurs personnels. Il est difficile de se faire remarquer dans cette industrie, qui fait deux milliards de chiffre d'affaires par an, à moins de dépenser environ 4 millions de dollars pour une campagne de publicité que seules les grandes marques comme Lotus, Ashton-Tate et Microsoft peuvent s'offrir. Ce qui laisse peu de choix aux petites entreprises qui ne peuvent que faire connaître leur produit en se servant de méthodes bon marché comme les catalogues et les boniments aux clubs d'ordinateur. Rabbit Software Corporation, qui a investi plus d'un million de dollars dans un programme qui permet aux micro-ordinateurs de communiquer avec de grosses « bécanes », à trouvé une solution vraiment pleine d'imagination.

Chez Rabbit ils savaient qu'ils ne pouvaient s'offrir une publicité spectaculaire pour que le nom de leur produit fût instantanément reconnu, aussi décidèrent-ils de s'attacher aux basques d'une autre société, Convergent Technologies, qui cède ses micro-ordinateurs bien connus à d'autres compagnies qui les revendent sous leur propre marque. Rabbit pensa que ces dernières représentaient peut-être le client idéal pour son nouveau programme.

L'idée plut à Convergent Technologies car ce programme rendait ses produits encore plus désirables. Rabbit en bénéficiait car commercialiser leur programme comme un produit dont la marque était liée à Convergent leur évitait de payer une campagne de lancement trop coûteuse et d'engager une armée de gens pour le vendre ou en assurer la maintenance. Le danger que cette stratégie risquait de faire courir à Rabbit, c'était que Convergent Technologies décide de développer sa propre ligne de programmes d'ordinateur ou que les produits de cette société n'aient plus la cote auprès des utilisateurs.

Si vous débutez dans les affaires avec des ressources insuffisantes, il vous faudra utiliser votre imagination au maximum pour vous élever au-dessus de la meute et attirer l'attention. Vous pourriez par exemple :

• Exploiter, dans votre campagne de lancement, un nom et un visage bien connu, comme le fit Jerry Kern lorsqu'il obtint que l'éternellement jeune Dick Clark, la gloire de l'American Bandstand, apportât son soutien à une nouvelle ligne de sept produits de soins de la peau élaborée par sa société Skin Control, Inc., de Beverly Hills.

• « Parasiter » un nouveau marché ouvert à la dynamite par un marketing plein de vitalité. C'est ce que fit la Grist Mill Company, de Lakeville, dans le Minnesota, lorsqu'elle lança sa tablette de friandise après que la General Mills eut dépensé une petite fortune pour voir son nouveau produit en rayon dans tous les supermarchés du pays.

• Graisser la pate à tous les vendeurs responsables de la distribution de votre produit aux consommateurs. L'auteur d'un livre sur le marché des valeurs qui voulait s'assurer qu'il ne serait pas noyé parmi les autres titres que sortait son éditeur, donna à chaque membre de l'équipe de vente une action de deux dollars dans une nouvelle chaîne d'hôtels de Chicago, accompagnée d'une lettre personnelle chantant les louanges de son livre.

Une manucure dans les nuages

Chaque produit offre des avantages en échange d'un certain prix, et tous deux doivent être justes si vous voulez que votre nouvelle affaire réussisse. Les barons du casino, Cliffort et Stuart Perlman, ont découvert cette loi lorsqu'ils ont lancé Regent Air, une ligne aérienne qui s'offrait à transporter en douceur ses passagers de Newark à Los Angeles, dans un luxe des Mille et Une Nuits, à des prix qui allaient de pair. Leurs Boeing 727, conçus à l'origine pour 125 personnes, furent redessinés pour en loger 35 dans des fauteuils en cuir, bien rembourrés. Les passagers pouvaient faire connaissance dans un bar arts-déco, boire de bons vins et du champagne, festoyer à un somptueux buffet offrant des mets délicieux comme des queues de homards et du caviar, et jouir des services d'un sommelier, d'une manucure et d'une sténodactylo ; le billet d'aller simple vous coûtait 1 650 $, c'est-à-dire le double de celui des lignes aériennes concurrentes. Les clients boudèrent Regent Air, obligeant les Perlman à vendre la ligne. Mais maintenant, Regent Air vole sous le nom d'un autre propriétaire, qui a réduit le prix de ces places de luxe à 785 $, celui d'un billet de première classe d'un vol transcontinental sur les autres lignes.

Regent Air a eu du mal à décoller parce que ses prix étaient trop élevés par rapport au produit. Mais des sociétés nouvelles peuvent aussi avoir des ennuis parce que leurs prix sont trop bas, et ce fut le cas de Dial Dictation, une sorte de précurseur de l'industrie, multimilliardaire, du traitement de texte.

Un client de Dial Dictation, qui était dans le district financier de New York, pouvait décrocher le téléphone de son bureau, composer un numéro spécial et obtenir que le texte qu'il dictait fût enregistré sur des disques de plastique, au quartier général de cette société situé à quelques pâtés de maisons de là. Une dactylo mettait alors le disque sur son lecteur, insérait dans sa machine à écrire une feuille de papier à en-tête du client et tapait la lettre. Dictation livrait la correspondance dactylographiée au bureau du client quelques heures après l'avoir reçue, et très vite, la petite société eut une liste soigneusement sélectionnée de gros clients comme AT&T et IBM.

L'ennui, c'était que Dial Dictation ne tarifait pas ses services assez cher. Ils perdaient de l'argent sur chaque lettre dactylographiée, ce qui faisait que cette firme minuscule se trouvait dans la situation ridicule de subventionner d'énormes sociétés. Cependant, ils s'accrochaient ferme et refusaient d'augmenter leurs prix car ils ne voulaient pas prendre le risque de perdre leur clientèle. Ce qui, en quelques mois, conduisit Dial Dictation à la faillite.

Certaines stratégies des prix sont nettement meilleures que d'autres durant les différences étapes de la vie d'une entreprise et Big Fight, le cabinet d'audit comptable de Price Waterhouse, croit qu'il y en a neuf différentes qui valent la peine d'être envisagées :

La tarification majorée : ajouter un pourcentage fixe au coût de votre produit afin de gagner ce que vous estimez être un profit approprié.

L'écrémage : maximiser des profits à court terme en prenant pour cible des clients qui accordent une grande valeur au produit que vous venez de présenter et sont prêts à payer un bon prix pour l'avoir.

Le prix le plus bas possible : vendre votre produit en dessous du prix coûtant dans l'espoir d'obtenir des commandes profitables à l'avenir.

La tarification de pénétration : se servir d'un prix bas pour s'emparer d'une large part « non exploitée » d'un marché en attendant que le volume des ventes qui en résulte fasse baisser le prix de revient du produit, et donc monter les bénéfices.

La tarification opportuniste : augmenter brusquement les prix en période de grande pénurie, au risque de perdre des clients qui ont sérieusement besoin de votre produit et le paieront plus cher mais vous abandonneront peut-être lorsque la situation sera redevenue normale.

Le prix d'appel : baisser le prix de certains articles afin d'attirer l'attention des clients sur l'ensemble de votre ligne.

Le prix défensif : maintenir les prix bas afin de décourager la concurrence et protéger ainsi d'anciens produits ; ou fixer un prix élevé à un nouveau produit afin qu'il ne « vole » pas de ventes à des produits similaires, déjà lancés, de votre gamme.

La surexploitation : une stratégie de profit à court terme à employer uniquement si, par exemple, vous avez l'intention d'abandonner graduellement un marché et si vous êtes prêt à sacrifier votre part de ce marché en maintenant des prix non compétitifs à marges élevées.

La tarification « sale-temps » : réduire les prix afin de rester à un niveau qui couvrira vos débours et apportera quelque contribution aux frais généraux afin de traverser une récession ou toute autre période économique difficile.

Price Waterhouse note que l'on dit parfois que le cycle de vie d'une entreprise passe par la mise en route, la croissance, la maturité et le déclin, et que ces neuf stratégies de la tarification sont souvent associées aux différentes étapes, comme suit :

Mise en route : écrémage.
Croissance : prix au plus bas, pénétration.
Maturité : prix d'appel, prix défensif, surexploitation.
Déclin : surexploitation, tarification « sale-temps ».

La stratégie du « poisson rouge gratuit »

Aucun exposé des tarifications n'est complet s'il ne mentionne la stratégie la plus extravagante de toutes, qui consiste à distribuer gratuitement votre produit aux consommateurs. Comme la boutique d'animaux qui donne un poisson rouge à tous ceux qui en désirent un et qui attend patiemment que le client revienne avec cinq dollars pour acheter le bocal, le sable et la nourriture (ce qui l'obligera à revenir régulièrement à la boutique pour garder le polisson vivant).

Si fixer judicieusement les prix de vos bons produits est essentiel au lancement de votre affaire, il vous faudra aussi assurer qualité et service si vous voulez que votre entreprise croisse régulièrement. « Herkie » Herkimer, le meilleur professeur et marchand de supporters, de majorettes et de clubs d'animaux familiers du pays, est un apôtre de cette philosophie. « Nos prix sont aussi bas que possible, dit-il. Un étudiant peut passer quatre à cinq jours dans l'un de mes centres pour moins de 100 $ et il aura le gîte, le couvert et toute la formation fournie par les instructeurs les plus doués de tout le pays. Nous fabriquons aussi des uniformes d'excellente qualité parce que nous nous sommes aperçus que c'étaient les vêtements qu'une fille portait le plus durant la saison des compétitions. Aussi utilisons-nous une bonne étoffe et un bon fil. Nous insistons aussi sur les services. Nous nous donnons beaucoup de mal pour livrer à la date prévue afin que les écoles aient le matériel à temps pour leurs matches. Toutes les mises au point nécessaires sont faites de bon cœur. Le client a toujours raison. Nous les traitons comme des rois et il nous reviennent toujours. »

Établir, pour votre produit, une tête de pont sur le marché, c'est le défi le plus important qu'il vous faudra affronter dans la phase de lancement de votre affaire. Quelques entrepreneurs, comme Preston Rucker, n'ont jamais réussi à le faire parce qu'ils n'avaient pas de produit viable. D'autres, non seulement fabriquent un produit qui se vend bien, mais sont aussi capables de lui frayer un chemin dans les circuits de distribution jusqu'à ce qu'il soit possible de l'acheter d'un bout à l'autre des États-Unis. J'ai récemment rencontré deux entrepreneurs qui illustrent de façon frappante ces deux extrêmes.

Le premier, c'est Marie-Claire Wadden, une pimpante artiste d'âge mûr venue du Canada, qui a imaginé une nouvelle manière de peindre un paysage ou une composition abstraite. Pourtant, son idée n'a jamais abouti à rien depuis quinze ans.

L'autre, c'est Lawless Barrientos, un jeune expert-comptable de Tallahassee, en Floride, qui a publié un nouveau guide des affaires qui va de succès en succès.

Marie-Claire Wadden sonna à ma porte avec une collection de paysages pittoresques, de format carte postale, qui semblaient peints grâce à des centaines de délicats coups de pinceaux, ce qui avait dû prendre un nombre infini d'heures à l'artiste. Il y avait, sur ces paysages, des vieilles granges et des moulins à vent, des arcs-en-ciel, des bateaux à voile, des mouettes, des martinets... chacune était une œuvre d'art unique, digne d'être encadrée.

Alors Marie-Claire Wadden me montra comment elle avait exécuté ses peintures magiques. Elle sortit d'un immense sac à main une plaque à réchauffer les aliments, qu'elle avait achetée pour trois dollars au marché aux puces, puis un petit fer de voyage, un sac de plastique plein de morceaux de pastels et une pile de cartes postales vierges.

Elle brancha sa plaque et, lorsqu'elle fut chaude, y plaça des petits bouts de pastel bleus et jaunes qui fondirent en formant des flaques de couleurs. Alors, elle prit une carte blanche et étala dessus les pastels fondus, créant instantanément un champ de blé courbé par le vent qui se détachait sur un ciel bleu rempli de nuages.

Puis elle brancha son petit fer de voyage et fit fondre sur la plaque quelques morceaux de pastels rouges et orange. Elle plongea alors l'extrémité brûlante du fer dans les gouttelettes de pastels fondus et, en quelques moulinets, composa un beau papillon presque éclatant, au premier plan de l'image. Elle avait créé sous mes yeux une ravissante peinture en miniature, en tout juste soixante secondes. Dans ses bons jours, elle faisait trois cents de ces peintures qu'elle essayait ensuite de vendre comme cartes de vœux, à 1,50 $ pièce.

Marie-Claire Wadden et son mari Mark, qui fait office d'administrateur, sont absolument convaincus que si cette technique de peinture aux pastels fondus pouvait être présentée en kit, elle se vendrait très bien. Cependant, jusqu'ici, ils n'ont pas réussi à intéresser quelqu'un à cette idée pas même Binney & Smith, les fabricants des pastels Crayola, récemment rachetés par Hallmark Cards ; les Wadden s'étaient imaginé qu'ils sauteraient sur la possibilité d'étendre le marché de leurs pastels des jeunes de onze ans aux adultes peintres amateurs.

L'histoire de Lawless Barrientos est totalement différente. Il a créé un produit et, en quelques mois, il a identifié près d'une douzaine de manières différentes, et efficaces, de le vendre.

Son produit est une série de brochures, du format de *Fortune*, contenant tous les formulaires possibles, plus l'information qui s'y rapporte, dont un entrepreneur peut avoir besoin pour lancer une affaire ; comme la législation commerciale des états est différente, il a prévu un livret pour chacun. Ils sont intitulés : Business Kit for Starting and Existing Businesses, et un an après qu'il eut commencé à y travailler, il vendit à profit un cabinet d'audit comptable de cinq personnes afin de pouvoir se consacrer à plein temps à leur publication.

Le premier kit de Barrientos contenait les informations et les formulaires nécessaires en Floride, sa région natale, et il commença par faire envoyer par sa secrétaire des lettres offrant le kit pour 9,95 $ aux noms et adresses d'une liste publiée chaque semaine dans le *Tallahassee Democrat*, liste de ceux qui venaient de solliciter une licence professionnelle.

Mais il n'y avait qu'une poignée de noms sur la liste, aussi la vente des brochures languit jusqu'à ce que Barrientos découvrît des journaux spécialisés qui ne publiaient que des tuyaux du genre dont il avait besoin. Aussi il s'abonna à plusieurs d'entre eux et, très vite, ses lettres, tapées à toute allure par sa secrétaire, lui attirèrent un pourcentage de réponses phénoménal : 8 pour cent. Mais traiter toutes ces lettres se révéla une tâche beaucoup trop pénible, aussi Barrientos recommença à chercher quelque chose de mieux, et il trouva les papeteries.

Il leur envoya ses brochures et, presque immédiatement, elles quittèrent les rayons à raison de 5 à 10 par mois. « Je compris que je tenais vraiment quelque chose, dit Barrientos, lorsque je vis que mes petits livres se vendaient deux à trois plus que l'ouvrage de Norman Dacey *How to Avoid Probate.* » Conforté par ce succès, il décida de s'adjoindre les services d'un représentant d'Atlanta, qui se mit à les vendre dans tout le Sud-Est.

Puis Barrientos eut une autre idée de marketing. Il se rendait, un matin, au bureau de poste situé en face de la chambre de commerce lorsqu'il se dit, brusquement, que celle-ci « avait un problème de communication avec les petites entreprises », et qu'elle aimerait peut-être utiliser sa brochure, conçue spécifiquement pour les entrepreneurs novices.

Des perspectives inattendues

Non seulement la chambre de commerce de Floride apprécia les brochures, mais elle accepta d'en acheter une bonne quantité qu'elle distribua à ses chambres locales. Barrientos les lui céda à 6 $ pièce, elle les revendit 10 $ à ses chambres qui les firent payer 15 $ à leurs membres. La chambre de Floride accepta aussi d'être le distributeur de Barrientos auprès de celles des cinquante états et, rapidement, elle obtint de sa sœur, la chambre de Californie, une commande de 10 000 brochures. Vous pensez que cette fois, Barrientos estimait que son système de commercialisation était en place ? Eh bien, non. Se présentèrent ensuite des débouchés inattendus que Barrientos appelle des « ventes croisées ».

Une grande banque acheta mille brochures (avec une publicité pour elle sur la couverture) et les distribua aux petites entreprises qui ouvraient un compte chez elle. La banque avait aussi un autre motif. Beaucoup de ces petits entrepreneurs ne se déclarent pas afin d'éviter de payer les taxes. S'ils sont pris, ils doivent verser des sommes majorées plus des amendes, ce qui se produit aux dépens des remboursements dus à la banque. Aussi la brochure complémentaire facilitait la déclaration des fondateurs d'entreprises, qui payaient leurs impôts et leurs taxes et remboursaient la banque.

Barrientos découvrit que les hommes de loi se trouvaient dans une situation similaire. Ils exécutent le travail juridique requis par la fondation d'une entreprise, puis disent à leurs clients d'aller voir un comptable pour les formulaires de déclaration. Souvent, les clients diffèrent cette obligation ou l'oublient et, lorsqu'ils reçoivent une sanction, qui blâment-ils ? Leur conseiller juridique, bien sûr. Une brochure sur les procédures de mise en route d'une entreprise tire d'affaire le juriste, pour 15 $ qu'il porte ensuite sur la note du client.

Barrientos vend aussi ses brochures aux franchiseurs, qui la donnent à leurs nouveaux franchisés. Il la vend aussi aux services administratifs des états qui peuvent ainsi comparer entre eux leurs formulaires.

Peu après que Barrientos eut commencé à lancer ses petits livres, Simon and Schuster, une grande maison d'édition de New York, le contacta ; ses dirigeants voulaient reprendre l'affaire à leur compte et lui proposaient un contrat intéressant. Ils lui remboursaient ses frais de fabrication, lui achetaient toutes les brochures qu'il avait en stock, lui donnaient une avance (un nombre de six chiffres) en échange des droits d'auteur à venir afin de terminer la série et lui payaient un droit d'auteur sur chaque brochure vendue. Barrientos accepta l'offre de Simon and Schuster, termina la rédaction des cinquante et une brochures et accepta un poste d'expert-comptable conseil dans le cabinet d'audit comptable de la May Zima & Company d'Atlanta.

Quand on compare l'affaire de Barrientos à la peinture aux pastels fondus de Marie-Claire Wadden, on constate immédiatement plusieurs choses.

Barrientos savait mieux qu'elle penser en entrepreneur. Il aperçut la chambre de commerce de Floride et se dit : Tiens, je crois que ces gens-là ont un besoin que je peux combler.

Son expérience d'expert-comptable l'a aidé, on le voit à la manière dont il découvrit ses chances de commercialisation et établit sa tarification. Il essaya toute une gamme de prix et s'aperçut qu'il pouvait vendre plus de brochures à vingt-cinq dollars qu'à cinq. Mais l'un de ses clients, un vieux fermier, lui avait dit, un jour, que « les cochons deviennent gros, mais on les tue », aussi se décida-t-il pour un prix de quinze dollars, qui fonctionna très bien.

Pour finir, et c'est peut-être le plus important, Barrientos avait déjà le produit qu'il voulait vendre, les circuits de commercialisation capables de le mettre dans les mains des clients étaient en place et fonctionnaient sans à-coup, et ses brochures étaient parfaitement compatibles avec la ligne de produits de la société qui, pour finir, les lui acheta. Marie-Claire Wadden n'a pas le produit dont elle rêve mais seulement une technique de peinture qui peut donner naissance à un article pour peintres du dimanche.

Il existe, comme l'a découvert Barrientos, d'innombrables couches de consommateurs à cibler lorsque vous commercialisez votre produit, et si vous vous trompez dans votre choix, cela vous coûtera du temps et de l'argent.

C'est ce qui est arrivé à Primefax, Inc., de San Antonio, qui a développé une banque de données informatisées qui permet aux réparateurs d'appareils de télévision et de magnétoscopes de déterminer la cause probable d'une panne à partir des symptômes que présente l'appareil en dérangement. Cette banque de données comporte le nombre incroyable de 750 000 exemples concrets de pannes de télés et de magnétoscopes, et en introduisant quelques symptômes clefs dans le système, un technicien peut obtenir un affichage immédiat d'une demi-douzaine des causes les plus probables de l'incident.

Primefax avait bien calculé son prix : 100 $ pour établir le relais initial, vingt dollars par mois de droits de branchement à sa banque de données, quarante dollars de location d'un poste de travail à affichage écran et cinq dollars pour chaque investigation. Primefax lança sa nouvelle entreprise avec succès et, en quelques mois, quatre cents petites boutiques de réparation furent reliées à sa banque de données. L'ennui, c'était que les techniciens de ces boutiques considéraient le système de Primefax comme un affront porté à leur compétence et n'acceptaient de l'utiliser qu'en dernier recours. Comme Primefax tirait l'essentiel de son profit du revenu assuré par les investigations, ses dirigeants s'aperçurent qu'ils avaient ciblé le mauvais créneau. Primefax reporta alors l'essentiel de ses efforts de vente sur les grandes entreprises, comme Montgomery Ward, RCA et General Electrics, qui avaient des réseaux de réparation de télés et de magnétoscopes dans tout le pays et des techniciens qui était prêts à utiliser ses services. Si bien que Primefax pense que maintenant ses ennuis sont terminés. « L'établissement des bases nécessaires à une fructueuse croissance est presque achevé », dit Royal Elmore, le président de Primefax.

Primefax n'a pu atteindre la vitesse de lancement de son service de réparation de télés et de magnétoscopes qu'après avoir ciblé le bon créneau. Il est également important de cibler votre produit en fonction des besoins du consommateur qu'il va réellement combler, et non de ceux que *vous pensez* qu'il comblera. L'un des meilleurs exemples que je puisse vous présenter à ce sujet, c'est l'expérience que fit Kimberly-Clark avec Kleenex.

Les premiers Kleenex étaient faits d'un papier très doux et très fin, que Kimberly-Clark avait conçu pour les masques à gaz de la Première Guerre mondiale. Sa société commença à commercialiser son produit en 1924, sous forme d'un tissu à jeter qui remplaçait les serviettes que les femmes salissaient et trempaient en se démaquillant, le soir. Les Kleenex furent empaquetés dans la boîte qui vous est familière et leur avenir parut assuré. Pourtant les ventes languirent jusqu'en 1930, date à laquelle la société fit une étude de marché qui montra que la plupart des clientes de Kleenex utilisaient leur produit pour se moucher et non pour se démaquiller.

Kimberly-Clark se mit aussitôt à repositionner Kleenex en substitut des mouchoirs en tissu, en se servant d'un des plus fameux slogans publicitaires de tous les temps : « Ne mettez pas un rhume dans votre poche. » En 1931, les ventes de Kleenex doublèrent, ce qui permit à la société de tourner son attention vers un nouveau produit appelé Kotex, qui s'avéra encore plus difficile à lancer que le premier. Kimberly-Clark finit par fourrer Kotex dans les cabas des femmes en le présentant, emballé dans un papier ordinaire, sur le comptoir des boutiques, de façon qu'elles puissent le prendre sans avoir à le demander. Le succès de Kleenex et de Kotex permit de faire tourner les usines de Kimberly-Clark pendant les sinistres années trente.

« Absolument, positivement, du jour au lendemain »

Peu de sociétés, nées depuis la crise de 1929, ont apporté une joie plus pure aux investisseurs qui les ont soutenues que la Federal Express Corporation de Fred Smith qui atteignit un chiffre d'affaires annuel d'un milliard de dollars tout juste dix ans après avoir été lancée.

Smith est le fils du propriétaire, millionnaire, d'une compagnie d'autocars et d'une chaîne de restaurants, qui mourut quand il avait quatre ans en lui laissant pour héritage plus de 4 millions de dollars.

Fred obtint son brevet de pilote à quinze ans et, avec deux de ses camarades de lycée, il ouvrit un studio d'enregistrement, dans un garage de Memphis, dans le Tennessee, qu'ils appelèrent l'Ardent Record Company. Cette petite affaire juvénile enregistrait les groupes de rock'n roll du coin, exécutant des morceaux comme *Big Satin Mama,* et elle marche toujours bien, quoique Fred l'ait abandonnée, à l'âge de dix-huit ans, pour étudier l'économie et les sciences politiques à l'université de Yale.

A l'université, l'intérêt que Smith portait tant à l'aviation qu'aux affaires se concrétisa dans un mémoire d'économie qui décrivait une industrie nouvelle qui, neuf ans plus tard, devint la Federal Express. Ce mémoire, qui aurait obtenu un « C », exposait sa conviction que le fret aérien ne pourrait jamais devenir rentable tant qu'il serait aux mains des lignes d'aviation qui ne s'en occupaient que comme d'un appendice plutôt agaçant à leur transport de passagers. Pour commencer, disait Smith, le fret aérien est un travail nocturne puisque les colis ne sont prêts à l'expédition qu'à la fin de la journée de travail. Au contraire, le service des passagers est un travail diurne, qui doit amener les gens à destination avant que le soleil se couche. Pour que le fret soit rentable, il fallait des avions cargos spéciaux, un équipement de manutention des colis et un dépôt de triage conçu pour recevoir et réacheminer rapidement le chargement, de sorte que chaque envoi atteignît sa destination, tôt, le jour suivant. Les lignes de passagers n'étaient pas équipées pour cela, concluait Smith, parce que leurs avions, leur équipement de manutention des bagages et leurs aérogares étaient faits pour des gens et non pour des colis. Le service de fret était, pour les grandes lignes aériennes, un élément si marginal qu'ils faisaient tout pour ne pas transporter de paquets de moins de 5 kg ; Smith croyait que là résidait le secret pour tirer de l'argent du fret aérien.

En 1966, Smith, diplômé de Yale, entra dans les marines et fit la guerre du Viêt-nam comme capitaine, puis comme pilote, et fut plusieurs fois décoré. Quelques semaines après avoir été libéré, en 1969, Smith, alors âgé de vingt-cinq ans, acheta, avec son héritage, une majorité de contrôle dans une petite société de Little Rock qui perdait de l'argent, Arkansas Aviation Sales. Il la transforma vite en un commerce combatif et rentable de jets d'entreprise.

Tandis que son affaire prospérait, Smith continuait à chercher les moyens de révolutionner le transport aérien des colis selon les lignes clairement définies dans son mémoire de Yale. Il se représentait un système où des camions, conduits par des chauffeurs revêtus de tenues de pilote, ramasseraient les paquets, peu après 5 heures du matin, et les convoieraient rapidement vers le plus proche aéroport d'importance où ils seraient chargés à bord d'avions qui s'envoleraient vers une cité, centre du réseau ; quelques minutes après leur arrivée, les colis seraient triés par des étudiants et déposés sur des tapis roulants rapides, puis rechargés à bord d'autres avions en direction de leur destination, et livrés avant midi, le jour suivant.

Smith était décidé à fournir ce service et nomma sa société Federal Express parce qu'il croyait que son premier client serait l'United States Federal System qui, espérait-il, l'emploierait à transporter des chèques entre les différentes banques de son réseau national. Son idée ne séduisit pas le gouvernement mais Smith garda tout de même ce nom-là, parce qu'il trouvait qu'il sonnait bien et pouvait attirer favorablement l'attention du public sur son entreprise.

Smith lança Federal Express la nuit du 12 mars 1973. Il avait déjà constitué un réseau de onze cités de ramassage et de livraison, et équipé quelques petits avions à réaction Falcon pour transporter des paquets de cinq kg maximum, service qui devait constituer sa spécialité. Participaient aux festivités de lancement, qui avaient lieu à Memphis, la ville noyau de la Federal Express, les employés de la société et leurs familles, un représentant d'une firme d'investissement bancaire de New York, et des curieux. Tous les yeux fouillaient le ciel, attendant l'arrivée des premiers Falcon. Finalement, les petits oiseaux arrivèrent, les portes de leurs soutes s'ouvrirent et, nichés à l'intérieur, il y avait, au total, six colis dont l'un était un cadeau de Smith à ses employés.

« Nous avons alors compris que nous n'avions pas englobé assez de villes et que les gens n'avaient pas entendu parler de nous », dit Mike Fitzgerald qui dirigeait le service des forces de vente. « Cette inauguration était un échec. » Aussi Fitzgerald et quelques-uns de ses collègues s'enfermèrent dans une salle et reconstruisirent le réseau en le faisant passer de onze à vingt-cinq cités ; un mois plus tard, le 17 avril, ils lancèrent de nouveau Federal Express. Cette fois, les Falcon arrivèrent à Memphis avec 186 colis à bord, et le lendemain, Fitzgerald fit circuler parmi tous ses employés une note annonçant fièrement : « Lancement réussi ».

Depuis cette nuit historique, Federal Express a grandi et compte à peu près 30 000 employés et 10 000 camions équipés de radios qui effectuent, chaque jour, 450 000 expéditions à des clients répartis dans 40 000 communes des États-Unis. Une grande part de cette incroyable expansion a été possible grâce à deux nouveaux produits, Overnight Letters et Courier-Pak Overnight Envelopes (du courrier transmis « du jour au lendemain ») auxquels s'est adjoint, en 1984, ZapMail. Federal Express fait tout pour développer ce système électronique terriblement cher et qui n'a pas encore fait ses preuves ; il s'agit de transmettre des documents par satellite entre deux communes des États-Unis, deux heures après qu'ils ont été émis.

Pour lancer ZapMail, Federal Express a dû investir 83 millions de dollars alors que ce procédé n'atteindra le seuil de rentabilité que dans plusieurs années ; ce dont se réjouit fort John C. Emery Jr, le PDG d'Emery Air Freight Corporation, l'un de ses concurrents numéro un. Dans une récente interview parue dans *Planing Review*, le journal de la North American Society for Corporate Planning, Emery dit : « J'ai vu aujourd'hui, pour la première fois, un échantillon du ZapMail de Federation Express. C'est vraiment minable. Je suis étonné qu'ils attirent, avec tant d'obstination, notre attention sur une reproduction qui a l'air d'avoir été tirée sur une Rank Xerox foutue. »

L'une des raisons pour lesquelles Emery attaque aussi violemment ZapMail, c'est que Fred Smith est en train de s'introduire dans deux domaines dont il est actuellement le leader incontesté : l'expédition de cargaisons lourdes et le transport international de documents et de paquets. Ce sont de gros marchés qui ont un potentiel futur et ce n'est pas surprenant que le fils du fondateur de Emery Air Freight soit un peu bouleversé de voir Fred Smith s'enticher d'une partie des composantes de sa croissance à long terme.

La croissance, c'est pourtant de cela qu'il s'agit en affaires : tomber sur une idée féconde, comme la livraison « absolument, positivement, du jour au lendemain » de petits colis et la réaliser, tirer parti des inévitables erreurs commises, introduire de nouveaux produits et ne pas lâcher pied vis-à-vis de la concurrence qui serait ravie de vous arracher le morceau. « Amenez les concurrents, mais n'encombrez pas ma route, » dit Ray Danner, le président de Shoney's, Inc., une chaîne de restaurants très prospère qui vaut 447 millions de dollars et dont le record de croissance suscite l'envie.

8 Gravir la courbe d'apprentissage

« Ce qu'il faut surtout, pour créer un nouveau produit qui réussisse, c'est une compréhension totale des envies, des souhaits et des désirs des consommateurs. »

William J. McDonald,
directeur du marketing des nouveaux produits,
Frito-Lay

Comme en tout ce qui touche les affaires, il n'y a pas de formule magique de la croissance. S'il y en avait une, on trouverait des General Motors à tous les coins de rue.

Parfois, la croissance semble se matérialiser brusquement, comme si elle tombait du ciel. C'est ainsi que cela s'est produit pour la minuscule Advanced Input Devies, Inc., de Cœur d'Alene, dans l'Idaho, dont le chiffre d'affaires a quadruplé en un an, passant de 4 à 16 millions de dollars, parce que IBM l'avait choisie pour fabriquer le clavier de son ordinateur personnel IBM PC Jr.

Mais même dans un cas pareil, la croissance ne part pas de rien. Il faut avoir de bons produits et les vendre avec combativité. Et dès que votre produit d'origine commence à s'emparer du marché, vous devez, pour assurer l'avenir de votre société, améliorer vos anciennes marchandises et en introduire de nouvelles. « Dans notre domaine, si vous devenez content de vous, vous êtes mort », dit Steve Blank, un directeur de marketing de la Silicon Valley. « C'est un nouveau produit, et puis un autre, et encore un autre, qui vous garderont vivant. »

Il n'est pas nécessaire d'être diplômé des écoles de Harvard, de Wharton ou de Stanford pour créer une ligne de produits vainqueurs. Vous n'avez même pas besoin d'être né et d'avoir grandi aux États-Unis ni de parler anglais ou d'avoir de l'argent en banque. Lorsque Elie Tahari a débarqué d'Israël à New York, il y a treize ans, il avait soixante dollars en poche et il dormit pendant deux semaines à Central Park. Aujourd'hui, grâce à de bons produits intelligemment commercialisés, il possède un commerce de vêtements de sport pour femmes qui fait un chiffre d'affaires de 50 millions par an et qui lui permet de vivre dans un triplex en terrasse dont la chambre à coucher principale donne sur son ancienne piaule feuillue du parc.

Les éléments essentiels de la courbe d'apprentissage qui vous conduit à la croissance à long terme sont : la passion d'édifier une affaire solide, la capacité d'engager et de diriger un personnel de qualité, la détermination de travailler avec acharnement sur les moindres détails de la production et du marketing et, bien entendu, un produit qui se prête à la croissance (ce qui n'est pas le cas des cartes postales peintes par des artistes solitaires). « Notre personnel veut des perspectives d'avenir », dit Donald Burr, le fondateur et le président de People Express. « Sans croissance, ils seraient partis ; c'est elle qui vous procure des émotions fortes et un savoir ; elle exige en contrepartie une adhésion totale et de grosses réserves d'énergie. »

Chris Nguyen est un jeune entrepreneur qui présente toutes ces qualités : lorsqu'il a débarqué du Sud-Viêtnam, à l'âge de dix-huit ans, il ne connaissait rien aux affaires, n'avait pas d'argent et parlait un anglais hésitant ; et pourtant, il a créé une société qui, en 1984, a fait un chiffre d'affaires de 4 millions en vendant des pâtés impériaux faits à la main.

Nguyen est le type même de ces immigrés qui affluent dans notre pays, sont émerveillés par les chances qu'il leur offre, ouvrent des milliers de petites entreprises et impriment un nouvel élan de vigueur entrepreneuriale au système américain de la libre entreprise.

Nguyen avait quitté Saïgon en 1966 pour faire des études d'ingénieur à la Trinity University de San Antonio, dans le Texas, mais il abandonna la chimie pour le marketing en 1970. Il entama une maîtrise de gestion à l'université de l'Iowa mais cela le barba et il quitta le campus pour créer sa propre entreprise.

De faux pâtés impériaux

Nguyen n'eut aucun mal à choisir ce qu'il allait faire car, dès son arrivée sur le territoire des États-Unis, il avait été scandalisé par ce qu'on refilait aux Américains sous le nom de pâtés impériaux. « Nous faisions de vrais pâtés impériaux chez nous, à Saïgon, à partir d'une vieille recette de famille, dit Nguyen. Ils étaient fourrés à la viande et à d'autres bonnes choses et c'étaient de véritables rouleaux faits à la main et non ces impostures en forme de traversin, bourrées de légumes, que fabriquent industriellement Chun King et La Choy. »

Nguyen était aussi attiré par la fabrication artisanale des pâtés impériaux parce qu'il s'agissait d'une affaire qui nécessitait beaucoup de main-d'œuvre, n'exigeait pas de machines coûteuses et avait besoin d'une mise de fonds relativement petite, ce qui était une bonne chose puisqu'il n'avait pas d'argent ; de plus le marché de l'épicerie de luxe était facile à pénétrer. Cependant, il fit un plan d'entreprise détaillé comprenant une estimation du chiffre d'affaires et des bénéfices sur trois ans, et l'emploi de deux membres de sa famille proche, son frère Tuan et sa sœur

Isabelle, qui étudiaient tous deux à l'université du Nebraska, à quarante-cinq minutes seulement d'Omaha.

Durant l'année suivante, Tuan et Isabelle rassemblèrent une douzaine d'investisseurs comprenant des médecins, des professeurs, un banquier et un fermier qui se mirent d'accord pour fournir 20 000 $ en échange du contrôle de la moitié de la société de Nguyen, constituée sous le nom d'Oriental Food Delicacies, Inc. Une fois cette somme en main, Nguyen sollicita de la U.S. Small Business Administration un prêt de 40 000 $. Elle lui dit qu'on ne lui avancerait pas un centime tant que trois banques commerciales n'auraient pas refusé sa demande de prêt. Il réunit rapidement les refus exigés et la SBA lui accorda ses 40 000 $.

Nguyen commença à fabriquer des échantillons de pâtés impériaux dans une petite cuisine commerciale d'Omaha, louée à un homme qui l'utilisait durant la semaine pour faire des sandwiches destinés aux distributeurs automatiques, et qui n'en avait donc pas besoin le week-end. Peu après, il en trouva une de 140 m^2, agréée par le ministère de l'Agriculture pour la fabrication des produits alimentaires à base de viande à distribuer sur tout le territoire des États-Unis. Il acheta de l'équipement et embaucha plusieurs personnes, y compris sa sœur Isabelle qui fut d'accord pour gérer le service fabrication pendant que Chris prenait la route avec des échantillons de ses pâtés impériaux à la viande « CHA-ZAH ! » qui, « en Orient, étaient servis aux familles royales », et sont maintenant « à votre disposition, en provenance de notre cuisine agréée par l'USDA ».

Nguyen commença par s'adresser à des hôtels, des motels, des restaurants et des clubs locaux d'Omaha. Très peu d'entre eux apprécièrent son produit, mais il lui commandèrent quelques caisses (soixante-douze pâtés impériaux par caisse). Son premier coup de chance, ce fut Hinky-Dinky Stores, qui lui acheta plus de cinquante caisses après que Chris eut donné aux clients de sa nouvelle boutique des échantillons tout chauds de ses pâtés impériaux.

En 1972, Oriental Food Delicacies fit un chiffre d'affaires de 128 000 $, ce qui était bien en dessous des estimations de Nguyen. « Le marché ne décolla pas aussi vite que nous l'avions espéré, dit-il, parce que les Américains avaient l'habitude de manger un truc bidon, dont l'appellation était fausse... les rouleaux en forme de traversin. Et quand nos vrais pâtés impériaux sont apparus, peu de personnes s'en sont aperçues. Nous avons récolté pas mal de non. »

Il y avait encore d'autres choses négatives, et entre autres, le fait que Nguyen manquait à la fois de savoir-faire et du capital nécessaire pour acheter les machines à faire automatiquement les rouleaux, et il dut se contenter de ce qu'il put trouver, y compris un appareil conçu, à l'origine, pour faire des beignets.

Un autre élément négatif, c'étaient les ingrédients coûteux que Nguyen utilisait dans sa première recette, surtout des champignons noirs importés et des patates douces du Mexique, appelées *jicama,* que l'on mange crues comme les châtaignes d'eau. Il finit par les éliminer, ce qui lui permit de réduire ses prix. Mais ce qu'il n'élimina pas, c'était la viande qu'il appelait, dans sa publicité, l'âme de ses pâtés impériaux, lorsqu'il les comparait à ceux de Chun King et de La Choy dans lesquels la viande comptait pour rien, et à ceux de Matlow (un autre concurrent) où elle était inexistante.

Le dernier facteur négatif, c'était que ses réserves de liquide fondaient, ce qui l'obligea à demander à la SBA d'étendre son ancien prêt et de cautionner un nouvel emprunt bancaire de 20 000 $, ce qu'elle fit.

« Durant les toutes premières années où les entrepreneurs sont dans les affaires, dit Nguyen, ils peuvent être handicapés par deux choses : un capital insuffisant et un *cash flow* négatif. Si au point de vue du capital, vous êtes en bonne position, vous pouvez supporter un *cash flow* négatif jusqu'à ce que votre affaire se rentabilise. Mais si votre capitalisation est insuffisante et que vous vous retrouvez avec un *cash flow* négatif, vous pouvez couler. »

Nguyen avait eu, pour stratégie initiale, de vendre ses pâtés impériaux dans les rayons d'épicerie fine des supermarchés du Midwest. Ce qui voulait dire qu'il lui fallait se rendre par avion, de cité en cité, chargé d'échantillons de son produit et d'un porte-document contenant une minuscule poêle à frire et une bouteille d'huile afin de préparer des pâtés impériaux CHA-ZAH ! chauds et croquants dans le vestibule des bureaux d'acheteurs éventuels.

En 1974, Oriental Food Delicacies fabriquait cent caisses de rouleaux par semaine, lorsque Nguyen entra dans le bureau de Steve Osder, le direction du service Amuse-Gueule des supermarchés Farmer Jack, de Detroit. Osder mordit dans un CHA-ZAH !, et cela lui plut tellement qu'il passa commande de six cents caisses (43 200 pâtés impériaux). « J'étais tellement ému, raconte Nguyen, que j'ai dit à ce charmant monsieur : " Mon Dieu, je ne suis pas sûr de pouvoir vous fournir tout de suite six cents caisses. Cela vous ennuierait-il si je ne vous livrais que cent caisses la semaine prochaine, trois cents celle d'après et le reste ensuite ? » Osder accepta, Nguyen embaucha plus de main-d'œuvre, mit tout le monde en heures supplémentaires et exécuta la commande de Farmer Jack tout en satisfaisant, malgré tout, ses autres clients.

Oriental Food Delicacies se mit à réaliser des bénéfices en 1974, et l'année suivante, son chiffre d'affaires atteignit 500 000 $. En 1978, Nguyen déplaça sa société de Omaha à Tampa, en Floride, où il put louer des installations de production de 800 m^2 agréées par l'USDA, dix fois plus grandes que celles qu'il laissait derrière lui.

L'avenir semblait prometteur. Le chiffre d'affaires d'Oriental Food Delicacies croissait de 15 pour cent par an et Nguyen avait même pu racheter la plupart des actions de sa société qu'il avait vendues à des habitants du Nebraska qui n'aimaient guère l'idée de se trouver à 2 400 km de leur investissement. Pourtant, il y avait un pépin.

« Le problème, dit Nguyen, c'était que nous avions un produit sans nom. On pouvait servir nos pâtés impériaux au cours d'un banquet, et que les gens les apprécient, ou bien les acheter sur les rayons d'épicerie de luxe d'un supermarché, mais on ne savait pas que c'était notre produit. Et si un restaurant, un hôtel ou un supermarché pouvait acheter les pâtés impériaux de quelqu'un d'autre un peu meilleur marché, il le faisait sans hésiter. »

Pour résoudre ce problème, Nguyen décida de conditionner ses rouleaux afin que les clients pussent les trouver au rayon de surgelés de leur supermarché. La marque CHA-ZAH !, de Nguyen, apparaît au moins dix fois sur le paquet. Et pour être doublement certain que personne n'oublierait jamais son produit, il a orné la boîte de la photo en couleurs d'une Vietnamienne remarquablement belle appelée Lo-An, qui a fui Saïgon quelques jours avant que la ville ne tombe aux mains des communistes, et que Nguyen a épousée peu après son arrivée à Tampa.

A la fin de 1982, l'année où Nguyen est devenu citoyen américain, Oriental Food Delicacies comptait trois douzaines d'employés qui fabriquaient pour 2 millions de dollars de pâtés impériaux par an. Ceux-ci étaient distribués par un réseau de près de soixante représentants et concessionnaires orchestrés par un vendeur à plein temps, auquel un deuxième vint bientôt s'adjoindre. Ce qui signifiait que, pour la première fois depuis qu'il avait lancé son affaire, Nguyen pouvait consacrer du temps à planifier sa croissance à long terme.

Il savait que son produit était pratiquement inconnu face à une industrie du pâté impérial qui valait 100 millions de dollars, et que s'il voulait atteindre son but, c'est-à-dire doubler son chiffre d'affaires d'ici 1990 et l'amener à 10 millions de dollars, il fallait que l'on remarquât ses pâtés impériaux et que l'on s'en souvînt. La stratégie qu'élabora Nguyen rassemblait trois éléments : des cadeaux, de l'humour et la belle Lo-An.

Sa première manœuvre, ce fut d'adopter le nom de Lo-An Delicacies, ce qui lui permit de faire un usage plus large de sa femme comme image attrayante de sa société. Le nom et le visage de Lo-An ornèrent bientôt tous les emballages, son papier à en-tête, ses Lo-Angrams (« Importants Messages de Lo-An Delicacies ») et même des panneaux d'affichage où Lo-An posait la question : « Avez-vous récemment goûté mes pâtés impériaux ? »

Un yacht-club fantôme

D'abord, Nguyen commença par s'approvisionner en cadeaux de toute sorte destinés à ses vendeurs : des tasses à café, des *T-shirts,* des polos, des tenues de *jogging,* des calculatrices électroniques, des stylos, des crayons et des boîtes de balles de tennis, tout cela orné du nom de Lo-An ou de CHA-ZAH !, combinés à un peu d'humour. Les vêtements de sport portaient tous le nom fictif du Lo-An Yacht Club, localisé sur un cap Saint-Jacques de Floride inexistant. Sur les tasses à café en plastique blanc était écrit : « L'AMOUR, c'est de ne jamais être amené à dire, excuse-moi mais j'ai mangé le dernier CHA-ZAH ! » ; et lorsqu'on ouvrait la boîte contenant trois balles de tennis Dunlop enveloppées sous vide, on découvrait qu'elles étaient marquées « CHA-ZAH ! Designer Pâtés Impériaux ».

Les meilleurs représentants recevaient aussi un bon pour un dîner de deux couverts dans un restaurant chic de l'American Express, ou pour qu'un tailleur vînt prendre, à domicile, leurs mesures pour un costume ; et s'ils avaient fait une vente extraordinaire, ils partaient avec leur épouse pour une croisière, tous frais payés, dans les Caraïbes. Ce programme de cadeaux « marche très bien, dit Nguyen. Il établit entre tous de bonnes relations humaines et il est très rentable. » Si bien qu'il a étendu à tous les employés de Lo-An Delicacies ce système de récompense, en cas de performance exceptionnelle.

Chris et Lo-An dessinent aussi les emballages, avec un artiste en art graphique, et rédigent le texte qui est inscrit dessus, y compris la lettre de Lo-An qui commence par « Chers amis », énumère trois différentes manière de faire cuire les pâtés impériaux CHA-ZAH !, demande que leurs clients leur fassent savoir ce qu'ils pensent de leur produit et finit par « Bonne journée ».

« Nous recevons trois ou quatre lettres par jour de nos clients, dit Chris Nguyen, et nous répondons personnellement à toutes. » Un client a suggéré que les instructions de cuisson dans un four à micro-ondes soient imprimées sur la boîte, et ce sera fait sur celle qui contiendra une nouvelle génération de pâtés impériaux CHA-ZAH ! fabriqués sans glutamate de monosodium et sans conservateur.

En éliminant ces produits chimiques, Nguyen pense donner à ses rouleaux un avantage sur les produits concurrents, et l'importance scientifique de cette décision sera expliquée dans une lettre inscrite sur le paquet et signée Lo-An, qui est pharmacienne diplômée.

Ces nouveaux pâtés impériaux font partie d'une stratégie qui devrait doubler les ventes. Nguyen a aussi acheté cinq arpents de terre, à quelques minutes de son emplacement actuel, sur lesquels il va construire une usine de près de 3 000 m^2 et d'une valeur d'un million de dollars. Ces nouvelles installations vont lui permettre de satisfaire la demande croissante de pâtés impériaux CHA-ZAH ! et de lancer de nouveaux produits comme les chow meïn, les rouleaux foo yung et le poulet teriyaki.

Chris et Lo-An Nguyen sont en train de réussir ce qu'environ 95 pour cent des entrepreneurs américains ne font jamais… fonder une entreprise de plus de vingt employés.

Les raisons de la croissance de Lo-An Delicacies ne sont pas difficiles à trouver. Cette affaire a une marque qui peut facilement se frayer un chemin dans les réseaux de distribution jusqu'aux consommateurs sur tout le territoire des États-Unis. Chris et Lo-An sont des gestionnaires nés qui savent obtenir le maximum de ceux qui travaillent pour eux. Ils ont d'autres produits complémentaires qui suivent le même chemin que le premier, ainsi qu'une grande usine nouvelle capable de les fabriquer en grande quantité.

Ceci soulève une question. Pourquoi est-ce que la majorité des entrepreneurs, qui n'atteignent jamais la vitesse de décollage, ne peuvent pas suivre l'exemple de Chris et Lo-An Nguyen ? Plusieurs réponses me viennent aussitôt à l'esprit :

1. La plupart des entrepreneurs ne veulent pas faire le travail éreintant que suppose le lancement et la gestion d'une affaire multimillionnaire. Une plus petite entreprise, moins astreignante, de 50 000 $ par an au maximum, peut leur apporter un style de vie confortable, plus pas mal de temps libre pour passer d'agréables après-midi sur les terrains de golf.

2. La plupart des entrepreneurs poursuivent des idées d'affaires qui ne les mèneront pas aisément à la croissance : coiffeur pour hommes, producteur de gazon, station-service ou librairie. Ce sont des maisons de commerce — j'oppose cela aux produits capables de se frayer facilement un chemin dans les réseaux de distribution habituels — et les seuls moyens qu'ils ont de les développer sont les suivants :

- Agrandir l'établissement lui-même, comme Grossinger's l'a fait avec avec succès à New York, et Knott's Berry Farm avec encore plus de succès en Californie.
- Cloner l'établissement d'origine sous forme d'unités franchisées ou de sociétés privées : c'est ce qui a conduit Culligan, Western Auto, Ramada Inns et McDonald's au succès, et ce qui pousse quelques autres entrepreneurs

dans la même voie (nous ferons connaissance de l'un d'eux dans un moment).

• Se servir du nom célèbre de l'établissemement d'origine pour lancer une gamme de produits, comme New York's Chock Full o'Nuts l'a fait avec son café « céleste », que l'on trouve d'un bout à l'autre du pays.

3. La plupart des entrepreneurs sont incapables de diriger (sans parler d'inspirer) le grand nombre de personnes qu'il faut pour édifier une grande affaire. En 1956, le Dr William Shockley, qui remporta le prix Nobel pour avoir participé à l'invention du transistor, lança le Shockley Semiconductor Laboratory, qui employait huit des ingénieurs les plus doués que l'industrie de l'électronique ait jamais vus. Mais Shockley ne sut pas diriger des gens comme Robert Noyce, Gordon Moore, Shelton Roberts et Eugene Kleiner qui le quittèrent pour créer Fairchild Semiconductor, Intel et d'autres sociétés épiques de la Silicon Valley, alors que l'entreprise hasardeuse de Schockley s'affaiblissait et finit par mourir.

4. La plupart des entrepreneurs manquent de la capacité d'élaborer les stratégies nécessaires à l'édification d'une affaire importante. « Quand nous sommes arrivés à un chiffre d'affaires de 3 millions de dollars, dit George Hatsopoulos, président de Thermo Electron Corporation de Waltham, dans le Massachusetts, j'étais déjà en train d'attendre avec impatience le jour où nous atteindrions 100 millions de dollars. Lorsque nous avons fait 20 millions de dollars, je commençais à penser à ce que nous ferions quand nous obtiendrions 1 milliard. »

5. La plupart des entrepreneurs ont des difficultés à présenter un courant ininterrompu de nouveaux produits ce qui, comme nous l'avons vu, est la clef de la croissance. Martin J. Friedman, créateur et rédacteur en chef, depuis vingt ans, de *New Product News,* publié par l'agence de publicité de New York, Dancer Fitzgerald Sample, est l'un des plus grands experts en nouveaux produits. Friedman est jovial, irrévérencieux, il lit avec voracité, c'est

une encyclopédie parlante du nouveau produit, il assiste à d'innombrables salons et ne visite jamais une ville étrangère sans aller rôder dans les supermarchés du coin, à la recherche de nouveaux produits qui auraient pu lui échapper.

Aujourd'hui, on présente plus de nouveaux produits que jamais, dit Friedman, et la plupart d'entre eux appartiennent à la catégorie des aliments, des médicaments ou des produits de beauté, et ce sont des articles qui se vendent, au détail, 2 dollars ou moins. La majorité de ces nouveaux produits sont des « extensions » de marques déjà florissantes et la plupart n'ont rien de plus qu'un nouveau goût ou un nouveau parfum, comme Butter-Flavored Crisco ou Spice Scent Right Guard.

Faites pousser vos cigares

Mais la créativité des grands innovateurs américains ne se contente pas de simples « extensions », comme le met en lumière un entretien paru dans *New Product News*. En voici trois exemples :

- Les nouveaux produits *orientés vers la santé,* que Freidman considère comme les développements les plus importants advenus depuis ces dernières années. Bien que de nombreux produits « énergétiques » ne soient que d'anciennes marques modifiées — sans sel, décaféinés, sans sucre, à taux réduit de matière grasse, riches en fibres, etc. — beaucoup d'autres sont réellement nouveaux, comme les cassettes consacrées à l'amélioration de l'équilibre physico-mental *Letting go of stress* (Comment se débarrasser du stress) et les équipements très élaborés comme la *Gravity Gym,* où vous vous suspendez la tête en bas, comme une chauve-souris.
- Les nouveaux produits *présentés en kit* comme Grecian Delight Gyros (« chaque paquet contient ce qu'il faut pour faire quatre authentiques sandwichs grecs au pain

de son ») et un « Tobacco Kit » qui contient « des graines pour cinquante pieds, un système de serre à circulation d'eau et un terreau à semis, plus un livre qui vous apprend, étape par étape, à faire pousser votre tabac et à fabriquer vos cigares ».

— Les nouveaux produits *avalisés par des personnages*, comme ceux qui rajeunissent actuellement l'industrie milliardaire des céréales toutes préparées pour le petit déjeuner des enfants, dans laquelle des anciens, comme Cap'n Crunch, sont maintenant écartés violemment du marché par de très jeunes, tels Pac-Man, Donkey Kong, les Schtroumpfs et l'omniprésent Strawberry Shortcake.

La plupart des nouveaux produits échouent, et Friedman tient une liste des grands bides des supermarchés... les équivalents alimentaires de Edsel, de la veste à la Nehru et de Smell-O-Vision. Au cours des années, « le consommateur a voté contre »

- la margarine parfumée à la fraise ou au chocolat, qui a coûté très cher à Lever and Kraft ; entre deux tranches de pain, elle prétendait vous fournir quelque chose qui ressemblait à un roulé, « mais les consommateurs l'ont rejetée ».
- Le faux bacon. « General Food continue à faire des recherches sur ce produit, mais elle n'a pas encore atteint de résultat probant. »
- Des chips en boîtes, commes les Pringles impeccables mais fort chères de Procter & Gamble. « Il s'avère que les consommateurs préfèrent vraiment les bonnes vieilles chips, irrégulières, avec des taches brunes, et qui se brisent facilement. »
- Les vins pétillants, comme Ripple et Annie Greenspring. « Pendant un moment, on a cru qu'ils allaient s'emparer du marché du vin. »
- La sauce tomate aux parfums exotiques. « Heinz en a essayé une aux épices mexicaines et une autre au goût de fumée, mais les consommateurs préfèrent encore la sauce tomate ordinaire. »

• Le beurre de cacahuète et la gelée de fruit dans le même pot. « C'était une excellente idée, mais elle s'est cassée la figure. »

• Les soupes congelées. « Campbell's, qui doit s'y connaître mieux que n'importe qui, a échoué plusieurs fois avec ce produit, mais n'a pas abandonné et est en train de tester une nouvelle gamme. »

• Les desserts snack. « Comme le pudding au chocolat en petites boîtes. Celui-là a démarré en flèche, mais comme beaucoup d'autres, il est retombé un an environ après son introduction sur le marché. »

Friedman pense que, pour qu'un produit marche, il suffit qu'il s'en vende une caisse par semaine dans les principaux supermarchés du pays. Ça a l'air facile. Pourtant seule une poignée de produits de qualité très supérieure, comme la soupe à la tomate de Campbell's, la mayonnaise d'Hellman's ou les Nacho Cheese Doritos de Frito-Lay l'ont réussi.

« Ce qu'il faut vraiment, pour créer un nouveau produit qui marche, dit William J. MacDonald, le directeur du marketing des nouveaux produits de Frito-Lay, c'est une connaissance approfondie des envies, des souhaits et des désirs des consommateurs. » Il faut ensuite « exprimer ces demandes potentielles en une idée de produit, la tester auprès des consommateurs, développer un produit qui réalise cette idée (ce qui peut prendre de six mois à quelques années) et, si la réaction du consommateur est positive, mettre le produit en fabrication ». Je n'ai pas besoin de vous dire que les chances de réussite d'un nouveau produit seront considérablement augmentées si, derrière lui, il y a un marketing musclé, comme celui qui procura aux Nacho Cheese Doritos un chiffre d'affaires annuel de 500 millions de dollars, l'introduisant ainsi dans le cercle des gagneurs, en compagnie d'autres super-produits comme Valium, Jell-O Pudding et la pâte dentifrice Crest.

L'une des qualités sensationnelles des Nacho Cheese Doritos ou de tout autre produit à succès de supermarché, c'est, comme aime à le souligner Martin Friedman, que son cycle de vie peut s'allonger sur de nombreuses années. Le bacon Swift, le chewing-gum Wrigley, les pneux Good Year, le tabac pour la pipe Prince Albert, les soupes de Campbell, la farine Gold Medal, le thé Lipton et le lait en boîte Carnation, par exemple, sont des marques qui dominent, dans leurs domaines, depuis plus de soixante ans. Comparez-les aux produits infiniment plus excitants de la technologie de pointe, des ordinateurs personnels aux jeux vidéos, qui peuvent finir à l'ossuaire en quelques mois.

Revivifier des produits défaillants

Avant d'abandonner ce chapitre des échecs de nouveaux produits, il faut noter que les produits fourbus, qui semblent filer tout droit vers la retraite, si ce n'est la tombe, peuvent être revivifiés ; c'est ce que disent les experts en marketing de Cadwell Davis Partners, une agence de publicité new yorkaise fière de ses stratégies de rajeunissement qui remettent en pleine forme les produits défaillants. Par exemple :

- Est-ce que le produit défaillant ne peut pas servir à autre chose ? Les ventes de bicarbonate de soude de Arm & Hammer se sont relevées en flèche après qu'on l'eut présenté comme un produit capable d'assainir les réfrigérateurs.
- Y a-t-il un marché cible plus large ? Procter & Gamble ont inversé la courbe infléchie du chiffre d'affaires de leur Ivory Soap en faisant de la publicité destinée aux adultes et non plus seulement pour les bébés.
- Le produit peut-il être vendu d'une manière plus convaincante ? Les Pampers, couches à jeter de chez Procter & Gamble, qui ne remportaient qu'un succès moyen lorsqu'elles étaient vendues comme un article commode pour les mères, s'envolèrent en flèche lorsque la publicité

souligna le fait qu'elles gardaient les bébés au sec et les rendaient heureux.

- Y a-t-il une tendance à exploiter ? Les chiffres de vente des yaourts Danone ont explosé lorsqu'on attacha au produit l'idée qu'il améliorait la santé du consommateur.
- Les réseaux de distribution du produit peuvent-ils être élargis ? C'est ce que Hanes a fait lorsqu'il a empaqueté ses collants « L'Eggs » dans des sacs ressemblant à des œufs d'autruche de toutes les couleurs et les a exposés sur de grands présentoirs tournants placés à un point stratégique près des caisses des supermarchés.

Vendre mieux le produit d'origine, prolonger sa vie par des améliorations constantes et présenter, ou acquérir, une série ininterrompue de produits nouveaux, ce sont là les éléments essentiels de toute stratégie commerciale efficace.

Je n'ai pas besoin de vous dire que les grandes sociétés internationales et les petits entrepreneurs du coin font cela de façon très différente. Je l'ai compris il n'y a pas très longtemps, lorsque après avoir visité le quartier général de Coca-Cola, un bâtiment de vingt-six étages sis à Atlanta, je me suis arrêté, en revenant à mon hôtel, à une assemblée de détaillants de peinture et de revêtement mural.

Coca-Cola est en train de mettre des millions dans sa nouvelle campagne de publicité afin d'accroître les ventes du produit peut-être le plus couronné de succès du monde, vendu par l'intermédiaire d'environ 1 400 patentés dans plus de 155 pays, et vient d'ajouter des films d'Hollywood à sa gamme de produits en achetant Columbia Pictures pour 1 milliard de dollars.

De l'autre côté, les propriétaires de magasins de peinture et de revêtement mural, pauvres en capitaux, comptaient sur des conférenciers spécialistes en études de motivation, et sur des ateliers de mise en commun des idées, pour revenir chez eux chargés du pouvoir générateur de vente d'une pensée positive.

L'assistance applaudit, debout, le conférencier remarquable qu'est Joe Charbonneau, président de The Performance Group, de Dallas, à la fin de sa causerie intitulée « Cherchez qui est en train de couler votre société », dispensant les conseils suivants :

- Guettez ce que fait la concurrence et faites-le mieux qu'elle.
- Pensez seulement à la fréquence de vos coups de téléphone aux clients qui vous causent des ennuis et combien rarement vous appelez ceux qui constituent le pivot sans histoires de votre affaire.
- La seule personne au monde qui ne vous laissera jamais tomber, c'est vous. Aussi pensez et agissez en gagneur.

L'atelier qui remporta le plus de succès fut celui sur le thème « Comment susciter les ventes de peinture » ; ses deux principales idées étaient les suivantes :

- Les sociétés industrielles repeignent constamment leurs bâtiments et leur équipement, et pourtant 85 pour cent des marchands de peinture ne lancent pas régulièrement des propositions par téléphone à ce marché de la maintenance.
- Presque 70 pour cent de toute la peinture d'extérieur vendue l'année dernière aux États-Unis l'a été à des prix soldés. Alors, si vous voulez vendre plus de peinture, faites plus de soldes.

Les soldes sont une technique vitale pour la croissance de la plus grande partie du commerce de détail, et il n'y a pas de limite à leur fréquence. Pottery Barn, la chaîne de supermarchés de la verrerie non industrielle, organise de grandes ventes presque une fois par mois : ventes avant inventaire, ventes d'été, ventes de la rentrée des classes, ventes de Noël, etc., et chacune exige de gros achats et des mois de planification. Le mauvais temps ou n'importe quoi d'autre d'imprévu peut ruiner une vente, et puisqu'il s'agit déjà de prix sacrifiés, toute réduction supplémentaire visant à attirer les clients qui sont restés chez eux peut provoquer de sérieux déficits financiers.

Le personnel de vente du commerce de détail peut contribuer largement à sa croissance s'il connaît bien la marchandise et aime la vendre. Si une ou deux personnes comme cela travaillent pour vous, tout est possible. Le meilleur exemple en est Joe Girard, qui travaille pour un concessionnaire de la General Motors, à Detroit, et qui a eu droit au *Guinness Book of World Records* pour avoir vendu 1 245 voitures et camions en une seule année.

Téléphoner pour offrir ses services à des clients, anciens ou futurs, c'est une autre manière extrêmement importante (bien qu'incroyablement chère) d'assurer sa croissance, qui fut chaudement recommandée aux marchands de peinture. Un groupe de McGraw-Hill étudie de près le coût moyen de cette technique de vente, qui semble être passé de 9,02 $ en 1942 à 205,40 $ en 1983, date de sa dernière enquête. Garder même une petite force de ventes en activité est fort coûteux ; c'est pourquoi tant d'entreprises s'en remettent à une commercialisation directe qui peut être une manière plus rentable de vendre des produits ou des services. Il s'agit alors de vendre directement aux clients potentiels (y compris aux autres entreprises) grâce à des messages publicitaires transmis par la poste, par l'intermédiaire d'une personne travaillant par téléphone, ou par les médias (la presse, la radio ou la télévision). La réponse à votre argumentation de vente peut être mesurée avec une précision considérable, les commandes suscitées par lui peuvent être livrées par le courrier, ou par d'autres messageries, ou bien les clients peuvent emporter eux-mêmes la marchandise si elle est disponible en magasin, comme le fait Sears dont le catalogue est le modèle de la vente directe.

Pour qu'une affaire de vente directe réussisse, il vaut mieux avoir une liste de clients potentiels soigneusement choisis, une offre de vente testée à l'avance, une tarification réfléchie et un bon artifice publicitaire qui amène le client ciblé à répondre à vos propositions. Des sociétés de vente par correspondance dépensent régulièrement des fortunes dans des campagnes commerciales conçues par des spécialistes de ce marketing très particulier. Il y a des experts en ce domaine qui croient que vos chances de voir des clients éventuels réagir favorablement à votre offre seront accrues de façon mesurable si vous pouvez les pousser à détacher d'un carton un papier autocollant et à le coller dans un cercle marqué « oui », sur un autre carton. D'autres experts pensent qu'un prix plus élevé peut parfois stimuler la vente d'un produit fatigué, comme Rodale Press le comprit lorsqu'elle augmenta celui de sa *Family Encyclopedia of Common Illnesses* de 25 pour cent et vit ses ventes monter de 14 pour cent. Vous pouvez apprendre beaucoup de ces secrets en vous attachant les services d'une firme de vente par correspondance qui préparera votre campagne ; ou vous pouvez tenter de le faire vous-même en consultant l'un des nombreux ouvrages consacrés à ce domaine, comme *Elements of Direct Marketing* de Martin Baier, ou *The Direct Marketing Handbook*.

Pour réussir dans la vente par correspondance, il vous faut aussi un bon produit, et ce sera un plus incontestable si vous pouvez en imaginer un qui soit un peu hors des sentiers battus, comme un « Authentique équipement de grand cuisinier français », « Le tournevis de poche qui vous durera toute la vie », ou des gants pour protéger vos mains des taches d'encre d'imprimerie lorsque vous lisez votre journal.

Un élevage de fourmis vendu par correspondance

Dans son livre *How I made $ 1 000 000 in mail order,* E. Joseph Cossman dit que pour réussir dans ce domaine, il vous faut trois caractéristiques maintenant bien connues et une qui ne l'est pas autant. Les trois premières sont : la capacité de concevoir un nouveau produit, de déceler les tendances qui émergent sur le marché et de persévérer lorsque le démarrage est dur. La quatrième caractéristique, c'est la capacité de rédiger de bons textes publicitaires ou d'engager quelqu'un qui peut le faire pour vous.

Le style de Cossman illumine tout le texte destiné à présenter son élevage de fourmis qui marche si bien et dont le kit comprend : une année de nourriture pour les insectes, du sable de Californie, un manuel pour vous apprendre à les observer et un certificat de garantie pour une généreuse quantité de fourmis, le tout empaqueté dans une boîte de plastique du format d'un gros dictionnaire. « VOICI LE MONDE DES FOURMIS ! Regardez-les creuser des tunnels... voyez-les construire leurs chambres... émerveillez-vous tandis qu'elles bâtissent des ponts et déplacent des montagnes sous vos yeux. Les fourmis sont les ingénieurs les plus minuscules qui existent... et c'est fascinant de les voir planifier et réaliser tout un système de routes et de voies souterraines. Mais elles font plus encore ! A travers des parois transparentes de votre ÉLEVAGE DE FOURMIS, vous pourrez voir les soldats garder les routes... les ouvrières porter leur fardeau... les préposées au ravitaillement emmagasiner de la nourriture pour le reste de la colonie. Oui, l'ÉLEVAGE DE FOURMIS est vraiment un ÉCRAN TÉLÉ VIVANT qui vous occupera pendant des heures. »

London Wine Compagny, de Brookline, dans le Massachusetts, s'est servi de la publicité postale avec une grande efficacité ; elle a vu son chiffre d'affaires augmenter de 30 pour cent et elle vise maintenant 50 pour cent de croissance annuelle. Stephen Garber, son propriétaire, a repris, en 1983, cette affaire qui est dans la famille depuis trente-huit ans ; il commença par envoyer une lettre confidentielle mensuelle qui fit peu pour attirer la clientèle, mais lui laissa supputer le pouvoir de cette technique. La percée s'effectua lorsqu'il acheta un système d'ordinateur d'une valeur de plus de 30 000 $ qui gère maintenant les campagnes de publicité par correspondance de London Wine. Cela permet à Garber d'adapter son envoi aux goûts connus de ses clients et de rester au courant de chaque réponse. Cela attire aussi à sa boutique de nouveaux clients qui aiment le bon vin et sont prêts à l'acheter en grosse quantité lorsque le prix en est raisonnable. Par exemple, une lettre envoyée à trois cents clients éventuels pour leur vanter une bouteille de bordeaux blanc à cinq dollars lui en a fait vendre soixante caisses. La publicité par correspondance n'est qu'un des aspects des efforts de vente de London Wine qui vont, nous dit Garber, de la dégustation de vin au « porte à porte », en passant par des vendeurs « qui ont un réel amour du vin et dont l'enthousiasme enflamme nos clients ».

Stephen Garber se sert invariablement de la vente par téléphone pour relancer un *mailing* ou la prospection par correspondance d'une nouvelle clientèle.

On a estimé que la vente par téléphone écoule, chaque année, pour 75 milliards de dollars de livres de cuisine, de matériel de forage de puits, de services d'ordinateur, de plaques d'identification du bétail, d'assurances auto et d'autres produits, auprès de millions de consommateurs, à un prix relativement bas. « Un téléphone, dans les mains d'un spécialiste de la communication, peut rapporter un bon profit », dit le regretté Murray Roman qui fut l'un des meilleurs vendeurs par téléphone des États-Unis.

Si vous vous servez correctement de la vente par téléphone et si votre produit n'est ni trop cher ni trop complexe, il y a de bonnes chances pour que vous puissiez conclure une vente après environ six appels à des clients potentiels soigneusement ciblés. La clef, bien entendu, c'est de le faire comme il faut, et Roman a décrit ce procédé dans son livre *Telemarketing campaign that work !*

Toutes les campagnes fructueuses de vente par téléphone commencent par une bonne liste de clients potentiels, et il n'y en a pas de meilleure que celle de vos clients actuels, surtout ceux qui vous ont déjà acheté par téléphone. Ces clients sont même plus importants lorsqu'ils possèdent une carte de crédit car, tout ce que vous aurez à faire, une fois la commande passée, c'est de porter le prix à votre compte pour être payé par Visa ou l'American Express.

« Il y a des circonstances, dit Roman, où vous pouvez justifier les frais d'achat d'une des 200 000 listes de futurs clients en état de manque auprès d'une société de fichiers d'adresses que vous trouverez dans les pages jaunes. L'une de ces circonstances, c'est que votre marge bénéficiaire soit assez large pour supporter le coût d'une prospection non ciblée ; une autre, c'est que votre produit soit tel que les clients puissent continuer de l'acheter toute leur vie durant, comme par exemple, une adhésion à un club automobile. »

Roman a découvert un fait intéressant, lors d'une campagne de publicité par téléphone qu'il a menée pour la Louisiana National Bank : c'est qu'on peut vendre un produit plus cher, ainsi, personnellement, par téléphone, qu'un autre à peu près similaire vendu par correspondance — 33 pour cent dans le cas d'un service de protection de la carte de crédit proposé par une banque.

Une fois que vous avez décidé de lancer une campagne de vente par téléphone, vous pouvez la rendre plus efficace de différentes manières, comme Montgomery Ward l'a appris lorsqu'il lança son Auto Club. Ward rassembla plus d'un million de membres dans les trois premières années d'existence de son Auto Club en se servant du pouvoir d'attraction qu'exerça la publicité par correspondance visant ses propres clients. Mais comme la force de vente de cette technique commençait à décliner, Ward découvrit que la moitié de ses clients n'avaient pas lu son offre de s'inscrire à l'Auto Club, fait qui fut confirmé lorsque 25 000 d'entre eux adhérèrent après avoir vu une annonce publicitaire parue dans *TV Guide*. Ward décida d'essayer de toucher ces membres éventuels au moyen de la vente par téléphone, ce qui lui apporta en un an plus de 150 000 nouvelles adhésions.

Ward apprit rapidement qu'il fallait d'abord tester plusieurs versions de l'argumentation de vente avant de faire l'ultime sélection, et que la version soit périodiquement testée de nouveau afin de s'assurer que le marché n'avait pas changé, et qu'ainsi même les clients potentiels de cette vente par téléphone qui ne s'étaient pas inscrits à son Auto Club n'étaient pas perdus. « Les gens qui n'achètent pas par téléphone, dit le président du Ward's Auto Club, achèteront plus volontiers qu'autrefois dans nos boutiques ou sur catalogue, parce qu'ils se souviendront que Ward's a pensé à les appeler et à leur offrir quelque chose qui, estimaient-ils, pourrait être un bon achat pour eux. »

L'homme des Yummy Yogurt

Des magasins de vente au détail comme Ward's, Computer-Land, Ace Hardware et un nombre infini d'autres sont les principaux débouchés de cette corne d'abondance de produits sortis des esprits les plus hardis du pays. Ils dominent l'autre moitié du continuum production/distribution qui fait marcher le système de la libre entreprise dont sortent les entrepreneurs qui réussissent. Les gagneurs qui sont du côté distribution de l'équation se servent des mêmes stratégies de croissance que les créateurs de produits, plus certaines qui leur sont propres, dont la multiplication des points de vente est la plus répandue. Certains détaillants, comme Computer-Land, vendent directement les produits de leur stock aux consommateurs tandis que d'autres, comme Kwick-Kopy, achètent ou louent eux-mêmes ces produits et vendent leur production. Pour tous, la solution c'est d'avoir davantage de points de vente, et un entrepreneur qui s'y adonne avec enthousiasme, c'est Sheldon Fischer, qui possède des supermarchés, des restaurants d'aliments diététiques et des boutiques d'*ice-cream* à Washington et aux alentours.

Fischer a acheté son premier magasin près de l'université du Maryland, peu après la Seconde Guerre mondiale, et il en fit un point de vente de produits en vrac, presque au prix de gros et à crédit, à des associations d'étudiants. Mais ce commerce s'avéra d'un rendement médiocre parce que Fischer n'arrivait pas à écouler son stock assez vite pour en tirer un bénéfice décent. Il dit qu'il aurait bien vendu l'affaire à un chauffeur de taxi de New York qui avait très envie de l'acheter pour 15 000 ou 20 000 $, mais il savait que cet homme ne pourrait pas en tirer plus que lui, aussi préféra-t-il fermer boutique.

Cette expérience poussa Fischer vers les supermarchés, où les clients paient tout de suite et où il pourrait faire tourner son stock — c'est-à-dire tirer profit de son investissement — plus de quatre fois par mois au lieu d'une fois tous les mois et demi dans son affaire précédente. Il finit par acheter deux supermarchés dans le Maryland et un à Washington, les baptisa Best Food Stores, et tout en gardant un œil très attentif sur cette entreprise en pleine croissance, il ouvrit son premier débit de yaourts glacés dans la capitale, en 1976, et l'appela Yummy Yogurt.

A cette époque-là, les deux fils aînés de Fischer avaient du mal à gagner leur vie — l'un faisait de la prise de vues, l'autre avait abandonné ses études — aussi leur confia-t-il la gestion du Yummy Yogurt. Très vite, explique-t-il, ses garçons « se sont disputés pour savoir lequel allait être le patron, aussi je me suis dit que je ferais mieux d'ouvrir une seconde boutique ». Fischer signa un bail à long terme pour un magasin beaucoup plus grand, ajouta à son menu de yaourts, des salades, des sandwiches, des quiches, de la soupe, etc. et il allait l'ouvrir lorsque son cinéaste de fils décida d'abandonner parce qu'il « n'avait pas envie de travailler dans le fast-food, à rester toute la journée derrière un comptoir ». Ce qui obligea Fischer à engager un gérant expérimenté qui réussit si bien qu'il en prit un autre pour diriger son second Yummy Yogurt, puis un de plus pour s'occuper d'un troisième où lui-même installa son bureau.

Arrivé à ce stade, tout marchait si bien qu'il décida d'ouvrir un magasin de produits alimentaires afin d'approvisionner ses Yummy Yogurt en plats chauds qu'avant il achetait à quelqu'un d'autre. Sa femme élabora quelques recettes et forma des cuisiniers et, une fois de plus, Fischer engagea un gérant expérimenté pour diriger l'opération. « Nous pouvons faire nos propres plats chauds bien moins cher que nous ne pourrions les acheter, dit-il, et cela nous donne la possibilité de changer de menus si nous en avons envie. » Il recommença à roder, en quête de locations, pour ouvrir un autre Yummy Yogurt, et il découvrit un emplacement particulièrement favorable à son projet, dans un immeuble près de la maison où est mort Abraham Lincoln. Fischer acheta l'immeuble, lança son cinquième Yummy Yogurt puis le ferma un an plus tard lorsque quelqu'un lui offrit d'acheter l'immeuble à un prix qu'il ne pouvait refuser.

Il commit alors une erreur de stratégie en ouvrant un double magasin de 460 m^2 avec un Yummy Yogurt au rez-de-chaussée, une épicerie fine traiteur à l'étage et leurs cuisines respectives. « Ces magasins étaient si grands et nous ont donné tant de soucis, dit Fischer, que nous avons commencé à chercher un autre emplacement que nous avons trouvé à un pâté de maisons de là, dans Metro Market. Cette fois, nous avons décidé d'ouvrir deux stands de Yummy Yogurt qui totalisaient 75 m^2 et faisaient pourtant 70 pour cent des ventes des magasins de 460 m^2 et étaient bien plus lucratifs. »

Fischer se débarrassa de son double magasin de 460 m^2 et en ouvrit immédiatement un autre de même surface, mais tout en rez-de-chaussée, et situé dans un quartier de Washington qui, pensait-il, allait se développer. « Nous l'avons appelé notre « Banquet » parce que nous avions prévu un menu qui comportait bien plus que des aliments diététiques. Nous avons commencé, par exemple, par cuire nos propres pizzas, et nous avons installé une terrasse de café où pouvaient s'asseoir 66 personnes et une salle de 225 places. Je ne suis pas fou de l'opération du Banquet parce que plus c'est grand, plus c'est difficile à diriger. Mais c'est probablement le magasin qui fait le plus gros chiffre d'affaires et le plus de bénéfices, et nous projetons d'en ouvrir d'autres ici, à Washington, et dans le Maryland. »

On commença à remarquer les opérations Yummy Yogurt de Fischer et bientôt des articles parurent sur lui dans *People*, *The Wall Street Journal*, le *Washington Post* et dans des publications étrangères. Ces articles lui valurent de recevoir des demandes de renseignements de la part de gens qui voulaient des franchises de Yummy Yogurt, ce qu'il leur refusa. « Une franchise, il faut la faire correctement, dit-il, et nous n'étions simplement pas prêts. J'aurais pu faire pas mal d'argent à vendre des franchises, en donnant aux gens une petite brochure, un livre ou n'importe quoi du même genre, mais pas de soutien. Mais je ne suis pas quelqu'un qui rejette ses responsabilités et j'aime dormir la nuit, aussi nous disons non jusqu'à ce que nous soyons prêts. »

Néanmoins, Fischer s'intéresse à l'idée de franchise parce que « c'est un moyen d'avoir plus de magasins et de s'étendre plus vite avec l'argent des franchisés et notre capacité à leur montrer comment gérer l'affaire. Aussi nous avons en ce moment une société de conseil et un juriste qui nous aident à établir un programme de franchising. Nous nous préparons aussi à aider nos franchisés. Nous les mettrons dans l'un de nos Yummy Yogurt de

Washington qui ressemble à celui qu'ils auront à gérer, et nous leur apprendrons tout ce qu'ils ont besoin de savoir ». L'une des choses qu'ils apprendront de Fischer, c'est la difficulté qu'il y a à embaucher et à motiver le personnel, surtout dans le commerce de *fast-food* où les employés sont habituellement jeunes, inexpérimentés et peu payés. « Ce type de personne, dit Fischer, change fréquemment d'emploi, ne se pointe pas au travail et si quelque chose vous fait vieillir avant l'âge, c'est bien d'être tracassé tous les jours par des problèmes de personnel. Nous essayons de traiter nos employés mieux que des fast-food comme Wendy's ou McDonald's, en leur offrant des emplois à plein temps. Nous leur donnons des congés, nous leur payons des vacances, nous essayons de faire de la promotion interne, mais nous avons tout de même des problèmes. J'ai des gérants de nos Yummy Yogurt qui m'appellent tout le temps pour me dire que " deux employés ne se sont pas pointés aujourd'hui et je vais être à court de personnel ", aussi il faut que je jongle avec d'autres pour leur venir en aide. Mais si un employé ne se présente pas dans le magasin d'un franchisé, c'est son problème. Il ne peut pas m'appeler pour avoir de l'aide, il faut qu'il se débrouille tout seul, et c'est toute la différence. »

Il y a deux choses que les franchisés de Fischer recevront, c'est la gamme de produits Yummy Yogurt et une supervision, ce qui empêchera l'opération de *franchising* d'être vraiment rentable jusqu'à ce qu'elle atteigne la masse critique de franchisés. « Si nous franchisons cinq Yummy Yogurt en Virginie, dit Fischer, nous aurons besoin de quelqu'un pour superviser ces cinq boutiques. Il peut être capable de superviser quinze magasins mais je dois tout de même le payer pour s'occuper de cinq. Aussi, au début, ce ne sera pas une aubaine, mais peut-être mes fils en tireront-ils bénéfice plus tard. »

Mais Fischer n'est pas le genre d'homme à rester assis à ne rien faire en attendant que les choses mûrissent.

Comme la plupart des entrepreneurs qui ont réussi, il est très fier de son rôle actif; récemment, il a acheté la Real Rich Ice Cream Company, qui a douze magasins franchisés éparpillés dans l'état de Washington, dans le Maryland et en Virginie. « Nous avons choisi l'une de ces boutiques, dit-il, nous l'avons rebaptisée " Real Rich Cookies Cream " et nous l'utilisons comme prototype d'une nouvelle sorte de magasin parce que nous pensons que ceux d'à présent sont périmés. Nous présentons dans ce magasin plusieurs menus, des petits gâteaux cuits au four et des *muffins*, et nous avons installé un coin en snack, où l'on peut acheter des *hot dogs*, des sandwiches et des gâteaux fourrés, parce que nous ne croyons pas que l'*ice cream* se suffise à lui-même. Nous aurons probablement plus de franchises dans les Real Rich que dans les Yummy Yogurt parce que c'est une opération de *franchising* décidée à l'avance et déjà engagée. »

L'expansion régulière de l'entreprise de *fastfood* de Sheldon Fischer, après plusieurs échecs, est typique des modèles de croissance des affaires couronnées de succès. La plupart des nouvelles entreprises ne peuvent venir à bout des difficultés sérieuses et se contentent de mourir. Dun - & Bradstreet estime que quatre sociétés remboursent leurs créanciers et disparaissent pour une qui se déclare en faillite, et la National Federation of Independant Business estime ce chiffre à dix pour une.

Une bonne gestion peut cependant distinguer très vite les stratégies qui ne réussiront pas et rapidement changer de cap pour s'orienter vers des opportunités plus prometteuses, et par ce moyen préserver la croissance à long terme de la société.

9 Les vrais entrepreneurs n'abandonnent jamais la partie

« Les échecs sont comme des genoux écorchés... c'est douloureux mais superficiel et cela guérit vite. »

H. Ross. Perot,
fondateur et président,
Electronic Data Systems

Adam Osborne, personnage haut en couleurs et plein de cran, qui de son propre aveu chercha à attirer sur lui les feux des médias, fonda Osborne Computer Corporation fin 1981, fit 92 789 000 $ de chiffre d'affaires dans son année fiscale, qui se termina le 26 février 1983 et, six mois plus tard, se déclara en faillite. Ce fut l'un des drames de « grandeur et décadence » les plus spectaculaires de l'histoire contemporaine du monde américain des affaires.

Des sociétés de technologie de pointe de la Silicon Valley se cassent régulièrement la figure. Il n'y a rien de nouveau là-dedans. Cependant, ce qui distingue Osborne Computer des autres, c'est que son fondateur, Adam Osborne, est un écrivain professionnel qui a corédigé une sorte de manuel destiné aux entrepreneurs ambitieux et où il explique bien clairement les stratégies qu'il a utilisées pour faire de sa société un succès spectaculaire et subit, et révèle les fautes qui, tout aussi rapidement, l'ont mise K.O.

Avoir une entreprise, c'est être livré à une adversité impitoyable et à des situations critiques ; c'est lié à la chose et personne n'y échappe. Mais il y a des moyens de s'en tirer et, dans ce chapitre, nous allons étudier les stratégies dont Federal Express, Mary Kay Cosmetics, Winnebago Industries, Thermo Electron et d'autres encore se sont servies pour venir à bout de leurs revers. Nous écouterons les conseils de ceux dont la spécialité est d'aider les sociétés en difficulté. Et nous parlerons de la philosophie de la survie avec Bob Brennant, qui a fait desa société, First Jersey Securities, l'une des firmes de courtage qui s'est développée le plus vite en Amérique. Mais tout d'abord, revenons à Adam Osborne et à son histoire qui donne le frisson, *Hypergrowth : The Rise and Fall of Osborne Computer Corporation.*

Le livre d'Osborne commence par une reproduction pleine page d'une lettre envoyée à ses hommes de loi par un cabinet juridique représentant l'homme qui devint le PDG de l'Osborne Computer moins de neuf mois avant qu'elle se déclarât en faillite. Cette lettre avertissait Osborne que si son livre diffamait en quoi que ce fût l'ex-président de sa société, l'éditeur et l'auteur seraient immédiatement poursuivis en justice. Cela suffit à effrayer l'un des plus célèbres éditeurs, qui refusa de publier l'ouvrage d'Osborne qui est loin de faire des louanges du sens aigu des affaires de l'ex-PDG de sa société. Aussi Adam Osborne publia-t-il lui-même son livre.

La première affaire d'Osborne fut une petite société d'éditions qu'il lança à Berkeley, et qui était spécialisée dans les ouvrages consacrés aux micro-ordinateurs. En 1972, la General Automation l'engagea pour écrire un livre sur ce sujet, intitulé *The Value of Power,* et ensuite, il en écrivit un autre, intitulé *An Introduction to Microcomputers,* qu'il publia lui-même. Osborne dit qu'il écoula très vite dix mille exemplaires de son deuxième livre, au prix de quatre dollars, et que, lorsque les ventes s'élevèrent à vingt mille exemplaires et que treize universités l'adoptèrent, comme texte au programme, il sut qu'il tenait quelque chose d'important.

Osborne continua d'écrire des livres sur les micro-ordinateurs et, en 1979, sa société d'éditions comptait vingt-cinq titres imprimés totalisant un chiffre de vente annuel d'environ 500 000 $, lorsque McGraw-Hill offrit de la lui racheter. Osborne accepta de signer un contrat qui l'obligeait à continuer à diriger l'affaire pendant trois ans. Mais il eut bientôt la bougeotte et commença à travailler sur l'idée d'un micro-ordinateur qui rivaliserait avec Apple, Commodore et Radio Shack qui, en 1980, possédaient pratiquement toute l'industrie de l'ordinateur personnel. Osborne croyait qu'Apple — sans parler d'IBM — était la preuve vivante que « pour être le numéro un, vous n'avez pas besoin d'être le meilleur ni même d'être bon. Tout ce qu'il faut, c'est que votre produit soit acceptable, convenablement soutenu et bien distribué ». Cette conviction l'amena à concevoir un ordinateur personnel comprenant tous les services d'un appareil ordinaire, mais aucun de plus. Alors il décida de révolutionner l'industrie de l'ordinateur personnel en rendant « Osborne 1 » portatif, afin que les utilisateurs puissent l'emporter partout avec eux, même à bord d'un avion où l'on pourrait facilement le fourrer sous le siège.

Osborne lança sa nouvelle entreprise au début de 1980 comme une société nommée « Brandywine Holdings » tout en continuant à travailler pour McGraw-Hill. Dans les mois qui suivirent, il s'acharna sur son ordinateur portatif, à ses moments perdus ; il investit environ 100 000 $ de son argent personnel dans les frais initiaux, engagea 40 000 $ de capital spéculatif et, vers la fin de 1980, il avait un prototype de micro-ordinateur à capacité limitée qui fonctionnait. Osborne avait aussi formé le noyau d'une équipe de *management* qui devait fabriquer et vendre son nouvel ordinateur, et vers la fin de 1980, il engagea un vice-président et directeur général appelé Tom Davidson, ainsi que d'autres cadres clés de la technique et du *marketing*, début 1981.

La Osborne Computer fut constituée en société par actions dans les premiers jours de la même année et, quelques semaines après que sa courte et malheureuse vie eut commencé, elle s'installa dans un petit bâtiment inachevé, à Hayward, en Californie, avec 900 000 $ de capital initial, qu'Adam avait emprunté. « Après coup, dit-il, 900 000 $, c'était une somme lamentable... tristement insuffisante pour lancer un projet aussi important que l'Osborne Computer Corporation... mais c'était tout ce que je pouvais emprunter à l'époque. »

Osborne commença aussitôt à rassembler un conseil d'administration de première qualité, dont Les Hogan, ex-président de Fairchild Semiconductor ; Seymour Rubenstein, le fondateur de MicroPro ; Jack Melchor, un investisseur hardi dont les 40 000 $ avaient été le premier investissement extérieur de l'Osborne Computer ; et Richard Frank, le président de Sorcim et l'auteur d'un programme d'ordinateur bien connu appelé SuperCalc.

Des revendeurs conquis à la force du poignet

La décision fut prise d'annoncer l'Osborne 1 à la Foire de l'ordinateur de la Côte Ouest, en mars 1981. La minuscule équipe d'ingénieurs de la société travailla jour et nuit à fabriquer quelques prototypes. On alerta la presse (quatre revues professionnelles firent les honneurs de leur couverture, avant l'ouverture de la foire, à l'Osborne 1 qui n'avait pas encore été mis à l'épreuve) et on se décida pour un prix de vente au détail de 1 795 $. « A ce prix-là, dit Osborne, on pouvait faire pas mal d'argent, à condition que Davidson gagne les revendeurs à la force du poignet et achète des pièces aux prix extrêmement bas que j'avais spécifiés. »

Pour que le public remarque sa petite société à la foire, Osborne fit ériger un stand en plexiglass qui jaillissait vers le plafond avec le « O volant » de la marque de la compagnie rayonnant au sommet comme un phare. Dans ce stand, il y avait l'ordinateur personnel Osborne 1, maintenant bien mis en vedette, fourré à l'intérieur d'une lourde valise en aluminium. Pire encore, le texte qui apparaissait sur le minuscule écran de l'Osborne 1 ondulait comme les vagues de l'océan, ce que le personnel qui tenait le stand qualifiait d'« effet hawaïen ». Pourtant le public se pressait autour pour voir, non seulement le premier ordinateur vraiment portatif du monde, mais encore un ordinateur personnel qui valait environ la moitié de ceux des concurrents. Adam Osborne était tellement transporté de joie par son succès qu'il mit publiquement Apple, Commodore, Radio Shack et d'autres au défi d'adopter une stratégie différente de la sienne. « Faites comme moi ou périssez ! » proféra-t-il d'une voix tonitruante. C'était trop pour Steven Jobs, de chez Apple, qui prit le téléphone, appela Osborne et lorsqu'on lui dit qu'il était sorti, laissa ce message : « Dites à Adam qu'il est un con. »

Une fois passés les jours de gloire de la foire, il fallut livrer, et le 30 juin 1981, le premier Osborne 1 (numéro de série 000001) fut expédié à Digital Deli, à Mountain View, en Californie. Les ventes continuèrent à se multiplier en automne grâce à une superbe campagne de publicité et de relations publiques. Osborne dit qu'il orchestrait les médias en aidant les journalistes de la presse professionnelle à rédiger des articles passionnants sur son nouvel ordinateur portatif ; des textes qui lui étaient favorables commencèrent à paraître dans des périodiques à l'échelle nationale, *Time, Newsweek, The Wall Street Journal, Business Week* et *Fortune,* et on le mentionna aussi durant l'émission *60 minutes*.

Les deux premières campagnes de publicité d'Osborne étaient excellentes. La première, lancée lorsque Osborne 1 fut prêt pour l'expédition, montrait une photo du produit avec la légende : « C'était inéluctable ». La seconde, lorsque Osborne 1 fut dans les mains des consommateurs, montrait deux hommes d'affaires en compétition. L'homme qui était à gauche de l'image portait un attaché-case, tandis que celui de droite tenait à la main un Osborne 1. Sous les deux hommes, il y avait écrit : « Le type de gauche n'a pas une chance. » Les annonces, dit Osborne, faisaient directement appel à la peur de ne pas être à la page, si répandue dans le monde des affaires. « J'ai renforcé cela lors de ma tournée de conférences, ajouta-t-il, que je terminais par cette affirmation : " Si vous manipulez des chiffres et des mots, et si vous ne vous servez pas d'un micro-ordinateur, vous allez bientôt vous retrouver sans travail. » Osborne Computer prit, à cette époque, une autre décision de marketing tout à fait essentielle, celle de se passer de distributeur et de vendre directement aux marchands d'ordinateurs. Osborne avait monté un réseau étendu de revendeurs avant d'expédier son premier ordinateur, et pour les motiver, il leur offrit des marges bénéficiaires de 35 à 42 pour cent sur le prix de vente au détail d'Osborne 1, et trente jours pour régler. Mais ceux qui n'avaient pas payé le trente et unième jour perdaient 4 pour cent de leur marge bénéficiaire. Pourtant, après coup, Osborne croit que « ce programme de vente si soigneusement conçu a eu peu, ou pas du tout, d'impact sur le chiffre d'affaires du produit ni sur la ruée des revendeurs sur Osborne 1. Ils voulaient simplement mon produit parce que les clients entraient dans leur boutique pour l'acheter ».

Osborne avait commencé à expédier quelques modèles de démonstration aux revendeurs en juillet 1981 ; en août, les expéditions totalisèrent 612 unités et en décembre 2045, ce dernier chiffre étant très proche des estimations du plan d'entreprise de la société. En septembre, elle afficha son premier mois d'un million de dollars, ce qui incita Adam Osborne à crier sur tous les toits que sa société « était invincible ».

Morte soixante-douze heures après

Alors que Adam Osborne était en pleine crise de mégalomanie, sa société subit brusquement deux revers qui menacèrent son existence même. La crise numéro un survint à 14 heures, le vendredi 4 septembre 1981, lorsque la Bank of America, alarmée par l'accroissement aigu du compte fournisseurs d'Osborne (que le compte clients ou les expéditions du produit ne compensaient pas) annonça qu'elle projetait d'exiger le remboursement de tous les emprunts de la société le mardi suivant. Il semblait que l'Osborne Computer Corporation serait en faillite dans les soixante-douze heures à venir, mais le week-end passé, Jack Melcher, l'un des membres du conseil d'administration, obtint 1,6 million de dollars d'argent frais d'investisseurs qui payèrent 40 $ pièce les actions de la société, alors que ceux qui avaient fourni, plus tôt, 900 000 $, les avaient payées 17,39 $ pièce.

La crise numéro deux frappa un mois plus tard, en octobre 1981, lorsque la société fut forcée d'ordonner un retrait général de la marchandise pour défaut de fabrication. Dans sa hâte à expédier son produit et à ramasser l'argent dont elle avait désespérément besoin, la société avait livré des ordinateurs défectueux qui, comme le dit Adam Osborne, auraient eu besoin de six mois de plus d'atelier et d'une ou deux améliorations par rapport au prototype. Bien qu'il eût remporté un succès foudroyant auprès du public, Osborne 1 souffrait d'une absence totale de contrôle de qualité.

Brusquement, des minicrises éclatèrent, dont la plupart concernaient le retard des améliorations que Adam Osborne avait bruyamment promises à la presse mais qu'il ne pouvait fournir. « L'euphorie, dit-il, a la mauvaise habitude de trébucher sur la réalité. » Le découvert menaçait aussi d'atteindre la cote d'alarme car le déficit accumulé s'était élevé de 38 888 $ pour l'année fiscale qui se termina le 29 novembre 1980 et à 1 320 000 $ l'année suivante. Pourtant, les gens continuaient à acheter Osborne 1, obligeant ainsi la société à agrandir ses installations de fabrication.

Pendant que tout cela se déroulait, Osborne Computer prospectait la clientèle étrangère et, durant ces merveilleux mois d'hypercroissance, les commandes d'exportation absorbèrent, à peu près, 25 pour cent de sa production. Osborne eut son premier mois de 10 millions de dollars en août 1982, et en octobre, on commença à expédier une version améliorée d'Osborne 1, dont la capacité de mémorisation des données était double de celle du premier, et qui pourtant ne coûtait que 200 $ de plus. Le personnel d'Osborne Computer totalisait maintenant huit cents personnes, on avait recruté quelques cadres de grande valeur, on travaillait sur de nouveaux produits et les souscripteurs commencèrent à frapper à la porte pour voir si la société ne voulait pas émettre des actions en bourse.

Mais les problèmes qui menaçaient l'existence même de la société n'étaient pas résolus et, avant longtemps, d'autres vinrent s'y ajouter. Le succès de l'Osborne amélioré diminua les ventes du premier appareil, si bien que, à un moment, dix mille d'entre eux restèrent invendus sur les étagères des boutiques. Une seconde amélioration de l'Osborne 1, qui lui permettait d'afficher quatre-vingts caractères par ligne sur son écran, fut donc retardée d'un an, ce qui porta atteinte à la crédibilité de la société. De sérieuses difficultés au sujet des pièces commencèrent à surgir. Et une offre d'accroître les capacités de l'Osborne 1 de tout client qui le souhaiterait fit fiasco, ce qui créa un malaise chez les revendeurs.

Osborne Computer avait travaillé à l'élaboration de plusieurs nouveaux ordinateurs personnels, mais lorsque 1983 arriva, il devint clair qu'elle ne pouvait se permettre de lancer l'Osborne « Executive », compatible avec l'IBM/PC, et dont le prix devait être de 2 495 $. Adam Osborne décida de « bombarder » les revendeurs en organisant une tournée rapide ponctuée de brefs arrêts durant lesquels ils seraient fêtés à grand renfort de nourriture, de boissons et de démonstrations du produit. L'opération réussit et Osborne revint de sa tournée avec 25 millions de dollars de commandes pour Executive.

Wall Street continuait à s'intéresser à Osborne Computer et les offres de mise en bourse des actions continuaient à arriver. Au cours de la seconde semaine de janvier 1983, Osborne Computer embaucha Robert Jaunich, le directeur de Consolidated Foods, de Chicago, pour qu'il devînt leur nouveau président à la place du fondateur, Adam Osborne. Et le 22 avril 1983, Jaunich et Osborne tinrent une réunion cruciale, à New York, avec les représentants de Salomon Brothers, qui avait accepté de s'occuper de la vente de leurs actions en bourse. Jaunich dit aux souscripteurs que la société avait perdu environ 4 millions de dollars à la fin de son année fiscale, se terminant en février 1983, mais dans les quinze jours qui suivirent, on découvrit d'autres déficits, et les pertes, pour 1983, s'élevèrent encore, totalisant de 8 à 10 millions de dollars, plus un supplément de 10 millions de dollars prévisible pour le premier trimestre de l'année fiscale 1984. « Pour Osborne Computer Corporation, dit Adam Osborne, c'était le commencement de la fin. » Cette fin se concrétisa avec la déclaration de faillite qui eut lieu le mardi 13 septembre 1983.

Cependant Osborne Computer ne mourut pas. Elle vit encore, dans ses locaux spartiates de Fremont, en Californie, où elle émergea récemment de sa faillite ; elle espère redevenir rentable en 1985. Adam Osborne est aussi revenu à la charge avec Paperback Software International et il rêve « d'acquérir le droit de fabriquer et de mettre sur le marché des produits *software* de grande qualité achetés à des créateurs indépendants qui ne peuvent pas lancer leur produit à l'échelle nationale ».

« Nous parlons constamment avec des directeurs de sociétés en faillite, avec leurs banques et la plupart de leurs fournisseurs, qui ont payé les pots cassés ; et nous avons découvert que neuf affaires sur dix sombrent à cause d'une mauvaise gestion », dit Joseph W. Duncan, économiste et statisticien en chef pour la Dun & Bradstreet Corporation qui, plus que quiconque aux États-Unis, s'intéresse de près aux faillites.

« Le plus surprenant, dit-il, c'est que tant d'entrepreneurs se lancent sans la moindre expérience des affaires. Un homme peut fonder une entreprise parce qu'il est un excellent vendeur et découvrir que son talon d'Achille, c'est la production, à laquelle il ne connaît rien. C'est particulièrement vrai en période de crise, lorsque les gens perdent leur emploi et décident d'ouvrir une marina, ou autre chose du même genre, parce qu'ils aiment bien ce type d'activité. En ce moment, je m'aperçois que les gens ne se mettent pas à leur compte, à moins d'être profondément optimistes. Mais à moins d'être également réalistes quant à l'entreprise qu'ils vont créer, et à moins de savoir vraiment ce qu'ils font, ils vont forcément dépasser leurs possibilités et s'attirer des ennuis. »

Conseils de la Bankers Trust

Joseph A. Manganello Jr, vice-président et responsable du crédit à la Bankers Trust Company de New-York, dont l'actif dépasse 45 milliards de dollars, dit : « Nous nous apercevons que des tas de sociétés s'attirent des ennuis parce qu'elles essaient de se précipiter dans une croissance qu'elles sont incapables de gérer. Un propriétaire peut diriger merveilleusement bien une usine qui compte cinq machines à fraiser et fabrique mille trucs par mois. Mais on multiplie ça par deux, dix machines tournant avec deux équipes de huit heures et produisant deux mille machins, et joliment vite le propriétaire commence à perdre le contrôle. Il faut bien qu'il mange et qu'il dorme. Ce qui veut dire qu'il ne peut plus faire le tour de son usine en appelant chaque opérateur par son nom et en tripotant ci et ça pour s'assurer que tout marche comme sur des roulettes. Alors il doit embaucher un type qui dirigera la seconde équipe, constituer un inventaire, engager une équipe de vendeurs pour écouler les trucs supplémentaires et, avant peu, il va perdre pied. »

Manganello dirige une équipe de dix spécialistes qu'il envoie dans les sociétés en difficulté pour essayer de sauver l'affaire et, pas incidemment, l'argent que la Bankers Trust leur a prêté. « Un diagnostic précoce, c'est la solution pour éviter les gros ennuis, dit-il. C'est tout à fait comme une maladie. Si vous ne vous sentez pas bien, c'est que quelque chose ne va pas. Dans les affaires, c'est pareil. Quand les chiffres commencent à vous devenir hostiles, faites immédiatement appel aux spécialistes. Des affaires différentes présentent des signaux de préalerte différents qui vous avertissent que des ennuis couvent. Dans les affaires de services, par exemple, c'est la production et le recouvrement des effets à recevoir. Si les réservations commencent à s'effondrer, ou si le paiement des effets ralentit, c'est mauvais signe.

« L'essentiel, c'est que vous ayez une bonne aide comptable. Vous ne pouvez peut-être pas vous offrir un grand cabinet d'audit comptable ni jouer, vous, à l'homme-orchestre. Votre meilleur pari, ce serait probablement une firme à trois ou quatre associés et vous auriez un plus s'ils possédaient de l'expérience dans votre partie, afin que vous puissiez vous libérer pour des études comparatives des prix. Servez-vous de vos comptables comme conseillers, faites-leur revoir vos chiffres. Cela coûte un peu et l'on a toujours tendance à vouloir économiser sur les honoraires. Mais si vos comptables viennent faire un contrôle tous les six mois et vous parlent de ce qu'ils ont trouvé, c'est de l'argent dépensé à bon escient... surtout s'ils découvrent un problème actuel ou imminent.

« Il est également essentiel de mettre votre banque au courant dès que vous avez un ennui, dit Manganello. Et n'ayez pas peur que la banque annule votre emprunt. En tant que banquier, cela ne me plaît pas du tout de dire cela, mais les banques ne sont pas là pour annuler les prêts, elles sont là pour *en faire,* c'est comme cela qu'elles gagnent de l'argent. Tout ce que nous voulons savoir, c'est si nous allons être remboursés. Dès que vous avez un ennui qui pourrait se répercuter sur vos remboursements, décrochez le téléphone et appelez votre banquier. Expliquez-lui votre problème parce qu'il pourra peut-être vous venir en aide. Disons que nous vous avons prêté 100 $ et que vous venez me dire que vous ne pourrez pas me rembourser parce qu'un gros client ne se presse pas de vous payer. Je peux vous dire, " Pourquoi perdre votre temps avec cet emprunt de 100 $? Je vous offre une ouverture de crédit qui vous permet d'emprunter jusqu'à 80 pour cent de vos effets à recevoir. Cela vous coûtera un peu plus d'intérêts, mais cela débloquera votre trésorerie et vous n'aurez pas à vous faire autant de souci quand aux rentrées de vos clients. Je percevrai vos effets pour vous, s'il le faut. »

Manganello a aidé une société sujette aux crises, Mattel, devenue, grâce aux poupées Barbie, à Hot Wheel et aux Maîtres de l'Univers, entre autres, la première entreprise de jouets du monde. Mais pendant des années, la plus grande joie de Mattel, c'était d'acheter des affaires dont il ne s'était jamais occupé auparavant, comme les Ice Follies, les Ringling Brothers et le cirque Barnum & - Bailey, le parc d'attractions de Floride Circus World, et la société de jeux électroniques Intellivision.

« Mattel est un grand nom du jouet, dit Manganello, mais il a eu de gros ennuis deux fois durant ces vingt-cinq dernières années. Pourquoi ? Parce qu'ils se sont embarqués dans des affaires auxquelles ils ne comprenaient rien comme l'électronique, afin de grandir plus vite et de faire plaisir à leurs actionnaires. Mattel aurait dû faire faillite. Mais les dirigeants, qui avaient laissé arriver l'électronique et en avaient tiré une bonne année, ont contacté assez tôt les banquiers de la société. Ils nous ont dit : " Écoutez, voilà ce qui va se produire. Nous ne savons pas encore si c'est grave, mais si oui, nous ne pourrons pas vous rembourser ". Nous aurions eu beau nous frapper la poitrine, nous arracher les cheveux, le fait était que Mattel n'avait pas assez d'argent pour s'acquitter envers nous. Mais, nous leur avons dit : " Vous avez une bonne renommée, aussi tout ce que vous pouvez faire, c'est de mettre vos types solides au courant et de les garder au travail jusqu'à ce qu'ils puissent recommencer à vendre des jouets. " Les banques ont élaboré un programme par lequel elles prenaient le plan de créance de Mattel, obtenaient plus de nantissement, faisaient passer les remboursements de Mattel à un rythme qu'il pouvait soutenir grâce au *cash flow* prévu, et lui fournissaient le financement saisonnier. De son côté, Mattel fit ce qu'il devait faire. La société abandonna l'électronique, porta sa perte au bilan, trouva de nouveaux investisseurs et avança. Mattel frôla la faillite et survécut parce que sa direction réagit immédiatement à la crise, alerta ses banquiers et travailla avec eux. Quant à nous, nous avons récupéré notre argent en trois ans au lieu d'un, mais c'était mieux que de ne rien avoir du tout. » Durant le troisième trimestre de 1984, le compte de Mattel devint créditeur, un exploit dont le président de la société, Arthur Spear, dit qu'il « valide notre décision de nous concentrer sur les affaires que nous connaissons le mieux... la production, la distribution et la vente des jouets ».

Tôt ou tard, toute société traverse une crise. Mais si elle est gérée par un gagneur et qu'elle a assez de graisse sur les os pour fournir à sa direction le temps et les ressources dont elle a besoin pour redresser la situation, elle pourra éviter l'ultime ignominie de la faillite. Les directions de quelques-uns des noms les plus célèbres des affaires américaines ont surmonté l'épreuve de l'adversité et en sont sorties plus fortes qu'auparavant.

Sauver Winnebago Industries

Winnebago Industries, à Forest City, dans l'Iowa, fabrique des camping-cars et des rando-cars et, en 1972, son capital grimpa de 462 pour cent, faisant d'elle la société la plus côtée de la nation. L'affaire allait à une telle allure que l'ex-entrepreneur de pompes funèbres et propriétaire de garde-meubles, John K. Hanson, qui avait acquis le contrôle de la société douze ans auparavant, décida qu'il était temps pour lui de prendre sa retraite à l'Isle of Capri, en Floride. Puis vint la multiplication par quatre du prix mondial de l'essence, décidée par l'OPEP, et plus tard, la crise du gaz, ce qui fit chuter les revenus de Winnebago de 229 millions de dollars en 1978 à 92 millions de dollars en 1980. Hanson dit que cela devint si menaçant qu'il commença à recevoir, dès février 1979, des coups de téléphone en provenance d'ouvriers de Winnebago qui l'avertissaient que « la société était fichue et allait bientôt faire faillite ».

Aussi, à l'âge de soixante-cinq ans, à peine remis d'une opération de la cataracte, Hanson revint à Forest City tout à fait sûr qu'il pourrait sauver la société qu'il avait édifiée. « Ce n'était rien, dit Hanson. C'est comme votre femme, qui a fait beaucoup de tartes aux pommes et sait qu'elle peut en faire facilement une de plus. »

La première chose que fit Hanson après avoir repris les rênes de Winnebago, ce fut de réclamer le poste de PDG à son successeur, John Harold Bragg (et la direction générale à son fils, John V. Hanson, qui démissionna et quitta la société le lendemain). Peu après, Hanson annonça un programme d'austérité qui réduisit le personnel de Winnebago de 3 250 à 800 personnes. « Cela me brisait le cœur, mais j'y étais obligé, pour sauver la société. » Il revendit aussi et regroupa plusieurs usines, et au bout de dix-huit mois, Winnebago passa de 18,5 millions de dollars d'endettement à 20 millions de dollars en espèces et en effets négociables.

Cependant, Hanson, le fondateur, n'avait pas encore terminé. Son gros problème, c'était que ses camping-cars qui se vendaient le mieux n'avaient guère changé depuis leur lancement, en 1965, ce qui avait relégué Winnebago à la troisième place de l'industrie de ce type de véhicules, après Coachman et Fleetwood. Les camping-cars de Winnebago consommaient jusqu'à 25 litres aux cent, et Hanson savait que, s'il ne faisait rien à ce sujet, son affaire suivrait le chemin de l'essence à trois dollars le baril. Tout d'abord, pour faire baisser la consommation, il diminua leur poids et améliora leur aérodynamisme. Puis il se mit à chercher partout un moteur qui consommerait moins et trouva finalement le nouveau diesel que Renault avait mis sept ans à mettre au point. En juin 1982, Winnebago lança une nouvelle gamme de petits camping-cars qui consommaient 10 litres aux cent et étaient vendus 20 000 $ au lieu des 40 000 $ que coûtait l'ancien modèle, plus grand. Peu après, elle présenta un camping-car de taille normale, dont le besoin se faisait sévèrement sentir, et qui lui aussi consommait moins de carburant qu'auparavant.

Le changement de politique de Winnebago s'acheva en 1984, grâce à une manœuvre sur les prix de location des camping-cars et à la création d'un département de nouveaux produits, afin que la société dépende moins des véhicules de loisir, trop sensibles aux variations du coût de l'énergie. Ce département a déjà introduit Winnebago dans l'industrie des objets en aluminium et des poubelles en plastique, et fait connaître le nom de la société à des fabricants de glacières, de sacs à dos, de voiliers et d'autres produits conçus pour le plein air. Une fois de plus, Winnebago enregistre des ventes record et des bénéfices, et John Hanson, qui a maintenant soixante et onze ans, se propose de nouveau de prendre sa retraite, dès qu'il aura terminé un plan « qui préservera l'espérance de vie à long terme de Winnebago Industries, pour le personnel, la communauté et les actionnaires ».

La crise s'abattit sur la Federal Express de Fred Smith lorsque la capacité limitée de ses petits Falcon menaça de freiner son expansion et d'augmenter nettement le coût du service de livraison express de paquets depuis son centre de manutention de Memphis. La société voulait des avions à réaction plus gros et plus économiques en carburant, mais le Civil Aeronautics Board disait que c'était impossible.

Ce coup pouvait paralyser Federal Express puisque son plan d'entreprise de 1976 montrait que si elle ne pouvait utiliser des avions plus gros, sa croissance s'arrêterait progressivement en vingt-quatre mois. Cela rendit Smith furieux, lui qui, trois ans après avoir lancé son entreprise, en avait fait : 1) la première société du marché des petites expéditions express par air, et 2) une affaire rentable. « Je ne demandais rien au gouvernement, dit-il, simplement qu'il ne se mette pas sur ma route. »

Smith effectua alors une manœuvre familière à tous ceux qui ont jamais eu affaire à la bureaucratie fédérale kafkaïenne, c'est-à-dire qu'il se rendit à Washington pour s'assurer le soutien de la délégation du Tennessee au Congrès et s'adjoindre les services d'un conseiller juridique connaissant bien le fonctionnement interne de l'agence gouvernementale qui mettait en danger l'existence de Federal Express. Après des mois d'interventions intensives auprès des groupes de pression, d'énormes dépenses d'argent et d'innombrables comparutions devant des commissions du Sénat et de la chambre des Représentants, qui lui prirent un temps fou, Smith échoua dans sa tentative de faire passer au Congrès une législation permettant à sa société d'acheter de plus gros avions. Cependant, Smith ne se découragea pas : « Si on continue à s'acharner, dit-il, en dernière analyse, on gagne. Nous sommes comme le vieux Hô Chi Minh, il faudra nous tuer cent fois. Tout ce que nous avons à faire, c'est de les tuer une fois. »

Grâce à la peine que se donnèrent Smith et les autres, la déréglementation des lignes aériennes était devenue, à

Washington, un problème brûlant, et le 9 novembre 1977, le président Jimmy Carter signa une loi qui faisait du transport par cargo aérien la première industrie déréglementée par le Congrès. Federal Express pouvait, maintenant, acheter des avions de n'importe quel gabarit et, en quelques semaines, elle fit l'acquisition d'une flotte de Boeing 727 d'une capacité réelle de cargaison de 20 tonnes chacun, alors que la charge utile d'un Falcon est de 3,4 tonnes. Federal Express allait passer à la légende.

La crise qui s'abattit sur Mary Kay Cosmetics, il y a deux ans, fut déclenchée par le développement économique exhubérant du pays qui obligea sa société à se traîner après dix années de croissance accélérée. Le moteur de la croissance de Mary Kay Cosmetics, ce sont 194 000 conseillères en beauté indépendantes, dont la plupart quittent la société au bout d'un an et doivent être aussitôt remplacées. La grande majorité des vendeuses de Mary Kay travaillent à temps partiel et il est beaucoup plus difficile d'en recruter quand l'économie est en plein essor, et qu'il y a pléthore d'emplois à plein temps, que lorsque les temps sont durs. Cette baisse du taux de recrutement de la société, plus une diminution de la productivité de ces équipes de vendeuses — et des frais généraux toujours fixés trop hauts — réduisirent considérablement les profits de Mary Kay en 1984, ainsi que le prix des actions de la société qui passa de 45 dollars en mars 1983 à 9 dollars vers la fin de 1984 ; ce qui mit en doute la prédiction du président Richard Rogers que le chiffre d'affaires de Mary Kay Cosmetics s'élèverait à 500 millions de dollars à la fin de la décennie.

Rogers, qui est le fils de Mary Kay Ash, inversa cette situation lorsque, fin 1983, il annonça qu'il avait gelé l'embauche au niveau de l'entreprise, annulé un budget de publicité de 8 millions de dollars, différé les tests de nouveaux produits, interrompu la plupart des projets de construction et largement intensifié les systèmes de motivation afin d'attirer et de retenir la plupart des conseillères de beauté. Ces mouvements stratégiques, plus un ralentissement de la croissance de l'économie américaine remirent Mary Kay sur ses rails. « Si le pendule de l'économie repart dans l'autre sens, dit Rogers, devinez quoi ? Nous serons très contents. »

La grande carte imprévisible

L'économie, c'est, en affaires, la grande « carte imprévisible » et lorsque la situation s'aggrave comme elle le fait toujours tôt ou tard, les sociétés mal gérées peuvent être anéanties, et mêmes celles qui sont très bien dirigées, comme Thermo Electron Corporation, de Waltham, dans le Massachusetts, sont dangereusement mises à l'épreuve.

Thermo Electron est un leader incontesté de l'utilisation de la technologie de pointe pour augmenter l'efficacité des processus d'énergie intensive comme la production d'électricité. La société fut fondée par son PDG, le Dʳ George Hatsopoulos, qui est aussi maître de conférences au MIT et membre du conseil d'administration de la Federal Reserve Bank de Boston. Hatsopoulos gérait Thermo Electron comme un gagneur du Derby du Kentucky, avec un chiffre d'affaires et des profits par action qui croissaient de plus de 25 pour cent par an durant les années soixante et soixante-dix. Thermo Electron était l'une des sociétés chéries de Wall Street ; son service, qui consistait à aider ses clients à utiliser plus efficacement l'énergie, reçut une poussée favorable de cette même crise de l'énergie, induite par l'OPEP, qui mit Winnebago à plat. Puis la catastrophe s'abattit sur Thermo Electron, sous les espèces de la sévère récession de 1981-1982, qui diminua ses ventes et réduisit presque à zéro ses bénéfices de 1983. Ce fut la prise des crises de l'histoire de cette société, et elle prit Hatsopoulos au dépourvu.

« Vers la fin de 1981, dit-il, je pensais qu'il pourrait y avoir une modeste récession mais rien d'assez grave pour nuire à notre affaire. A ce moment-là, tout le monde était optimiste... le Président, la bourse des valeurs, les économistes, tout le monde. Pour être honnête avec vous, je vous avoue que je ne crois pas que Paul Volcker (le président du Federal Reserve Board) vit la récession venir avant moi. Mais nous avons une philosophie, à Thermo Electron, qui dit que nous devons toujours être prêts au pire. Je crois que les sociétés doivent prendre de gros risques sur leurs comptes d'exploitation et courir après les marchés qui présentent un gros potentiel. Mais je ne pense pas qu'elles devraient prendre un risque avec leur bilan. Les sociétés ne font pas faillite parce qu'elles perdent de l'argent sur leurs profits et pertes, dit Hatsopoulos, mais seulement parce qu'elles sont à court de liquidités, et cela se voit dans leurs bilans. Vous pouvez subir une énorme perte, mais tant que vous avez des liquidités, cela n'a pas d'effet, sauf sur la valeur de vos actions. Pendant des années, j'ai dit : " Administrons notre bilan de sorte que, si nous avions à essuyer une crise semblable à la grande crise des années trente, nous pourrions survivre. " Certains de nos cadres pensent que je suis fou. Mais je ne veux pas prendre de risque, même s'il n'y a qu'une chance sur cent pour que cela se produise. J'ai beaucoup trop investi dans cette société. »

Hatsopoulos comprit que Thermo Electron avait des ennuis en février 1982, et il mit rapidement sur pied deux plans qui permettaient de limiter les dégâts. Le premier consistait en décisions de routine telle la réduction de 20 pour cent du personnel, qui passa de 3 200 à 2 500 personnes. Le second plan, cependant, était plus ambitieux et impliquait rien moins qu'une restructuration totale de la société en vue d'améliorer sa productivité.

« Nous avions une liste de choses que nous souhaitions faire pour refondre la société si les affaires se stabilisaient assez pour que nous puissions nous réorganiser », dit Hatsopoulos ; et puis un moment de répit se présenta enfin, en 1982-1983, qu'il utilisa pour fondre six divisions en deux, en fermer quatre qui travaillaient pour des marchés qui ne se développaient pas et en vendre une au Royaume-Uni.

Hatsopoulos eut aussi, durant cette période de basses eaux, à décider s'il allait poursuivre ou pas des programmes qui augmentaient considérablement les dépenses de la recherche et du développement. Thermo Electron est une société de technologie de pointe qui fabrique un seul type d'équipement, comme par exemple une centrale de conception hardie, d'un prix de 33 millions de dollars, pour un centre municipal de Dade County, en Floride. Puisque la recherche et le développement sont la vie même de Thermo Electron, Hatsopoulos décida d'accélérer les dépenses de ce secteur en se concentrant sur « le développement de la technologie que nous pourrons vendre durant le premier trimestre de notre remontée ».

La récession enseigna aussi à Hatsopoulos qu'il ne permettrait plus jamais à Thermo Electron « de se mêler de produits à petite marge bénéficiaire que quelqu'un d'autre peut fabriquer », et qu'il devrait « se concentrer sur les industries qui sont moins sensibles aux récessions économiques, telles l'électronique et la défense nationale ». L'un des nouveaux produits qui répondent à ces deux critères, c'est l'équipement nécessaire au revêtement électrolytique des cartes de circuits imprimés, comme celles dont la Digital Equipment Corporation se sert pour ses ordinateurs. « Une feuille de ce circuit imprimé, explique Hatsopoulos, a 35 couches et 300 000 connexions. Métalliser chaque couche — et le faire sans un énorme déchet — exige un niveau de sophistication qui dépasse les capacités humaines et cela doit être complètement traité par ordinateur. » Thermo Electron est « inondée de commandes » pour cette nouvelle gamme d'équipement de traitement, dit Hatsopoulos.

Pendant qu'il poursuivait cette phase technologie de pointe de sa stratégie de redressement, Hatsopoulos reçut un appel téléphonique du président de Peter Brotherhood

Ltd, en Angleterre, qui fabrique toutes les turbines des systèmes de cogénération de Thermo Electron. Il fut bref et en vint vite au fait. « Il me dit qu'à cause de la terrible crise de l'économie européenne, sa société se retrouvait incapable d'honorer ses dettes et serait peut-être obligée de se déclarer en faillite, ce qui aurait été catastrophique pour nous », dit Hatsopoulos. Aussi, en plein cœur de la récession qui avait pratiquement anéanti les bénéfices de 1983 de Thermo Electron, et avec des mises de fonds records dans la recherche et le développement qui épuisaient encore plus ses ressources en liquidités, Hatsopoulos fouilla encore dans son bilan et sortit 1 264 000 $ pour racheter Peter Brotherhood.

La grande stragégie de redressement de Hatsopoulos s'avéra efficace. Les affaires de Thermo Electron continuent à s'améliorer dans toutes les aires de sa production, ses commandes s'élèvent à un niveau record et l'accroissement de sa productivité, rendu possible par le « moment de répit » induit par la récession, est en train de rapporter des chiffres d'affaires et des bénéfices accrus. « L'avenir paraît radieux », conclut Hatsopoulos.

La force dans l'adversité

Aucun exposé sur la manière de venir à bout des crises ne serait complet si l'on oubliait de mentionner un trait qui, plus que tout autre, semble différencier les gagneurs des perdants dans les affaires menées par des entrepreneurs. C'est que, non seulement les gagneurs n'abandonnent jamais la partie, mais encore qu'ils semblent tirer de la force de l'adversité même. Ils continuent à en redemander, ils refusent de se reconnaître battus, et il en résulte qu'ils peuvent généralement affronter presque tout ce que le destin peut offrir. Lisa M. Amoss, professeur auxiliaire à la School of Business de l'université Tulane, à la Nouvelle-Orléans, estime que les entrepreneurs gagneurs

« totalisent une moyenne de 3,8 échecs avant le succès final. Ils se contentent de continuer, et je ne sais pas comment ils font ».

Ce dont parle le professeur Amos est personnifié par James U. Blanchard III, dont la société est sise à Metairie, en Louisiane. Un accident de voiture l'a cloué dans un fauteuil roulant à l'âge de dix-huit ans, mais cela ne l'a pas empêché de fonder une entreprise financière florissante et, plus tard, de créer le Comité national de la réforme monétaire qui, chaque automne, depuis plus de dix ans, patronne le congrès de l'investissement le plus important du monde. Les ex-présidents des États-Unis, les prix Nobel, les économistes gagnants et les plus grands noms des cabinets conseil d'investissement, de Harry Browne à Martin Zweig, ont pris la parole à ce congrès.

Un gagneur qui a beaucoup à nous dire là-dessus, c'est Bob Brennan, un grand et bel homme blond de quarante ans, avec des yeux d'un bleu d'acier, qui a fondé First Jersey Securities en 1983 et a depuis édifié sa propre société devenue, proclame-t-il, la firme de courtage dont la croissance fut la plus rapide de toutes, avec 35 agences, 1 000 représentants, 400 000 clients et un actif de 250 000 000 $. Brennan habite un domaine seigneurial sur la côte du New Jersey, il a reçu chez lui le vice-président George Bush, possède plus de 300 chevaux de course pur-sang et l'on peut le voir, sur toutes les chaînes de télévision du pays, exhorter les investisseurs : « venez prospérer avec nous », dit-il.

Bob Brennan a grandi, avec sept frères et sœurs, dans un miniscule appartement d'un quartier délabré de Newark, dans le New Jersey. Il commença à lutter dès l'âge de dix ans, lorsqu'il se mit à faire le commerce des bonbons. « Quand j'étais gamin, à Newark, dit-il, j'ai fait la connaissance d'un homme qui avait un commerce de bonbons en gros, juste à côté de chez moi. Il me permettait de prendre en consigne des sacs de à provision pleins de bonbons que je vendais aux gens assis dans le parc. Vous voyez, pendant que les autres enfants jouaient, moi, j'avais envie de travailler, et le courage de continuer, même après que seize personnes d'affilée m'aient dit : " Non, je n'ai pas envie de bonbons aujourd'hui ". La leçon que j'ai appris, alors, c'était que, bien que dépourvu d'argent, j'avais la capacité de supporter les gens qui me repoussaient et créaient toute sorte de doutes et de craintes dans mon esprit sur mes possibilités de réussite.

« Probablement que le trait de caractère qui m'a le plus aidé à réussir, c'était mon aptitude à perdre et à venir à bout de l'échec. J'ai perdu beaucoup plus que je n'ai gagné, mais j'ai appris que perdre ne fait pas de vous un perdant, pas plus que gagner ne fait de vous un gagneur. La première chose que vous devez faire, c'est d'accepter le fait que si vous vous exposez à mener à bien quelque chose, vous vous exposez aussi à perdre — et qu'échouer est une conséquence tout à fait probable. Échouer ne vous fait pas de mal, cela ne doit pas entacher le respect que vous éprouvez envers vous-même, cela signifie simplement que vous vous êtes exposé un peu plus. Ce ne sont pas les échecs qui comptent, c'est la manière dont vous y réagissez. Imaginons que quelqu'un heurte votre auto toute neuve au moment où vous sortez, en marche arrière, de votre jardin. Est-ce un plus ou un moins ? Eh bien, si vous jaillissez de votre voiture et si vous vous mettez à brailler contre celui qui vous a heurté, si vous laissez cet incident gâcher tout le reste de votre journée, c'est un moins. Mais si vous descendez de voiture et si vous dites : « Salut. Je m'appelle Bob Brennan, je suis désolé, est-ce que je peux faire quelque chose pour vous ? », alors, c'est un plus. Vous soulagez l'inquiétude de quelqu'un, vous vous êtes probablement fait un ami. Vous avez amélioré votre maîtrise de vous-même. En d'autre mots, si vous n'aviez pas commencé votre journée par cet accident, vous auriez perdu une chance de vous développer individuellement, spirituellement et émotionnellement. Donc, c'était un bon événement.

« C'est comme soulever des poids. Si votre ambition est de lever un poids de deux cents kilos et que, la première fois que vous entrez dans un gymnase, vous levez des haltères de vingt kilos, vous aurez mal aux muscles, ce soir-là, en rentrant chez vous, parce que ce sont les premiers haltères que vous soulevez. Et vous ne pouvez pas considérer ces haltères de vingt kilos comme des ennemis personnels sous prétexte qu'ils vous ont infligé des douleurs. Ils vous ont fait mal mais ce sont des amis, car s'il n'y avait pas d'haltères de vingt kilos, il n'y en aurait pas de cinquante kilos, et en l'absence d'haltères de cinquante kilos, vous ne pourriez pas lever des haltères encore plus lourds qui doivent vous permettre d'atteindre votre but. C'est ainsi que nous nous développons, en tant que personne. »

Vous devez être prêt à travailler pendant de longues heures épuisantes et à prendre des risques considérables si votre but est de rejoindre le groupe d'élite des entrepreneurs qui ont formidablement réussi en créant leur propre entreprise, une affaire rentable et en pleine croissance. « Je trouve que si je travaille seize à dix-huit heures par jour, j'ai de la chance », dit Armand Hammer, fondateur et président de l'Occidental Petroleum Company, dont le chiffre d'affaires a atteint 15 milliards de dollars en 1984. Et quant aux risques, Walter Wriston en a pris de fameux avant de devenir président de Citicorps, dont il fit l'une des plus grandes sociétés de *holding* de banques de la nation. « Si le salaire vient du travail, le loyer des biens immobiliers et l'intérêt des économies… d'où viennent les bénéfices ? La réponse, c'est : les bénéfices viennent du risque. La différence essentielle entre le bureaucrate et l'entrepreneur, c'est l'empressement à prendre des risques. »

10 Les grands gagneurs

« Nous ne sommes pas ici pour des montres en or... nous sommes ici pour la grandeur. »

Jerry Sanders,
président,
Advanced Micro Devices

Dans le monde confus de la libre entreprise, seule une poignée de superentrepreneurs ont jamais réussi à édifier une société dont le chiffre d'affaires annuel s'élève à 25 millions de dollars.

La plupart des blancs-becs sont freinés dans leur élan par l'impuissance à accomplir jusqu'au bout l'une des huit dispositions qu'ils doivent prendre pour passer de leur désir brûlant d'être leur propre patron à la possession d'une affaire à eux qui rapporte gros. Peut-être n'ont-ils pas pu trouver : 1) une idée gagnante ; 2) une vision saine du futur ; 3) un plan d'entreprise réalisable ; 4) un capital suffisant ; 5) les ressources non financières essentielles, qui vont d'un personnel compétent à des fournisseurs fiables ; 6) une stratégie efficace de lancement de la nouvelle affaire sur le marché et 7) une autre expansion ; ou 8) des ressources pour surmonter l'adversité et les crises qui s'abattent, à la longue, sur toute entreprise.

La triste vérité, c'est que, tandis que la plupart des nouvelles entreprises échouent, un nombre malheureusement très grand d'entre elles se traînent et n'aboutissent à rien pendant des années à cause de l'incapacité de leurs propriétaires. Seulement environ 15 000 sociétés américaines atteignent un chiffre d'affaires annuel minimum de 25 millions de dollars, et moins de cinq cents décrochent un chiffre d'affaires qui dépasse 1 milliard de dollars.

Jusqu'à ces derniers temps, on avait prêté peu d'attention aux stratégies qu'utilisent les sociétés gagnantes pour s'étendre et prospérer. Mais en 1982 sortit un livre intitulé *In Search of Excellence : Lessons from America's Best-Run Companies,* qui devint rapidement le *best-seller* des livres consacrés aux affaires. Plus de 5 millions d'exemplaires ont été achetés par des gens qui avaient envie d'apprendre les secrets des auteurs sur le succès en affaires, secrets qui se réduisaient à s'assurer que sa société tient quelque chose de valable ; ne jamais avoir peur d'agir ; rester proche de ses clients ; ne pas en démordre ; bien s'occuper de son personnel et l'encourager à agir en entrepreneur ; imposer une forte discipline sans cependant décourager l'innovation.

Tuyaux confidentiels de grands gagnants

Une année après qu'*In Search of Excellence* eut été sur la liste des best-sellers du *New-York Times,* la firme de conseil en gestion de McKinsey & Company livra une autre étude sur le même sujet à Jack Albertine, le président de l'American Business Conference, à Washington, qui la lui avait commandée deux ans plus tôt. L'étude s'appelait *The Winning Performance of the Midsized Growth Companies,* et était surtout basée sur des entretiens avec les dirigeants de soixante sociétés membres d'ABC, dont les chiffres d'affaires allaient de 25 millions de dollars à 1 milliard, et dont la croissance annuelle des chiffres d'affaires et des bénéfices s'élevait au moins à 15 pour cent pendant cinq ans de suite. Albertine dit que même les plus petits entrepreneurs peuvent profiter des stratégies de croissance de ces moyennes entreprises, dont quatre se détachent du reste :

L'innovation comme une second nature. Pas moins de 74 pour cent des sociétés gagnantes étudiées par McKinsey disent qu'elles ont remporté leur premier grand succès avec, soit un produit exceptionnel, soit une manière caractéristique de faire des affaires (quoique cette percée n'ait pu s'accomplir qu'au bout de plusieurs années de vie de l'entreprise). Soixante-et-un pour cent des sociétés ont attribué leur succès actuel à l'innovation (elles notent que plus elles se développent, plus cela devient difficile à réaliser), tandis que toutes disent que plus de 25 pour cent du chiffre d'affaires a été assuré par des produits qui avaient moins de cinq ans.

Soyez le premier dans des marchés-interstices. Il faut les cultiver, car les entreprises moyennes n'ont alors pas besoin de se battre contre des concurrents géants pour qui ces marchés-là n'offrent qu'un intérêt marginal. Soixante-six pour cent disent que plus de la moitié de leur chiffre d'affaires provient de marchés-interstices dans lesquels elles occupent une position dominante, et presque 80 pour cent tirent au moins un quart de leur chiffre d'affaires de cette source.

Construire en force. Des sociétés se développent parce qu'elles tirent le maximum de ce qu'elles excellent à faire, depuis le lancement de produits exceptionnels jusqu'à l'exploitation d'un nom connu et une réaction rapide aux besoins des consommateurs. Elles utilisent aussi cette force pour quitter un interstice rentable mais en train de s'affaiblir pour un autre du même genre et prometteur. Elles peuvent utiliser cette même stratégie basée sur la force pour acheter d'autres sociétés qui sont presque toujours dans des affaires où elles ont déjà une avancée. Si ces firmes gagnantes sont obligées de changer de direction, elles essaient de le faire à partir d'une position de force, comme cette société qui s'est servie de son savoir dans les affaires de presse pour entrer dans celles, du même type mais bien plus étendues, des communications.

Rivaliser en misant sur la qualité plutôt que sur le prix. Quatre-vingts pour cent des sociétés qui ont répondu disent que leurs produits étaient supérieurs à la moyenne de ceux de leur industrie, et 56 pour cent affirment que c'étaient les meilleurs possibles. L'enquête remarque que les entreprises moyennes qui fabriquaient des produits de qualité supérieure avaient une rentabilité des investissements de 60 pour cent plus élevé que les sociétés qui fabriquaient des produits ordinaires, et que souvent, leurs prix de revient étaient plus bas.

Les sociétés gagnantes membres de l'ABC, comme Dunkin' Donuts, Levitz Furniture et California Portland Cement, ont d'autres qualités en commun. Elles ont en partage un sens très fort de leur mission et de ses valeurs et prêtent grande attention aux principes essentiels des affaires : s'assurer un système de contrôle financier sophistiqué, combattre la bureaucratie, encourager l'expérimentation, essayer de penser en consommateur, mettre en premier le développement et la motivation d'un personnel compétent. Les sociétés qui croissent rapidement sont les champions du capitalisme et, bien qu'elles aient beaucoup en commun, il n'y en a pas deux qui suivent la même voie vers le succès. Ceci peut être démontré graphiquement par les stratégies que trois sociétés gagnantes ont menées dans des champs totalement différents : les télécommunications, la Défense nationale et le tannage des peaux de vache.

- La MCI Communications Corporation, à Washington, une affaire nécessitant d'importants capitaux, dirigée par un président fondateur qui fonce énergiquement et dont le réseau de télécommunications tout récent vaut plusieurs milliards de dollars et sert déjà à quelque deux millions de clients, a gagné dans sa compétition serrée avec la toute puissance AT & T.

• BDM International, à McLean, en Virginie, est une entreprise misant sur son personnel, fondée par trois physiciens mais dirigée par un gestionnaire professionnel, qui tire 86 pour cent de ses revenus de contrats avec l'armée sur des projets comme le système de la « guerre des étoiles », qui se propose de protéger l'Amérique contre les missiles nucléaires des Soviétiques.

• La Seton Company, de Newark, dans le New Jersey, remonte à 1906, date où le grand-père (immigrant) du président actuel fonda une entreprise de tannage du cuir qui sert aujourd'hui de levier pour la lancer dans des affaires nouvelles et en pleine croissance qui vont des adhésifs industriels à des produits dont se sert la médecine.

La MCI de Bill McGowan

La MCI Communications est dirigée par William G. McGowan, cinquante-sept ans, gros fumeur, célibataire intoxiqué de travail, qui est tombé du ciel pour fonder le second réseau de télécommunications à longue distance du pays, après AT & T. McGowan est un produit du bassin houiller de Pensylvanie qui s'est retrouvé à Cambridge et à la Harvard Business School. Son diplôme en poche, il partit travailler pour Mike Todd, l'impresario d'Hollywood, puis brusquement, il s'est mis à son compte en créant plusieurs petites entreprises, y compris une affaire qui fabriquait des appareils de contrôle. McGowan vendit cette société en 1967 et, un an plus tard, lors d'un voyage d'affaires à Chicago, il tomba par hasard sur une idée qui, quinze années plus tard, devait lui rapporter plus de 30 millions de dollars.

L'idée de McGowan lui vint par l'intermédiaire d'un certain John D. Goeken, qui possédait une société appelée Microwave Communications et qui, cinq ans plus tôt, avait sollicité de la Federal Communications Commission, de Washington, une autorisation d'installer un système de micro-ondes entre Saint Louis et Chicago. AT & T lutta contre la proposition de Goeken en soulignant que, en plus du reste, il manquait de l'argent nécessaire pour monter un système de ce type. Ce qui s'avérait exact. McGowan obtint de Goeken qu'il le laissât régler les dettes de la MCI et gérer l'affaire, qu'il déplaça rapidement vers la capitale où il se prépara à se battre contre la FCC et toute autre qui voudrait l'empêcher de faire de la minuscule MCI une société de communications puissante.

La première décision stratégique de McGowan n'était pas d'acheter la MCI, puisque tout changement de propriétaire pouvait retarder de cinq ans sa demande d'une licence de micro-ondes entre Saint Louis et Chicago. Il décida qu'il valait mieux court-circuiter la FCC en créant dix-sept sociétés régionales qui solliciteraient, chacune, la permission de constituer une étape d'un réseau national de micro-ondes. La manœuvre s'avéra efficace, la FCC donna son accord aux dix-sept demandes et McGowan emprunta 7 millions de dollars pour financer ses filiales, puis il les intégra dans la Microwave Communications, Inc., qu'il avait, entre temps, achetée à Goeken.

En 1972, la MCI de McGowan consistait en une série de grêles tours à micro-ondes distantes de trente-cinq kilomètres, qui retransmettaient des messages téléphoniques d'un point à un autre, à travers une grande partie des États-Unis. McGowan commença à offrir aux gros utilisateurs un service de ligne privée téléphonique entre deux points quelconques du système MCI, qu'ils pouvaient louer, par mois, à des prix bien inférieurs à ceux de AT & T. Celle-ci ne tarda pas à réagir à cette intrusion dans sa chasse gardée du téléphone à longue distance en débranchant, au dire de McGowan, certaines liaisons téléphoniques nécessaires et en réduisant ses prix sur des voies privilégiées à longue distance.

La contre-attaque de AT & T, s'ajoutant aux marges bénéficiaires déjà réduites des services de lignes privées téléphoniques, causa à la MCI des pertes de plusieurs millions et, au milieu de l'année 1975, McGowan se trouva sur le flanc. Aussi changea-t-il de tactique et décida-t-il d'attaquer AT & T sur le marché, très profitable et très vulnérable, du téléphone à longue distance. Ce qu'il savait — et personne d'autre, y compris la FCC, ne semblait l'avoir compris — c'était que les états avaient donné à AT & T un monopole dans les zones locales qu'elle desservait, mais personne ne lui en avait donné un sur le service à longue distance.

McGowan sauta sur cet oubli en introduisant le service téléphonique à longue distance Execunet, de la MCI, à prix réduit. La FCC ordonna à MCI de cesser et de renoncer, et McGowan réagit en traînant AT & T devant les tribunaux. Trois ans plus tard, en 1978, la Cour suprême trancha en faveur de McGowan, mais des affaires peu brillantes et les énormes frais de justice avaient fait du bilan de la MCI quelque chose qui, dit son président, « ressemblait à Rome après que les Wisigoths en eurent terminé avec elle. Nous avions une valeur nette négative de 90 millions de dollars et nous devions 100 millions de dollars à notre banque, somme si démesurée qu'elle ne pouvait demander le remboursement de son prêt sans détruire notre société ».

A un certain moment de sa carrière, McGowan fut expert en aide aux sociétés en difficultés et l'une des choses qu'il avait observées, c'était que « beaucoup de gens ne savent pas ce qu'ils font. Ils ont mal identifié ce qu'ils auraient dû faire, quel était leur but dans la vie ». C'est là un problème qu'ignore totalement McGowan.

« Ce que nous avons dû faire, c'était réussir dans de nombreuses entreprises différentes, dit-il. Lorsque nous sommes arrivés ici, à Washington, il a fallu trouver du capital-risque. Nous avons réussi. Puis nous nous sommes embarqués dans l'entreprise suivante, qui consistait à faire pression sur le gouvernement pour obtenir la permission de fonder une affaire. Nous avons réussi. Nous avons alors emprunté beaucoup d'argent et nous sommes entrés dans l'industrie du téléphone à longue distance ; j'avais l'impression d'y être depuis toujours. Il s'avéra que nous n'y étions seulement que depuis deux ans car AT & T pensait que nous devrions nous occuper d'autre chose. Aussi nous nous sommes battus en justice pour le droit absolu de fournir les services que nous voulions offrir — tout en survivant pendant ce temps-là. Nous avons réussi et nous sommes entrés dans l'affaire où nous sommes toujours aujourd'hui. » Pendant les deux années qui ont suivi la victoire de MCI devant les tribunaux, les forces de vente de la société — qui ne travaillaient qu'à la commission — ont récolté 41 000 clients d'entreprise et ont donné leur maximum pour vendre les services d'Execunet à la clientèle privée. Cela déclencha une phase de croissance explosive et MCI agrandit et améliora son réseau, s'adjoignit d'autres clients (avec le secours d'un centre de vente par téléphone informatisé qui appelait plus d'un million et demi de nouveaux clients potentiels par mois) et continua de lancer de nouveaux produits à offrir à ses clients.

Le réseau de communications domestiques de MCI couvre actuellement plus de 32 000 km de voies et il s'accroît chaque jour. Sa forêt initiale de grêles tours de micro-ondes s'est doublée de kilomètres de fibres optiques fines comme des cheveux qui peuvent porter des quantités pratiquement illimitées d'informations et des émetteurs-répondeurs sur satellites qui permettent à la MCI d'étendre ses services de communications à des clients du monde entier. Les services téléphoniques à prix réduit de la MCI sont maintenant utilisés par quelque deux millions de personnes, rien qu'aux États-Unis, et la société accroît rapidement sa capacité pour faire face aux besoins de transferts d'informations des utilisateurs d'ordinateurs. MCI a aussi présenté une gamme de nouveaux produits, y compris un téléphone mobile et un service de recherche électronique de personnes, dont les appareils peuvent passer des messages sur leur minuscule écran, et plus récemment MCI Mail, qui lance un message entre des ordinateurs séparés par des milliers de kilomètres pour un dollar. « Nous sommes au monde de l'information ce que les transports étaient au monde industriel », dit McGowan. « Nous sommes le système de transport du futur. »

MCI est l'une des aventures les plus incroyables de l'histoire récente des affaires. Peu de sociétés ont réussi à faire ce que MCI a réalisé, en butte à des revers aussi écrasants, et le crédit en revient au dynamisme entrepreneurial d'un seul homme, Bill McGowan, dont l'intuition stratégique devrait inspirer tous ceux qui ont envie d'édifier une grande entreprise.

McGowan travaille dans un bureau sans prétention et fort encombré, au quartier général de la MCI situé en plein centre de Washington, où on peut le trouver seul, pendant le week-end, enveloppé d'un nuage de fumée, un exemplaire de *Corporate Cultures : The Rites and Rituals of Corporate Life* ouvert sur son bureau, en train de s'inquiéter de voir la bureaucratie rampante drainer les forces vives de sa société.

Attention aux dépensiers

Ce problème ne causa guère de souci à McGowan durant les cinq premières années de la MCI car la société comptait alors peu de salariés ; de plus, elle était très centralisée puisque c'était lui qui prenait toutes les décisions. « Il le fallait, dit-il, car je craignais, si je ne le faisais pas, que quelqu'un sorte dépenser de l'argent. » Mais lorsque commença la spectaculaire croissance, le recrutement s'amplifia et même McGowan ne put le freiner, malgré tous ses efforts. « Lorsque nous nous sommes installés à notre quartier général, je me suis dit que nous devrions mettre une plaque, sur le mur, avec ces mots, " Il n'y a plus de place, n'embauchez pas quelqu'un que nous ne saurions pas où mettre ". Mais avant même d'avoir pu la fixer, nous occupions déjà quatre autres immeubles. »

McGowan comprit rapidement que la seule manière de gérer une croissance de ce type, qui se propageait comme une traînée de poudre, c'était d'engager des gens à l'esprit entreprenant, « qui ne se dégonfleraient pas devant moi, qui ne commenceraient pas à dire, " Oh, mon Dieu, pendant combien de temps va-t-il falloir continuer à travailler douze heures par jour ? " et à installer toutes sortes de systèmes et de procédures limitatives qui ralentissent la société, ou à rendre responsable de leur incompétence une force extérieure comme la technologie ou la concurrence. Nous voulons des directeurs prêts à mettre la main à la pâte et qui sachent tout ce qui se passe dans leur département. Des gens qui peuvent identifier la voie cruciale — les choses les plus importantes qu'ils ont à affronter — et alors qui les font. C'est ce que je fais. Je ne fais rien d'autre ».

McGowan avait l'habitude de réunir, tous les mardis, à 8 heures du matin, les principaux directeurs qui se trouvaient à Washington. Ils faisaient un tour de table où chacun disait ce qu'il avait fait ou ce qu'il se proposait de faire, de façon à ce que tout le monde sût ce qui se passait. L'une des règles de ces réunions, dit McGowan, « c'était que vous pouviez demander à quelqu'un de clarifier ce qu'il venait de dire, mais pas discuter, parce que ça nous aurait pris toute la journée. De temps à autre, l'un de ces types essayait de me repasser ses responsabilités en me demandant d'approuver quelque chose. Je lui disais, " Vous avez là un problème intéressant à résoudre ».

Ces réunions du mardi ont cessé depuis longtemps car la croissance de la MCI a obligé McGowan à réorganiser complètement la société pour l'aligner sur les sept compagnies régionales Bell, qui sont ses principaux concurrents. Il y a maintenant sept MCI, gérée chacune à partir de la ville où est le quartier général de la compagnie Bell contre laquelle elle se bat. Ce qui permet à la MCI de mettre plus d'autorité entrepreneuriale sur le terrain et d'être plus proche du client afin de lui vendre plus de services. « C'est la règle du jeu, dit McGowan, puisque plus nos clients achètent de services, plus nous devenons importants pour eux. D'où une croissance qui se voit immédiatement sur nos graphiques. Et ce n'est pas une croissance arithmétique... elle est géométrique. »

Mais McGowan nous avertit que lorsqu'on décentralise, on court des risques. Le plus gros de tous, dit-il, « c'est que le style de *management* vigoureux qui a fait de votre société une réussite va se transformer en bureaucratie lourde, où les directeurs passent leur temps à écrire des mémoires à former des comités, à assister à des réunions, à décorer leur bureau, à bâtir des empires et à protéger leur pouvoir au lieu de susciter des choses ».

McGowan a développé toute une série de tactiques pour protéger la MCI de l'invasion des remueurs de papiers. L'une consiste à faire accomplir une bonne partie du travail de gestion par des gens de l'extérieur. « Je crois profondément au principe de Peter », dit-il, principe selon lequel les cadres tendent à s'élever à leur plus haut niveau d'incompétence. « McGowan croit aussi que « les gens de l'extérieur amènent de merveilleuses idées et peuvent nous dire : “ Écoutez, espèce de momies, nous avons arrêté de faire cela il y a vingt ans ». Il embauche aussi les meilleurs gestionnaires qu'il puisse trouver, puis referme sur eux les « menottes en or » que sont un gros salaire, des options sur des actions, des bonus et de belles voitures payées par la société. Les dix mille salariés de la MCI peuvent acheter des actions de la société à prix réduit au bout d'un an de présence, ce qui les fait participer aussi au combat.

Cependant, la MCI n'est en rien paternaliste. « Nous ne sommes pas une organisation de-l'utérus-à-la-tombe, dit McGowan. Nous ne sommes pas encore les grandes compagnies, bien que certains de nos salariés viennent nous dire : “ Nous devrions faire la même chose que les grandes sociétés ”. Je leur réponds : “ Pourquoi copier ceux que nous venons de battre ? ” Je dis à nos gens que nous allons leur donner un environnement, un défi, une chance, et, soyons optimistes, des récompenses, mais c'est tout. Je ne crois pas que la MCI soit obligée d'avoir des gymnases, ni de faire un effort pour rencontrer les familles de ses salariés, ou même d'organiser une fête à Noël. Nous ne voulons pas être tout pour eux. Je ne pense pas que ce soit possible. On ne peut pas diriger une très bonne affaire si on se mêle trop de la vie des gens. »

Cette philosophie, qui consiste à aller chercher à l'extérieur des cadres de première qualité, s'applique aussi à la quête incessante d'une meilleure technologie des communications grâce à laquelle la MCI pourra harceler ses concurrents. « Je pense que nous savons comment acheter et utiliser la technologie, dit McGowan, mais nous ne savons pas comment la mettre au point. Et, étant donnée l'allure à laquelle change la technologie dans notre industrie, c'est probablement une bonne chose. Si quelqu'un de la maison nous fournit la technologie et s'il se trompe, nous serons dans l'ennui, et tôt ou tard, ils se trompent tous. Aussi nous préférons acheter notre technologie à des fournisseurs extérieurs, et ils sont des centaines à faire la queue, en bas de chez nous, et ils disent : “ Voilà ce que nous pensons faire, et vous, qu'est-ce que vous faites ? ” Nous leur disons ce que nous en pensons, et ils répliquent : “ Est-ce que vous voulez bien prendre mon nouvel équipement et l'essayer pour moi ? ” Et nous répondons : “ Oui. ” Ils ne vont certainement pas parler comme ça chez AT & T parce Western Electric est un concurrent, et ils ne vont pas parler comme ça chez GTE parce que Automatic Electric est un concurrent. Parfois, nous mettons nous-mêmes au point un élément de technologie parce que personne d'autre ne le fera pour nous. Mais lorsque cela arrive, nous accordons la licence à quelqu'un pour qu'il le fabrique parce que nous sommes une affaire de services. »

Si McGowan veut s'emparer de la meilleure technologie, c'est pour que la MCI soit la plus efficace, et donc le fournisseur de services le moins cher dans l'industrie violemment compétitive des télécommunications où les marges bénéficiaires sont soumises à de dures contraintes. Les recettes de la MCI chutèrent en 1984, après quatre années d'une croissance exubérante, lorsque ses frais augmentèrent à cause des droits plus élevés qu'elle devait payer pour s'interconnecter avec les sociétés locales de téléphone, un peu partout dans le pays. Alors que cette pression exercée sur les bénéfices de la MCI montre des signes d'affaiblissement, il n'en est pas de même du style de gestion « à bride abattue » de McGowan. Il continue à investir plus de 20 millions de dollars par semaine à installer de nouveaux équipements et à accrocher de nouveaux clients. D'autres nouveaux produits sont en vue. Et il est en train d'envahir, avec une rapidité délibérée, le marché international du téléphone, en pleine expansion.

McGowan a lancé la MCI pour arracher l'affaire à AT & T en fournissant aux usagers du téléphone un service au rabais. C'était David contre Goliath, et le gagnant devait être celui qui utiliserait le plus efficacement ses équipements et son personnel. McGowan vérifie sans cesse l'efficacité de la MCI en mesurant combien elle doit investir pour obtenir un dollar de bénéfice, et combien rapporte chaque salarié. « Lorsque nous avons démarré, dit-il, il nous fallait dépenser 1,50 $ pour obtenir un dollar de revenu. Maintenant, nous avons réduit notre investissement à 0,75 $ pour un dollar de revenu. Nous avions aussi moins de 80 000 $ de revenu par salarié et maintenant, c'est plus de 200 000 $. Nos services se renforcent l'un l'autre, ils se mettent mutuellement en valeur et notre réseau de communications leur en fournit à tous des moyens. »

A moins d'une heure, en bus ou en métro, de la MCI se dresse le quartier général ultra-moderne de la BDM International, dont le nom obscur, le manque de produits, la gestion qualifiée par les auteurs de *In Search of Excellence* de « pagaïe logistique », et la lourde dépendance vis-à-vis du budget de l'armée, n'ont pas empêché le chiffre d'affaires de s'accroître approximativement de 30 pour cent par an durant ces quatorze dernières années, passant de 5 millions à 190 millions de dollars, avec des bénéfices qui marchent au même pas.

L'affaire de la Guerre des Étoiles

La plus grosse partie du chiffre d'affaires et des bénéfices de la BDM proviennent de l'application de sa connaissance profonde de la conception, des essais et de l'évaluation de projets de la Défense nationale, dont

- L'utilisation de rayons lasers à haute énergie, basés dans l'espace, du type « guerre des étoiles », pour détruire des missiles soviétiques quelques minutes après leur lancement.
- L'estimation des effets d'inactivité maximale sur la fiabilité opérationnelle d'un système militaire.
- Le développement d'instruments nouveaux fournissant un diagnostic rapide et précis des conditions qui règnent sur un champ de bataille.

Le reste du travail de la BDM, effectué pour une clientèle commerciale, comprend :

- La création et la construction d'installations d'énergie solaire pour Atlantic City qui permettront de convertir la lumière du soleil de Californie en un million de watts.
- Des conseils en optique, en structures et en d'autres disciplines scientifiques, qu'exige la construction d'un télescope spatial bientôt lancé par la NASA et qui permettra aux astronomes de voir des galaxies lointaines comme elles ont pu apparaître à la formation de l'univers, il y a environ 15 milliards d'années.

• Une étude effectuée pour l'U.S. Customs Service sur la menace inhérente au transfert illégal de technologie à des adversaires potentiels.

BDM vient des noms de famille de Joseph Braddock, Bernard Dunn et Daniel McDonald qui, une fois sortis avec un doctorat de physique de l'université Fordham de New York, ont péniblement rassemblé 10 000 $, somme constituée en grande partie d'emprunts, et ont fondé cette société, en 1960, à El Paso, dans le Texas. L'idée du trio, c'était que les connaissances des savants et des ingénieurs américains se développaient et changeaient si vite qu'il valait mieux, même pour des organisations géantes comme le Pentagone, passer des contrats à l'extérieur que de constituer des équipes permanentes d'experts qui coûtent fort cher dans des douzaines de disciplines allant des fibres optiques à l'effet de cascade.

Les trois fondateurs lancèrent cette entreprise parce qu'ils voulaient être indépendants et poursuivre des activités techniques qui les intéressaient, et non pas être des directeurs et gérer une affaire. C'est pourquoi ils commencèrent rapidement à chercher quelqu'un pour diriger BDM et le trouvèrent en la personne de Earl Williams, un ingénieur de l'université Auburn qui terminait une maîtrise de gestion à celle de New Mexico. Williams avait travaillé pendant dix ans pour l'armée et la Sandra Corporation sur un projet nucléaire, et pour la Standard Oil de l'Indiana, en tant qu'ingénieur en raffinage, mais il « aimait mieux travailler avec des gens qu'avec des écrous et des boulons ». Williams entra à la BDM comme ingénieur principal en 1962, alors qu'elle ne comptait que dix-sept personnes, fut nommé vice-président et directeur général en 1968, puis président en 1972.

« L'une des premières choses que j'ai demandée aux fondateurs, dit Williams, c'est " Vous voulez que la société devienne grande comment ? " Ils ont dit : " Pourquoi vous demandez ça ? " Et j'ai répondu : " Eh bien, chacun de vous travaille avec deux ou trois personnes sur trois ou quatre projets à la fois et je voudrais savoir si cela vous convient. " Parce que c'est ce qui arrive dans certaines sociétés, les fondateurs n'ont pas envie que leur société grandisse au point où ils ne pourraient plus s'occuper personnellement de chaque programme. Ceux de BDM se sont regardés et l'un a dit : " Nous aimerions être aussi grands que la RCA ". Je répondis : " D'accord, je marche, mais nous ne deviendrons jamais aussi grands que la RCA ". Ce que je voulais savoir, c'était s'ils avaient des limites artificielles, et il était clair qu'ils n'en avaient pas.

« Il nous a fallu dix ans pour atteindre un chiffre d'affaires de 4 millions de dollars, ce qui fut une expérience désagréable, bien que cela nous ait appris beaucoup de choses. La plus importante que nous ayons apprise, c'était que le vieux dicton " Fabriquez une souricière et le monde tracera un chemin jusqu'à votre porte " est une pure absurdité. Si vous fabriquez une meilleure souricière que les autres et si vous ne la commercialisez pas, vous finirez avec un entrepôt plein de souricières et vous ferez faillite. Il faut sortir et convaincre les gens d'acheter, il faut réagir aux demandes des clients, et cela nous a pris pas mal de temps pour comprendre comment faire. Il faut aussi être là où se trouve le marché, et puisque le nôtre est la Défense nationale, nous avons décidé de partir d'El Paso et de nous installer, en 1970, dans la région de Washington. »

Cette décision marqua le début de la croissance spectaculaire de la BDM car la société se rapprochait ainsi de son plus gros client, l'armée. Pour illustrer combien ils étaient devenus proches d'elle, sachez qu'en 1984, le ministre de la Défense nomma le président de la BDM, Earl Williams, et le cofondateur Braddock, pour quatre ans, au conseil scientifique de la Défense. Le superbe *marketing* de la BDM lui a procuré tant d'affaires que, à tout moment, elle travaille sur plus de cinq cents contrats, allant d'un mois à plus de cinq ans, et qui valent entre 1 000 $ et plus de 540 millions. La société remporte 50 pour cent des contrats sur lesquels elle mise et, comme elle se développe, elle peut briguer des contrats de plus en plus gros (quoique les marges bénéficiaires tendent à souffrir car la surenchère de la concurrence est terrible, en ces sortes d'affaires).

La BDM tire aussi profit de la complexité croissante des systèmes d'armes modernes, tel l'avion de chasse F-18 de l'U.S. Air Force, avec, à bord, vingt micro-ordinateurs qui « parlent » tous les uns aux autres en même temps, ainsi que de l'accélération de l'introduction de la nouvelle technologie sur laquelle sont basés ces systèmes. « La technologie avait autrefois un cycle de vie de dix ans, dit Stanley F. Harrison, le vice-président et PDG de la BDM, mais l'espérance de vie moyenne de la plus grande partie de la technologie actuelle est d'environ vingt-quatre mois, et puis il faut compter avec une technologie presque totalement nouvelle. »

Il y a des risques inhérents à tout type d'affaire et, à la BDM, la menace la plus constante, c'est l'annulation brusque d'un gros contrat. Durant l'administration Carter, par exemple, cinquante personnes de chez BDM travaillaient sur le système « champ de course » des missiles MX qu'il fallait charger sur des wagons de chemin de fer sans cesse en mouvement afin d'embrouiller les Soviétiques sur leur localisation exacte. « On nous a téléphoné, un vendredi après-midi, pour nous dire d'arrêter de travailler sur le champ de course, c'était fini, dit Williams, et pendant quatorze jours, nous nous sommes donné un mal fou pour réintroduire ces cinquantes personnes dans de nouveaux programmes. Mais avec, en permanence, plus de cinq cents projets en activité, la perte de l'un deux, ce n'est plus une catastrophe. »

La gestion « en réseau »

Des gens qui possèdent les connaissances scientifiques les plus avancées, c'est le seul « produit » de la BDM, ainsi que son don pour attirer, embaucher, utiliser et retenir ces salariés intelligents et doués qui ont fait d'elle la première entreprise indépendante fournisseur de tests et d'évaluation de projets. Les experts en investissement de Merril Lynch ont appelé cete aptitude « une espèce de secret des affaires » mais pour Williams, ce n'est rien de plus mystérieux qu'une « gestion en réseau », le système que *In Search of Excellence* stigmatise en l'appelant « un gâchis logistique ».

« Le dernier chapitre de *In Search of Excellence,* dit Williams, s'appelle " Mesures simultanées de relâchement-sévérité " et cela décrit un aspect des sociétés parfaites qui n'est autre que la culture sous-jacente à la gestion en réseau que nous avons ici. Mais les auteurs ont une prévention au sujet de ce type de gestion, ils tapent dessus d'un bout à l'autre du livre, et tout ce que j'en conclus, c'est qu'ils n'ont connu que des endroits où elle avait échoué. Mais chez nous, ça marche. »

La BDM est tellement convertie à la gestion en réseau qu'elle lui a consacré un paragraphe de son rapport annuel de 1983, pour expliquer aux actionnaires comment ça fonctionnait. Ils commencent par noter que, depuis que les pharaons ont régné sur l'Égypte, les organisations ont été gérées par un système hiérarchique en pyramide, dans lequel les travailleurs rendent toujours des comptes vers le haut, jusqu'à ce que les rapports atteignent le patron, au sommet. La BDM a rejeté ce système en faveur du réseau parce qu'il réduit la paperasserie au minimum et permet à ses précieuses ressources humaines de couler naturellement vers l'endroit où l'on a besoin d'elles. Cela encourage aussi son personnel à choisir des programmes auxquels il aura plaisir à travailler, ainsi qu'à sortir essayer, avec l'aide de la direction (ce qui inclut un cours spécial sur la manière de rédiger une proposition), de vendre ces projets aux clients. Les salariés de la BDM qui excellent à racoler de nouvelles affaires sont amplement récompensés. « Généralement, dit Williams, ce que nous tentons de faire, c'est nous figurer ce que veut une personne et le lui donner. Si c'est une promotion, ou plus d'argent, ou un changement dans la gestion, ou pas de gestion du tout, nous essayons de le faire. Nous avons, ici, cinq échelles différentes de carrière, ce qui signifie que les gens peuvent monter très haut dans la société sans prendre aucune responsabilité de direction et en avoir tout de même le salaire, les avantages divers et les honneurs qui sont attribués à ceux qui ont fait un bon travail.

« Certaines personnes souhaitent être des gourous techniques, dit Williams. D'autres veulent diriger quatre ou cinq petites tâches audacieuses à 100 000 $, dans lesquelles on peut faire des découvertes. D'autres encore préfèrent prendre un de ces petits contrats et en faire un très grand programme de longue durée, et fort coûteux, qui emploie des centaines de personnes. Si vous pensez qu'ils en sont capables, laissez-les faire. Vous continuez à les caresser, à leur tapoter l'épaule, à les payer, etc. La gestion en réseau nous permet d'obtenir le maximum de nos gens créatifs, ce qui est essentiel à notre croissance et à notre rentabilité. C'est une manière de libérer l'énergie intellectuelle de notre personnel, de lui laisser réaliser le maximum de ses potentialités tout en évitant que l'anarchie s'installe dans notre société.

« Il y a pas mal de conflits, dans le système en réseau, et c'est inévitable dès qu'on sort du modèle : un salarié ayant une seule tâche et un seul patron. Supposez, par exemple, qu'un type travaille à deux programmes et que les directeurs des deux lui demande d'assister à une réunion le lundi matin, à huit heures. Le type explose : " Comment pourrais-je faire pour être à deux endroits à la fois ? Je ne peux pas travailler dans cette boîte de dingues. Je vais revenir m'asseoir à mon travail et attendre. Je n'irai ni à l'une ni à l'autre ". Ou bien — ce qui est aussi mauvais — il se dit : J'aime bien le directeur du projet A, aussi je vais aller à sa réunion et je vais laisser tomber B. Il a tort dans les deux cas. Ce que ce type doit dire aux directeurs, c'est : " Vous voulez tous les deux que j'assiste à vos réunions à huit heures, mais puisque c'est impossible, je crains bien que vous soyez obligés de résoudre le problème et de me faire savoir où vous voulez que je sois. " Ce n'est pas à lui à prendre cette décision parce qu'il n'a pas assez d'informations. Mais c'est à lui de faire remarquer qu'on l'a mis dans une situation conflictuelle et que c'est à ceux qui possèdent les données de la résoudre. Des tas de gens ne sont pas à l'aise dans ce type d'environnement, ils manquent de souplesse et nous les persuadons de ne pas venir travailler avec nous. »

Jusqu'en 1980, la BDM a financé son expansion grâce à des bénéfices non distribués et à de l'argent emprunté à des banques, en échange d'à valoir à toucher du gouvernement. La rapide croissance des opérations de la société l'a, de plus en plus, fait dépendre de gros emprunts bancaires à un taux d'intérêt élevé, qui, eux, ne sont pas récupérables dans le cadre des contrats du gouvernement. Aussi la société a-t-elle décidé d'augmenter son capital en vendant une partie de ses actions au public, pensant résoudre ainsi ce problème, et quelques autres qui la harcelaient aussi. Williams dit que la BDM a mis ses actions en bourse pour les raisons suivantes :

« Nous voulions être indépendants, exploiter notre propre capital à notre gré, afin qu'aucune institution financière ne puisse jamais nous dire : " Vous ne pouvez pas briguer ce travail-là parce que nous ne le financerons pas ", ce qui nous est arrivé une fois.

« Nous avons découvert que les achats d'actions offerts à nos salariés les plus importants n'étaient pas suffisamment stimulants. Nos gens ne cessaient de dire : " Ça vaut quoi, une action de la BDM ? Je ne peux pas m'en débarrasser. J'ai des gosses qui vont aller à l'université et j'aimerais les négocier, mais il n'y a pas moyen. Cet achat d'actions, qui m'a fait très plaisir il y a deux ans, n'a pas beaucoup de valeur, me semble-t-il. "

« Nous savions qu'un jour nous aurions à réaliser les parts des trois fondateurs qui n'avaient encore que la cinquantaine.

« Et enfin, nous avons émis nos actions en bourse afin de les utiliser pour faire des acquisitions. Nous cherchons activement des sociétés qui travaillent dans le domaine des services, qui font un travail de qualité mais qui ont des clients différents des nôtres. Dans ce type d'affaires, le *marketing* est la clef de la diversification. La BDM a une technologie que d'autres clients pourraient utiliser et la meilleure manière d'avancer, c'est d'acheter une société qui effectue déjà des services dans ce marché-là. »

La BDM est devenue une société par actions le 3 octobre 1980, lorsqu'elle a vendu 400 000 actions de titres nouvellement émis, à 15,50 $ l'une, ce qui lui rapporta près de 6 millions de dollars ; les trois fondateurs ont aussi vendu 75 000 actions, ce qui réduisit leur *holding* à un peu plus de 40 pour cent des actions de BDM en circulation. Afin de leur permettre de maintenir le contrôle sur la société jusqu'à leur retraite, elle effectua plus tard une opération d'échange établissant deux classes d'actions ordinaires. Les actions de classe A sont cotées à l'American Stock Exchange, reçoivent un dividende en espèces d'au moins 15 pour cent plus élevé que celui de la classe B, servent aux achats d'actions du personnel et aux acquisitions mais ne couvrent que 25 pour cent des voix au conseil d'administration de la BDM. Les actions de la classe B sont convertibles en actions de classe A sur la base d'une pour une, ne peuvent être achetées en bourse et sont possédées presque en totalité par les trois fondateurs et le PDG Williams, qui ont 75 pour cent des voix au conseil, ce qui leur assure la direction de l'affaire jusqu'à ce qu'ils se retirent.

Ce qui n'a guère de chance d'arriver bientôt car tous quatre s'amusent follement. L'affaire se développe bien, les trois fondateurs continuent à suivre leur inclination pour les recherches scientifiques, en tant que vice-présidents libres des responsabilités de la gestion (bien qu'ils jouent leurs rôles au conseil) et Williams est débordant d'enthousiasme. « Chaque jour, des gens arrivent ici avec de nouvelles idées passionnantes, aussi j'attends l'avenir avec impatience parce que je pense qu'il va être encore mieux que le passé. »

L'une de ses raisons de croire cela, c'est que le chiffre d'affaires toujours croissant de la BDM correspond à moins de 0,1 pour cent des dépenses de la Défense. L'autre, c'est que Williams pense que les contrats du gouvernement vont probablement se multiplier et que, dans deux ou trois ans, le marché du secteur privé des services professionnels va éclater. « L'industrie de base des États-Unis va découvrir ce que le gouvernement sait depuis longtemps, dit Williams, à savoir que cela n'a aucun sens d'accroître vos charges salariales pour vous attacher des experts techniques alors que vous pouvez passer un contrat quand vous en avez besoin et ensuite y mettre fin. »

Ce n'est pas surprenant que la BDM ait résumé la stratégie qu'elle compte utiliser pour capter sa juste part de ces affaires en quelque chose qui ressemble à une formule scientifique : $Q^2 TC^2$ ce qui veut dire : produire du travail en Qualité et en Quantité, dans le Temps convenu, à un Coût Contrôlé. Vous remarquerez que le premier symbole de la formule de la BDM signifie la Qualité, ce que beaucoup trop de sociétés ne se donnent la peine de souligner qu'un peu tard, bien que récemment, cela ait commencé à changer.

L'école de la qualité

Depuis la Deuxième Guerre mondiale, l'incapacité des sociétés américaines à maintenir la qualité a permis aux Japonais perfectionnistes de détrôner les États-Unis de sa position de premier producteur du monde d'un grand nombre de produits, des automobiles aux appareils de télévision. Mais maintenant, des compagnies américaines réagissent :

- Chez Ford, « la Qualité, c'est la tâche Numéro Un ».
- Advanced Micro Devices a mis un panneau à l'extérieur du bureau du directeur disant : « La Qualité, c'est ne jamais avoir à dire, je suis désolé. »
- La Tennant Company de Minneapolis, le plus gros fabricant du monde d'aspirateurs et de tampons à récurer à usage industriel, célèbre un « jour du défaut zéro », durant lequel les ouvriers et leurs contremaîtres signent une déclaration où ils promettent de bien faire leur travail du premier coup ce qui a, jusqu'ici, diminué de 60 pour cent par machine les défauts de fabrication.
- L'American Society for Quality Control, dont le quartier général est à Milwaukee, dit que le nombre de ses adhérents a monté en flèche, de 33 200 en 1980 à 45 000 en 1985.

La qualité, c'est sensationnel, et les sociétés qui n'avaient jamais réfléchi à cela dépensent maintenant des milliers de dollars par jour à étudier ce sujet avec les plus grands experts du contrôle de qualité des États-Unis comme Philip Crosby, le père de l'idée « zéro-défaut ». Crosby travaille dans cette branche depuis plus de trente ans ; il a débuté comme inspecteur de chaîne de production et s'est élevé au poste de vice-président de la qualité pour ITT, avant de fonder son « Quality College », à Winter Park, en Floride. La General Motors a récemment acquis une participation de 10 pour cent dans la petite entreprise de Crosby afin de mieux pénétrer sa pensée, qui comprend des aperçus comme ceux-ci :

- Toute société peut réduire la quantité de défauts dans les pièces réceptionnées de 50 pour cent simplement en parlant avec ses fournisseurs. Un tuyau : assurez-vous que votre équipement de contrôle des pièces est identique à celui de vos fournisseurs.

• Plus de 85 pour cent de tous les problèmes peuvent être résolus au premier niveau de contrôle et la plus grande partie du reste peut l'être au deuxième niveau.

Le credo de Crosby peut se résumer en six mots : « Faites-le bien du premier coup. » « Mais, ajoute-t-il, il faut que vous puissiez dire à vos ouvriers ce que vous entendez par là. Qu'est-ce que vous voulez qu'ils fassent du premier coup ? Vous devez définir clairement vos exigences, et alors vous devriez obtenir une performance standard. C'est là qu'intervient le " zéro-défaut ". L'exigence répond à la question : " Qu'est-ce que vous voulez que je fasse ? " Et la performance standard à " Tous les combien vous voulez que je le fasse ? " " Je veux que vous arriviez au travail tous les jours à huit heures ", c'est la performance standard, et " tous les jours ", c'est le " zéro-défaut ".

« Le problème, avec la qualité, dit Crosby, c'est que les gens la définissent comme la beauté, la vérité, la perfection... comme une espèce de chose vague. Vous dites " Rapportez-moi ça quand ce sera parfait ", mais comment voulez-vous que quelqu'un sache ce que c'est que " parfait " ? Aussi nous disons que vous devez parler de la qualité comme de quelque chose de conforme à une exigence. Et la plupart des sociétés ont des exigences, c'est seulement qu'elles n'y font pas attention. Aussi, vous décidez ce que vous allez faire, vous l'exprimez clairement, vous vous assurez que tout le monde a compris, et c'est parti.

« Ce dont nous parlons ici, c'est du prix de la conformité opposé à la non-conformité. Le prix de la non-conformité, c'est la case, le travail refait, la garantie, tout ce que cela vous coûte de réparer les dégâts. Dans les opérations administratives et le travail de bureau, le rebut va à la corbeille à papiers, et dans la fabrication, il va dans les poubelles. Le prix de la conformité, c'est payer une formation et obtenir une promesse de qualité pour que les choses sortent bien du premier coup. Ce travail de prévention vous coûte quatre ou cinq pour cent du chiffre d'affaires. Mais en faisant cela, vous économisez environ 20 pour cent du chiffre d'affaires sur la fabrication et de 35 à 40 pour cent sur les opérations de services et d'administration. »

Crosby n'inscrira une entreprise à son école de la qualité qu'à condition que son directeur et son président participent, et lorsqu'ils le font, leur attitude envers la qualité est totalement modifiée, prétend-il, et passe de ce qu'il appelle « l'incertitude » à « la sagesse ». « Au niveau de " l'incertitude ", dit Crosby, ils n'ont pas compris que la qualité est un outil de gestion. Ils s'imaginent que vous ne pouvez pas faire tout bien tout le temps et que si vous avez un bon département de la qualité, vous devez le faire marcher au minimum. La profession de qualité est considérée comme un mal nécessaire. Et puis, ils arrivent à " l'éveil " lorsque commence à leur venir à l'esprit que " Eh bien, nous devrions peut-être faire quelque chose pour avoir une qualité un peu meilleure, mais ça coûte de l'argent et ça prend du temps. Je n'ai pas envie de le faire ". Puis vient " l'illumination ", lorsque la direction se dit : " Nous en avons assez de tous ces problèmes, de nos clients qui se plaignent, cette histoire revient tout le temps ; qui sait, c'est peut-être un problème de gestion, nous pouvons peut-être y faire quelque chose ".

« A ce niveau-là, l'attitude de la direction vis-à-vis de la qualité se modifie, et c'est là que nous pouvons commencer à intervenir. Nous leur disons qu'ils sont responsables du gâchis où ils sont plongés, et ce qu'ils peuvent faire pour en sortir. Brusquement, après qu'un système de formation à la qualité a commencé à fonctionner dans leur société, toute leur attitude change. Ils ne discutent plus là-dessus, ils n'ont plus à se battre puisque ce n'est pas subjectif. S'il est nécessaire de répondre au téléphone avant qu'il ait sonné trois fois, alors on établit un système pour que ce soit fait, et c'est tout.

« Une fois qu'une direction est passée par " l'illumination ", dit Crosby, alors elle atteint " la sagesse " et commence à faire de l'argent. Ils rentrent dans les frais qu'ils ont fait pour la qualité et ils comprennent que, pour la maintenir, il faut assurer la formation du personnel nouveau et un “ entretien ” de l'ancien. Le directeur et le président doivent circuler dans l'entreprise et parler aux gens de l'engagement que la société a pris vis-à-vis de la qualité ; et ne jamais accepter de nouveau un compromis à ce sujet pour réaliser un but à court terme. Mais cela devient amusant et ils s'y engagent à fond. C'est quelque chose de totalement nouveau, comme de découvrir qu'il n'est pas du tout nécessaire d'avoir mal aux dents. »

Crosby croit que cet engagement envers la qualité continue sur sa lancée, mais il pense aussi qu'il est important pour les entreprises d'avoir des programmes d'amélioration à court terme. Par exemple, le programme favori de Crosby, c'est de demander à tout le monde, dans la société, de noter des idées qui permettraient de réduire d'un dollar par jour les coûts de leur travail (250 $ par an). Lorsqu'il exécuta ce programme dans sa propre affaire, qui compte quatre-vingt-dix-neuf personnes, on lui a soumis environ quatre cents idées. Entre autres, le fait que si on consacrait une page de moins à la réponse envoyée par la poste aux demandes de renseignements des nouveaux clients, on économiserait 0,50 $ par lettre. Les personnes qui avaient trouvé une idée intéressante ont obtenu une récompense. « Mais ce que les employés reçoivent réellement, c'est la participation. C'est à nous tous à faire ce que nous pouvons pour, qu'en ces temps, nos entreprises restent fortes. »

Du cuir « vache à lait »

Il serait difficile de trouver une entreprise plus dissemblable de la MCI Communications, de Bill McGowan, forte en capital, ou de la BDM International, de Earl Williams, riche en connaissances, que la Seton Company, de Philip Kaltenbacher, qui a tout misé sur des peaux de vache. Le grand-père immigrant, l'a fondée, à Newark, dans le New Jersey, en 1906, et l'a baptisée du nom de Mère Élizabeth Seton, la première sainte née en Amérique. Si la Seton est passée du statut de tannerie à celui de société diversifiée inscrite à l'American Stock Exchange, dont le chiffre d'affaires a plus que doublé, passant de 44 millions de dollars à plus de 100 millions de dollars au cours des cinq dernières années, c'est le résultat d'une gestion audacieuse qui a mis au point une série de nouvelles affaires. « Nous nous sommes servis du cuir comme d'une " vache à lait " pour nourrir et financer de nouvelles affaires à croissance rapide, que nous avons presque toutes mises au point à l'intérieur de l'entreprise », dit Philip Kaltenbacher, le PDG de quarante-huit ans, de la Seton, diplômé de Yale. « Nous sommes fiers de dire que si l'un de nos huit cents employés a une bonne idée, il peut immédiatement venir me trouver, ou bien notre président, et s'il réussit à nous convaincre, nous le laissons tenter le coup, pourvu que cela nous procure un avantage sur la concurrence. Je veux dire qu'il faut que ce soit dans un domaine que nous connaissons déjà. Et cela nous aidera si nous pouvons utiliser nos machines, ou si cela coïncide avec notre technologie, ou si nous pouvons faire vendre le produit par nos équipes de vendeur. Nous étendons maintenant tellement de tentacules à l'extérieur que les possibilités d'attraper quelque chose deviennent de plus en plus nombreuses chaque jour... tentacule après tentacule. »

Seton démarra par une affaire marginale de l'industrie du cuir ; les peaux étaient fendues par le milieu en cours de traitement, rendant plus aisée leur transformation en produits finis tels que souliers, ceintures et sacs à main. En 1954, la société acheta une tannerie où l'on travaillait sur la peau entière, ce qui permet d'utiliser le cuir pour les meubles et les sièges de voiture.

C'est durant les années cinquante, raconte Kaltenbacher, qu'un jeune chimiste, qui avait le feu sacré et était très intelligent, fut embauché par la Seton et partit travailler aux ateliers de laquage de Wilmington, dans le Delaware, où l'on donnait aux peaux un fini vernissé et brillant en les enduisant d'un composé d'huile de lin et en les mettant à sécher au soleil. Ce chimiste, qui s'appelait Paul Fertell — il est aujourd'hui président de la compagnie — ne tarda pas à mettre au point une laque d'uréthane de qualité supérieure, ce qui convainquit Kaltenbacher que la Seton devait se lancer dans la chimie. La société se mit à produire une laque d'uréthane pour le cuir, puis se diversifia en fabriquant des agents d'imprégnation, des liants et des apprêts pour des entreprises de textile, et des résines époxydes pour des enrobages et des adhésifs. La Seton fournissait en uréthane la Norwood Industries, une entreprise de laminage de textile de Malvern, en Pensylvanie, qu'elle acheta plus tard.

La Seton demanda à un grand laboratoire pharmaceutique des renseignements sur une substance appelée collagène, qui est une protéine du tissu conjonctif animal et un sous-produit du tannage. Ce laboratoire avait, semble-t-il, mis au point une suture chirurgicale faite de collagène qui pouvait se dissoudre dans l'organisme et cherchait quelqu'un d'autre pour le fabriquer lorsque l'idée lui vint que l'on pouvait utiliser le collagène pour remplacer les boyaux de porc dans la fabrication des saucisses. Après avoir d'abord mal compris les besoins de ce laboratoire, dit Kaltenbacher, la Seton réussit à s'y conformer et fournit maintenant la presque totalité du collagène utilisé dans la fabrication des saucisses. « Nous avons créé une nouvelle affaire très rentable, dit-il, en partant d'un ancien sous-produit. »

Puis la Seton tourna son attention vers une nouvelle étoffe recouverte d'uréthane, affaire qui s'avéra bourrée de problèmes difficiles à résoudre. « C'est une entreprise de mode, dit Kaltenbacher, et cela dépend des couleurs, des nuances et des motifs que les dessinateurs de mode décident de lancer chaque année. C'est dur, aussi nous

nous sommes demandés : “ Que pourrions-nous faire d'autre avec cette machinerie ? ” La réponse, ce fut que si nous pouvions acquérir une technologie des adhésifs, nous pourrions utiliser la machinerie pour fabriquer des produits industriels. » La Seton poursuivit cette idée en embauchant des chimistes, en achetant des brevets et en améliorant sa technologie ; très vite, il s'avéra que, entre autres choses, ses produits pouvaient être utilisés pour fixer des moulages latéraux décoratifs sur les automobiles.

L'intuition stratégique suivante de la Seton, ce fut qu'elle pouvait avoir un avenir dans le marché lucratif des fournitures médicales si elle arrivait à fondre ses connaissances du collagène avec les technologies du laminage et des adhésifs. « Nous avons pêché par ci par là, dit Kalterbacher, et nous avons fini par mettre au point un pansement pour blessure assez sophistiqué pour les sociétés pharmaceutiques. » La Seton avait décidé de trouver d'autres usages pour le collagène, dont Kaltenbacher dit qu'« il est comme le Shmoo *... on peut faire avec lui les choses les plus dingues ». Cette décision poussa la Seton dans une aventure sortie d'un roman d'espionnage de James Bond.

« Nous avons cherché tous les brevets concernant le collagène, dit-il, et nous avons trouvé qu'il fallait prendre contact avec un certain docteur en médecine de l'autre côté du rideau de fer, que nous appellerons le Dr X. Il avait pris un brevet pour utiliser le collagène dans le traitement des brûlures. Il s'avéra qu'il était passé en Allemagne de l'Ouest et qu'il travaillait pour un laboratoire pharmaceutique. Nous avons convaincu le Dr X qu'il serait beaucoup plus en sécurité en Amérique, et nous avons fini par mener l'aventure en compagnie de ce laboratoire pharmaceutique de la RFA. Il s'agissait de fournitures médicales dernier cri, depuis des appareils

* Personnage de dessins animés, complètement farfelu et un peu masochiste, toujours prêt à se sacrifier pour ses amis. (NdT)

d'immobilisation solides et légers, en plâtre de Paris, jusqu'à des bandages métallisés et des champs opératoires sophistiqués. Nous avons aussi continué à mettre au point d'autres produits pour soigner les blessures, de marque déposée, que des pansements perméables à l'humidité et des composants pour des emplâtres transmettant, au travers de la peau, des médicaments qui se répandent dans le sang. Ainsi nous nous sommes introduits dans une autre branche du domaine médical. Une autre tentacule sur une tentacule. »

Jusqu'à ces derniers temps, la planification stratégique de la Seton consistait à réunir les cadres supérieurs de la société, à décider « quels étaient les projets que nous voulions poursuivre, à les mettre en ordre prioritaire, à déterminer quel capital était nécessaire et à les consolider, dit Kaltenbacher. Aujourd'hui, c'est en train de changer car, au fur et à mesure que nous nous introduisons dans le domaine médical, nous découvrons que nous avons besoin de délais de réalisation plus longs pour obtenir un équipement de pointe, pour préparer de drôles de bâtiments avec des salles blanches dont l'air est stérilisé, etc. Mais notre gestion est toujours entrepreneuriale et innovatrice et nous restons en communication étroite avec notre personnel, qui nous fournit toujours la plupart de nos idées nouvelles. Ça a été le secret de notre croissance dans le passé et nous ne voyons pas de raison de changer », dit Kaltenbacher qui sera probablement le dernier membre de la famille à avoir dirigé la Seton Company lorsqu'il prendra sa retraite, vers la fin de ce siècle.

Les entrepreneurs gagnants ont réussi à gravir la courbe de l'apprentissage qui aboutit à la rentabilité. Ils ont maîtrisé l'art d'édifier une entreprise qui rapporte de l'argent et sont maintenant libres de savourer la joie de la diriger jusqu'à ce qu'il soit l'heure de se remettre en route.

11 Que ferez-vous quand vous aurez gagné ?

« Nous ne gérons pas cette socité pour le prochain trimestre. Nous l'édifions pour la prochaine génération. »

Samuel C. Johnson
président, S. C. Johnson & Son, Inc.
(fondée par son arrière-grand-père en 1886)

L'un des gagneurs les plus heureux en affaires, aujourd'hui, c'est Evander Preston, un homme grand avec une crinière de cheveux gris, qui travaille en jeans, chemise blanche à manches longues et boots en peau de serpent, porte des bijoux en or massif ornés de turquoises et un cacatoès blanc perché sur l'épaule gauche. Preston crée des bijoux faits main et dont chaque pièce est unique, en platine, en or, en argent, en corail, en ivoire, ornés de rubis, de diamants et d'autres pierres précieuses, qu'il vend très cher à des connaisseurs du monde entier.

Preston ne sera jamais parmi les gagneurs de la liste de la revue *Forbes* intitulée : Les 400 personnes les plus riches d'Amérique. Pourtant sa petite affaire lui a déjà procuré une opulence matérielle et un épanouissement psychique qui devraient persister jusqu'à ce qu'il décide — comme tout autre entrepreneur — de fermer son entreprise, ou de la passer à des membres de sa famille, ou encore de la vendre à des investisseurs étrangers.

Evander Preston fait tout avec élégance. Son chauffeur, au volant d'une immense Lincoln Continental blanche équipée d'un bar, d'un téléphone et d'un magnétoscope, va chercher les clients qui ont rendez-vous à l'aéroport international de Tampa et les amène à son immeuble de la rue principale de Passe-à-Grille, une petite ville de Floride. Les clients appuient sur un bouton, sont examinés de l'intérieur de l'établissement, et franchissent une porte massive à deux battants avec des poignées en or de trente centimètres de hauteur moulées en forme de E.

Une fois à l'intérieur, les clients de Preston se retrouvent dans une pièce aux lumières tamisées, au plafond haut de cinq mètres, aux murs recouverts de cuir, au parquet de bois orné de tapis indiens, où, parmi des meubles anciens, sont habilement disposées des vitrines contenant des trésors, dont un collier de lave noire et de turquoises valant 2 000 $ et un train de marchandises en or massif, sans indication de prix, dont les wagons lilliputiens sont chargés de pierres précieuses.

Vers le fond de la galerie, il y a une vitrine en demi-lune entourée de chaises en inox où les clients peuvent, tout à loisir, examiner des bijoux et des miniatures en or, y compris des copies de pièces que Preston et son orfèvre européen, Owen Sweet, ont exécutées pour d'autres. Il y a un pot, grand comme un dé à coudre, avec une poignée en bois et un couvercle amovible, dont un cadre de Cuisinart a commandé un certain nombre en guise de salières, un taureau en or destiné à un directeur de Merril Lynch et un lamantin, également en or, créé pour le chanteur folk Jimmy Buffet, qui lança une campagne afin de sauver ce mammifère marin de Floride en voie de disparition.

Les clients passent ensuite devant deux chiens-loups de Russie, paisiblement endormis, dont les grands-parents ont posé pour la publicité de la vodka Wolfschmidt, longent un vestibule étroit aux murs ornés de tableaux et entrent dans une cuisine où trône un immense étal de boucherie en guise de table, entouré de tout ce dont Preston et son cuisinier de trente et un ans, Edward Saint-Clair (qui fait aussi office de chauffeur et de chargé d'affaires *) ont besoin pour préparer un déjeuner ou un dîner mémorable pour leurs invités. Le long des murs, il y a des douzaines de livres (dont un de Anne-Marie Huste, qui cuisina pour Jackie Kennedy), une presse à canard de la Tour d'Argent, une cafetière à *capuccino*, une machine italienne à faire les glaces, un tonnelet à bière, quatre mille bouteilles de vins de grand cru, des masques africains. Le plafond, couvert de miroirs, est orné d'une gravure de Picasso.

Les repas que Preston sert à ses clients durent habituellement des heures. Ils commencent toujours par une *sangria* dorée (un cinquième de Châblis, un quart de litre de triple sec, un quart de litre de fine champagne, de la glace et des quartiers d'oranges et de citrons) suivie de hors-d'œuvre originaux, de la langue de bœuf ou des œufs de caille, puis un plat principal, qui peut aller de l'élan à la pieuvre, accompagné de vins dont quelques-uns portent le label de Preston, et le repas se termine par des liqueurs, des cigarettes et des cigares.

Preston a fait de sa vie une sorte de bijou qui enchante ses clients. Ils deviennent des amis qui ont hâte de revenir se livrer aux délices de son établissement, et qui sont en train de faire grimper son chiffre d'affaires vers le million de dollars par an.

Evander Preston mène une belle vie et, à quarante-neuf ans, il lui reste encore beaucoup de temps pour en jouir. Mais, à un moment donné, il souhaitera ralentir un peu, ce qui mettra en cause l'avenir de son entreprise. Puisque la plus grande partie des sociétés sont des affaires de famille, la plupart des entrepreneurs gagneurs décident, soit de la transmettre à leurs héritiers, soit de la vendre à

* En français dans le texte. (NdT)

d'autres, soit de la garder jusqu'à leur mort (en laissant un testament expliquant clairement ce qui va arriver à l'entreprise le jour où ils seront partis). Finalement, Preston a l'intention de laisser sa société à sa fille Heather qui s'occupe des ventes, et à ses employés qui sont pratiquement des membres de la famille.

« Pour finir, dit Leon A. Danco, le fondateur du Center for Family Business, à Cleveland, le propriétaire en arrive au point où il souhaite garder ce qu'il a mais pas se développer. Il ne veut plus travailler aussi dur ni risquer ce qu'il possède pour quelque chose dont il n'a pas besoin. Il ne s'est généralement pas écoulé plus de vingt-cinq à trente ans du début de son rêve au commencement de son déclin, vers l'âge de cinquante-cinq ans. Cependant, pour un entrepreneur, son affaire, c'est son enfant. Choisir un successeur, c'est comme laisser sa petite fille partir dans les bras d'un gorille. »

Kidnappeurs et tueurs à gages

Beaucoup de pères fondateurs (et de plus en plus de mères) refusent simplement de tirer des plans pour leur succession, au grand dam de tous ceux qui sont concernés. Par exemple, le fils frustré d'un entrepreneur new-yorkais a forcé son père, l'arme à la main, à quitter l'entreprise familiale. Une femme, faisant cause commune avec son fils dans la bataille pour la succession, engagea un tueur à gages pour qu'il tue son mari (il a échoué), et un père a été kidnappé et tenu en otage par son fils jusqu'à ce qu'il soit d'accord pour s'en aller.

Les passions peuvent se déchaîner dans une affaire de famille et, si l'on en croit Peter Davis, le directeur du Wharton Applied Research Center, à Philadelphie, qui dirige régulièrement des séminaires pour les membres des entreprises familiales prospères, les ennuis commencent à cause du fondateur. Bien que les fondateurs, dit-il, soient sensibles aux besoins de leur famille, dans les pires des cas ils se montrent obstinés, pleins de dédain pour les autres, qu'ils considèrent comme incompétents (ou compétents mais hostiles) et paranoïdes quant aux intentions de tous ceux qu'ils rencontrent. Ces traits de caractère produisent, toujours selon Davis, les comportements suivants, qui rendent difficile, pour le fondateur, l'abandon du contrôle de son affaire bien-aimée à sa progéniture :

- Les fondateurs prennent toute critique de leurs affaires comme une attaque personnelle. Les membres de la famille apprennent souvent à garder pour eux les mauvaises nouvelles, ce qui isole le fondateur des précieux *feedbacks* qui arrivent, à flot, du monde extérieur.
- Les fondateurs s'entourent habituellement de lèche-bottes disposés à se laisser dominer. En retour, ils protègent le fondateur des mauvaises nouvelles dans l'espoir de gagner son approbation.
- L'épouse du fondateur apprend rapidement à ne jamais discuter ses décisions et à soutenir ses ambitions, ce qui accroît encore son isolement.
- Le fils aîné du fondateur grandit dans un univers où son père est tout-puissant et il apprend vite que sa survie dépend du bon plaisir du Paternel.
- Le second fils rivalise avec son aîné pour obtenir les bonnes grâces du Paternel et, en même temps, il apprend l'art de survivre et de former des alliances de famille pour arriver à ce qu'il veut.

Tout ceci entrave la transmission d'une entreprise familiale du fondateur à sa progéniture, ce qui explique peut-être pourquoi moins de 30 pour cent de ce type d'affaires se perpétuent à la seconde génération et moins de 15 pour cent survivent lors de la troisième.

Willie Stennis, un Noir qui a fondé Golden Bird, une chaîne de restaurants californiens où l'on mange du poulet et du poisson-chat et qui vaut 7,5 millions de dollars, pensait avoir combiné une stratégie sans faille pour passer son affaire de famille à ses enfants. Il avait passé presque la moitié de sa vie à édifier cet empire du *fast food* comptant douze unités et avait envie de prendre sa retraite. Aussi décida-t-il de simplifier les choses en donnant trois restaurants à chacun de ses quatre fils.

Le plus jeune, Michael, ex-grand joueur de football de l'université d'Hawaï, tira bon parti de ses trois restaurants. Mais ses autres frères semblaient particulièrement dénués de tout sens des affaires, aussi le vieux Stennis décida-t-il de leur reprendre les restaurants et de réorganiser l'affaire. Ses fils et lui se mirent d'acccord pour que Michael soit le PDG de Golden Bird et que ses trois frères soient sous ses ordres en tant que vice-présidents respectivement responsables de la gestion financière, de la formation des nouveaux franchisés et de la construction des nouveaux restaurants. Actuellement, Golden Bird vole bien haut et vise à devenir une entreprise de *fast food* à l'échelle nationale. Michael vient toujours chercher conseil auprès de son père à demi retiré et rêve du jour où les Stennis deviendront la première famille noire à posséder son équipe de footballeurs professionnels.

Planification en commun, communication franche et adhésion loyale sont vitales pour la survie de l'entreprise familiale d'une génération à l'autre. « La première mesure à prendre dans cette voie, dit Leon Danco, qui est conseiller auprès de ce type de sociétés depuis plus d'un quart de siècle, c'est d'envoyer ses fils et ses filles commencer leur carrière hors de l'affaire familiale afin qu'ils puissent commettre des erreurs à l'insu du Paternel. » Danco pense que les enfants doivent revenir au sein de l'entreprise familiale lorsqu'ils ont dépassé la trentaine et que le Paternel a plus de soixante ans. Il croit aussi que la famille ne doit pas hésiter à chercher le soutien d'experts et d'un conseil d'administration extérieur à elle pour assurer la survie de l'affaire par-delà celle de son fondateur. « Il faut se perpétuer ou liquider », dit Danco.

Bien sûr, un grand nombre d'entrepreneurs décident de vendre pour différentes raisons :

- Ils n'ont pas d'enfant, ou croient que leurs héritiers sont incapables de diriger une affaire.
- Ils ont édifié une grande entreprise qui est gérée par des directeurs professionnels de valeur et l'on n'a plus besoin d'eux. « Après avoir été tout, ils ne sont plus rien ; d'acteurs, ils deviennent spectateurs », a dit William P. Murphy Jr., peu avant de prendre sa retraite, cette année même, de son poste de président de la Cordis Corporation, une affaire de technologie médicale de 200 millions de dollars qu'il avait fondée dans un garage, en 1957.
- Ou bien ils se sentent simplement épuisés. « Je suis tellement fatigué lorsque je rentre chez moi, le soir », dit Muray Klein, soixante-deux ans, l'un des trois associés qui possèdent les célèbres Zabar, des boutiques d'épicerie de luxe et d'ustensiles de cuisine de New York, « que si je commence à lire un livre, au bout d'une demi-heure, je tombe endormi. » Klein travaille du matin au soir, six jours par semaine, plus quelques heures le dimanche ; après trente-cinq ans de carrière, il a dit à ses associés qu'il souhaitait toucher sa part des biens immobiliers et de l'affaire de Zabar, ce qui devrait s'élever à 30 millions de dollars. « J'aimerais disposer d'un an ou deux pour apprendre à jouir de la vie avant de mourir », dit Klein.

Mais quoi qu'il en soit, on a estimé qu'environ 20 pour cent de toutes les affaires existantes sont à vendre chaque année. Et l'on a des raisons de penser que les entrepreneurs sont encore moins préparés à évaluer leur affaire qu'à fixer le prix de leurs produits.

Combien vaut votre affaire ?

Une étude effectuée par la Hankamer School of Business de l'université Baylor, à Waco, au Texas, a révélé que près de 25 pour cent des propriétaires des 344 petites entreprises de la région de McLennan County « ne savaient pas quel prix ils fixeraient pour leur affaire si elle était à vendre », et la plus grande partie des autres ont dit qu'ils se fiaient à une méthode dénuée de subtilité, qui consiste à se baser sur la valeur des actifs de la société. Il y a d'innombrables manières de fixer le prix de votre affaire et, puisque c'est peut-être la plus importante décision financière de votre vie, cela vaut la peine de demander conseil à votre comptable, ou à votre banquier, ou à toute autre personne capable de vous suggérer la meilleure stratégie possible dans votre cas. On n'établit pas du tout de la même façon le prix d'un magasin de meubles situé en pleine ville et celui d'une fabrique de puces d'ordinateurs de la Silicon Valley.

Avant de sortir votre calepin et votre crayon pour commencer à calculer le prix que peut valoir votre entreprise, il serait bon de l'examiner du point de vue de l'acheteur éventuel. Le courtier en affaires Jerome S. Siebert, dont la Siebert Associates est basée à Fairfield, dans le Connecticut, a résumé ce qu'à son avis les acheteurs d'affaires souhaitaient savoir dans *The President,* un journal spécialisé publié par le département des directeurs généraux de sociétés de l'American Management Association. Tous les acheteurs, dit-il, s'intéressent aux « Quatre P » : le personnel, le produit, le profit et les potentialités :

1. *Le personnel*. Combien de salariés avez-vous et quelle est leur histoire ? Quelle est la capacité d'endurance de la direction ? La société est-elle sous contrôle d'un syndicat ou non ? Quelles sont les relations de la direction avec le syndicat ou avec les ouvriers ?

2. *Le produit*. Qu'est-ce que votre société fabrique et vend ? Quels sont ses marchés ? Quelle est la surface de l'usine, dans quel état sont les machines et quelles sont les capacités d'expansion de l'entreprise ?

3. *Le profit*. Avez-vous préparé un état financier ? (Celui-ci a parfois besoin d'être restructuré.)

4. *Les potentialités*. Où en est l'entreprise et où va-t-elle ? Quelles sont les différentes raisons de sa croissance éventuelle ?

Après avoir regardé votre entreprise avec les yeux d'un acheteur éventuel, il vous faut connaître les trois stratégies standard de fixation du prix et chercher l'avis de conseillers professionnels qui éveilleront votre attention sur d'innombrables variétés hybrides, dont l'une peut être la meilleure en ce qui concerne votre affaire.

La manière la plus répandue de fixer le prix d'une entreprise, c'est simplement de soustraire le passif de l'actif. Dans la plupart des cas, cette technique de la « valeur intrinsèque » sous-estime la véritable valeur de l'affaire, mais sa simplicité enfantine la fait recommander à un grand nombre d'entrepreneurs

Une meilleure stratégie consiste à adapter la valeur de votre actif afin qu'elle reflète les données du marché telles que sa valeur de remplacement ou, au pire, ce qu'il rapporterait lors d'une vente forcée.

Cependant, la meilleure des stratégies standard, c'est de calculer le prix de votre entreprise en vous basant sur les bénéfices qu'elle a obtenus dans le passé (peut-être augmentés par des estimations futures). Les bonnes affaires sont des machines à faire de l'argent et ce qui détermine avant tout leur prix, ce sont les profits qu'elle peut mettre dans la poche de l'acheteur, au cours des ans. Il y a une formule très facile à calculer pour arriver à ce chiffre ; il suffit de : 1) prévoir les bénéfices annuels futurs de votre société ; 2) diminuer ce pronostic afin de tenir compte des risques que vous prévoyez ; 3) estimer l'espérance de vie de votre affaire et 4) multiplier les bénéfices annuels anticipés par le nombre d'années qui restent, selon vous, à votre affaire. L'inconvénient évident de cette méthode, c'est sa subjectivité, et peu d'acheteurs accepteront vos chiffres sans un marchandage un peu difficile. Une manière très connue de régler ce problème c'est, pour l'acheteur, d'accepter votre chiffre mais de vous proposer une « vente liée à la rentabilité », c'est-à-dire que si votre entreprise ne réalise pas les bénéfices que vous aviez prévus, il vous paiera moins.

Une fois que vous aurez fixé votre prix, il reste à trouver l'acheteur éventuel, en supposant que vous n'en ayez pas déjà prévu un. Les sociétés riches en liquidités, des géants tels qu'Exxon ou la General Motors, investissent constamment dans de petites entreprises innovatrices afin de s'introduire plus rapidement dans de nouveaux marchés à croissance rapide, qui vont de l'alimentation aux télécommunications. En 1984, ce type d'investissement a battu tous les records, selon W.T. Grimm & Co., les experts en concentration d'entreprises de Chicago, qui totalisent des transactions valant 122 milliards de dollars touchant 2 543 sociétés dont 1 351 étaient des sociétés familiales.

Si votre entreprise s'est taillé une réputation, vous pouvez avoir des propositions d'acheteurs ou bien contacter vous-même les prétendants éventuels. Vous pouvez aussi obtenir l'aide de marieurs professionnels (en général, ce sont les banques d'investissement) qui établissent des listes. Votre comptable ou votre banquier connaissent aussi des acheteurs à l'affût d'acquisitions intéressantes.

Certains acheteurs seront désireux de vous voir prendre l'argent et disparaître, mais d'autres peuvent insister pour que vous restiez jusqu'à ce qu'ils aient maîtrisé votre entreprise. Surtout si ce que vous faites ne leur est pas familier et qu'ils ont besoin que vous leur enseigniez les ficelles. C'est vrai aussi si vous êtes avide de vous agrandir et que, manquant de capitaux, vous vendiez à un acheteur dont les lourdes poches peuvent financer votre rêve. Dans ce cas, vous souhaiterez rester pour gérer la croissance pour laquelle il vous offrira une gratification en argent.

Une autre manière de « réaliser », c'est de vendre un gros morceau de votre affaire en bourse en gardant le contrôle pour vous, comme le firent, en 1980, les trois fondateurs de la BDM International. Les experts qui peuvent vous aider en cela, ce sont les banques d'investissement, qui savent comment tirer des milliards de dollars d'une émission publique, mais ont souvent peu de sympathie pour les entrepreneurs qui veulent récupérer leurs billes.

Je connais un homme qui sait édifier une société aussi bien que se procurer de l'argent pour des entrepreneurs qui veulent vendre la leur. C'est James D. Dunning Jr., trente-sept ans, qui pendant cinq ans fut le président de Straight Arrow Publishers, le père du magazine *Rolling Stones*. Dunning abandonna l'édition en 1982 pour rejoindre la Thomson McKinnon Securities, Inc., de Wall Street, en tant que vice-président chargé de son département « finance de l'entreprise », et puis, en février 1985, il démissionna pour devenir vice-président de la Ziff Corporation, de New York, une grande société d'édition et d'information où sa première tâche fut de trouver des affaires lucratives où investir les 715 millions de dollars que Ziff reçut en 1984 lorsqu'elle vendit ses publications professionnelles et grand public.

J'ai parlé avec Dunning des complications qui s'élèvent lorsqu'on veut passer en bourse, peu avant qu'il s'en aille de chez Thomson McKinnon Securities, dont les origines remontent à un entrepreneur appelé Sandi Thomson qui créa seul une affaire de céréales, à Indianapolis, en 1885 ; il l'a depuis métamorphosée en un service financier international dont l'actif dépasse 2 milliards de dollars.

Le traumatisme d'émettre des actions en bourse

« La première chose que nous cherchons, au sujet d'un entrepreneur qui veut émettre des actions en bourse, dit Dunning, c'est si, oui ou non, nous pensons qu'il pourra survivre au traumatisme de se retrouver à Wall Street. S'il peut venir à bout des caprices de la bourse, de l'environnement économique, des personnalités de la communauté de l'investissement, depuis les analystes financiers jusqu'aux acheteurs institutionnels, sans parler de nous, les banquiers de l'investissement, qui pensons savoir tout ce qu'il y a à savoir au sujet de tout et dont l'instinct décidera si l'entrepreneur pourra supporter l'émission publique. Et croyez-moi, s'il y a pas mal de succès, il y en a aussi beaucoup qui, ayant rédigé un prospectus d'émission, ne franchiront jamais le seuil. Vous avez aussi toute une quantité d'entrepreneurs qui se lèvent pour monter à l'autel mais qui ne peuvent pas passer au stade du " je le fais ".

« Nous avons une liste détaillée que nous parcourons lorsque nous étudions une société qui veut émettre en bourse :

1. « La taille de la société est un facteur absolument décisif. On a besoin d'une masse critique d'affaires. Nous aimons voir une entreprise avec un chiffre d'affaires de 10 millions de dollars et un résultat après impôts de 1 million de dollars par an.

2. « Nous aimons voir les états financiers vérifiés d'au moins trois années, en supposant que la société ait été aussi longtemps en activité.

3. « Nous examinons le fonctionnement financier de la compagnie pour nous assurer qu'elle est correctement orientée.

4. « Nous essayons d'étudier la position relative de la société et de son produit dans sa branche. Est-elle en tête, est-ce une « moi aussi », en quoi sa position dans sa branche est-elle exceptionnelle ?

5. « Nous examinons la capacité de gestion. S'il s'agit d'une entreprise dirigée par une seule personne, les chances de réussite d'une émission d'actions sont faibles. Vous pouvez avoir une lumière directrice, quelqu'un qui est une source d'inspiration et un meneur de jeu, à l'intérieur de l'entreprise, mais ce dont vous avez vraiment besoin pour survivre dans l'arène publique, c'est d'une équipe. Il vous faut un bon administrateur financier énergique et un homme de production, aussi nous accordons une grande attention, à la fois à l'entrepreneur et à son équipe, et à la manière dont ils agissent les uns sur les autres.

Nous regardons aussi la manière dont l'entrepreneur se présente aux autres. Comment il parle sa langue, par exemple, car il faut qu'il soit un vendeur, qu'il soit capable de se vendre, ainsi que son affaire, à la communauté d'investissement qui doit vendre ses actions au public.

6. « Nous vérifions le potentiel de croissance de la société. Elle doit montrer une tendance intrinsèque à la croissance et posséder la capacité de continuer et d'améliorer cette tendance.

7. « Nous cherchons s'il n'y a pas d'obsolescence technique, lorsque c'est une affaire industrielle.

8. « Nous examinons la concurrence et nous parlons attentivement avec elle.

9. « Nous prêtons attention aux marges bénéficiaires et nous cherchons comment la société fait vraiment de l'argent. Beaucoup d'entrepreneurs ne sont pas prêts à divulguer cette information, et même quand ils le sont, nous menons tout de même notre enquête.

10. « Nous attribuons une valeur à l'affaire. Des entrepreneurs viennent nous dire : " Mon affaire vaut 50 millions de dollars, d'accord ? " Parfois nous sommes d'accord, parfois nous ne le sommes pas, et il est impossible d'éviter cette lutte acharnée que l'on mène pour décider combien vaut réellement la compagnie. Il y a toutes sortes de manières de faire ça. Ce n'est ni une science ni un art ; c'est un mélange des deux. Nous prenons tout en compte, depuis la valeur de l'entreprise par rapport à son développement et par rapport à son marché actuel. Nous envisageons la valeur de liquidation et la valeur de remplacement si l'entrepreneur veut vendre une partie de son affaire. Nous faisons un état dans lequel nous comparons la société qui cherche à lancer une émission à des sociétés similaires qui sont déjà en bourse. Nous établissons le rapport prix/profits, celui de la dette au capital détenu, l'actif, les niveaux des ventes, les marges commerciales, les espoirs de croissance des dividendes, la valeur de l'ensemble des actions avant et après l'introduction... toutes

ces comparaisons que recommandent les écoles de gestion et qui peuvent nous fournir des éléments dans le cadre d'une estimation. La manière de mener une négociation affecte aussi l'estimation de la société. Comment l'entrepreneur et son équipe se tirent-ils de cette vente d'eux-mêmes et de leur marchandise à la communauté des investisseurs, qui doit, pour finir, convaincre le public d'acheter leurs actions ? Les chiffres sont un élément crucial dans l'évaluation d'une société, mais, en définitive, c'est l'esprit, le dynamisme, les connaissances et l'intuition commerciale de l'entrepreneur qui décideront du succès de la transaction. Ce que les banques d'investissement essaient de faire, bien sûr, c'est de décider de la valeur de la société, qu'ils fixeront en donnant un prix et que les investisseurs valideront plus tard.

« Tout cela peut prendre trois ou quatre mois. Et puisque c'est l'entrepreneur qui doit prendre du temps, en plus de son travail, pour répondre à nos questions et se vendre, ainsi que la société, à la communauté des investisseurs, son affaire peut en souffrir. Aussi doit-il faire très attention de ne pas négliger son affaire afin qu'elle ne tourne pas au négatif, changeant ainsi son évaluation et, peut-être, même annulant l'offre. L'entrepreneur engage également d'énormes frais comptables, juridiques, d'impression, de marketing, etc., et si la transaction échoue, il sera peut-être obligé d'étancher 450 000 $ de dépenses en supposant que ce soit une offre de huit à dix millions de dollars. Les soumissionnaires prennent en fait très peu de risques puisque le contrat de souscription n'est signé que la veille de la vente. Cela signifie que l'entrepreneur est en danger jusqu'au moment où le soumissionnaire lui donne un chèque représentant le montant de l'offre moins ses honoraires, qui représentent, en moyenne, entre 6 et 8 pour cent du total.

11. « Pour finir, nous demandons à l'entrepreneur comment il compte utiliser les résultats de la souscription.

Les fonds peuvent servir dans trois secteurs :

- Ils vont éponger la dette de la société.
- Ils vont servir à la croissance ou à acquérir d'autres sociétés.
- Ils vont aller aux propriétaires de l'affaire.

« Il y a beaucoup d'argent disponible pour l'investissement, dit Jim Dunning, « mais en général, il n'y a pas assez de bons entrepreneurs pour l'emporter. Les gens qui savent tout ce qu'il y a à savoir sur leurs affaires et qui disposent des chiffres qui le prouvent restent forts longtemps, et peuvent influencer ceux qui, dans la communauté des investisseurs, réfléchissent à la manière d'émettre leurs actions en bourse. Ce sont ceux qui aboutissent à la terre promise d'une souscription d'actions et à tous les signes extérieurs du succès matériel qui vont avec. »

Une fois que vous avez fondé une entreprise lucrative et 1) que vous êtes rentré dans une partie de vos billes en vendant vos actions en bourse, 2) que vous les avez toutes récupérées en vendant la totalité de votre affaire, ou 3) que vous avez simplement amené l'affaire au point où elle rapporte de substantiels bénéfices, vous pouvez commencer à récolter les gratifications que mérite le gagneur du plus beau jeu du monde.

12 La grande vie

« C'est la chose la plus amusante que j'aie jamais faite. C'est le pied. »

Steven Jobs,
cofondateur et président,
Apple Computer

Peu d'entrepreneurs sont devenus aussi riches, en si peu de temps, que Xavier Roberts, le créateur des Patoufs. Il avait une vingtaine d'années lorsque, fils fauché d'un bricoleur de Georgia qui gagnait difficilement sa vie en faisant des travaux de menuiserie, il devint un « mini-magnat » qui fréquente des gens célèbres, comme la star de cinéma Bette Midler, ou l'ex-premier ministre britannique sir Harold Wilson. La caravane, sur une petite route de campagne, où Roberts a vécu pendant des années, a fait place à une maison de quatre-vingt dix pièces dont il a dessiné lui-même les plans, et où la chambre à coucher principale communique directement, par un toboggan à la gracieuse spirale, avec la piscine d'eau bleue qui se trouve en dessous. Et il a remplacé sa vieille Volkswagen cabossée par une MG, une Jaguar argentée, deux Mercedes et une limousine Cadillac Seville avec un toit ouvrant, une console stéréo, un bar et un chauffeur.

Xavier Roberts est un très grand gagneur. Et bien que les raisons de son succès soient nombreuses, la plus déterminante, c'est l'idée absolument sensationnelle qu'il a eu... la première des huit étapes que doivent franchir les entrepreneurs en herbe avant de pouvoir commencer à mener la grande vie.

La grande idée de Roberts, ce fut d'utiliser à fond l'engouement durable du public pour les poupées qui peuvent marcher, parler, chanter, flirter, ramper, mouiller leurs couches et même donner naissance à une autre poupée. Celles de Roberts ne sont pas du tout des poupées mais des « lutins » nés dans un carré de chou ; elle ont des noms et des certificats de naissance, et il faut les adopter et s'en occuper comme si elle étaient des enfants abandonnés.

Pourtant, comme nous l'avons vu, une idée sensationnelle ne suffit pas pour créer une grande entreprise ; mais Roberts n'a négligé aucun élément. Il a commencé avec l'aide de quatre amis d'école auxquels Roberts a promis 5 pour cent de l'affaire qu'il a constituée rapidement sous le nom de Original Appalachian Artworks. Il fit fabriquer ses premières poupées par des artisans locaux, les présenta lui-même dans les foires nationales d'artisanat d'une manière vivante qui attirait l'œil, puis étendit constamment sa gamme de produits avec de nouvelles éditions de ses Patoufs (l'Orientale, l'Indienne d'Amérique, l'Hispanique, etc.). Il s'est servi de sa carte Visa pour avoir gratuitement un financement à court-terme, et fait du troc pour obtenir ce qui est aujourd'hui son centre hospitalier de Babyland.

Roberts fut assez malin pour savoir ses limites, et son ignorance était grande. Lorsque, dans une foire, des acheteurs éventuels le collaient avec des questions comme : « Vous prenez dix net ou trente net ? », il répondait : « Je reprendrai contact avec vous à ce sujet. » Il reconnut aussi qu'il avait besoin d'aide, ce qui l'amena à engager les services d'une agence de publicité d'Atlanta qui devint l'agent exclusif de ses Patoufs, dont il avait pris le copyright dès le début. Quand Roberts s'aperçut que le moment était venu de les produire à l'échelle industrielle, il chercha une grande entreprise de jouets qui voudrait bien les fabriquer et les vendre ; pour finir, il choisit Coleco Industries, qui accepta de lui payer les *royalties* sur chaque Patouf vendue dans le monde entier.

Mais la plus grande prouesse de Roberts, ce fut de créer un produit capable d'obtenir de la publicité gratuite de plusieurs millions de dollars dans les journaux et les revues et à la télévision. Nancy Reagan offrit des Patoufs à deux enfants sud-coréens qui rendaient visite à la Maison Blanche, et les caméras n'en ont pas perdu une miette. Bop Hope leur consacra un sketch satirique de dix minutes dans son *Christmas Special*. Le *show* télévisé intitulé *Real People* envoya une équipe au centre hospitalier de Babyland, à Cleveland, en Georgie, et quand l'invité Skip Stephenson dit par errreur devant les caméras que les Patoufs « se vendaient mille dollars chacune », Roberts sortit aussitôt une grande édition de ses petits lutins au prix — vous l'avez deviné — de 1 000 $.

Le jeune Xavier Roberts a déjà gagné assez d'argent avec ses Patoufs pour passer le reste de ses jours dans un luxe des Mille et une Nuits. Mais, comme presque tous les entrepreneurs qui ont réussi, ce qui l'excite le plus, c'est d'entamer une autre partie du plus grand jeu du monde. « Je prends du plaisir à créer », dit-il, et le dernier produit de son cerveau bouillonnant d'idées, c'est une collection d'« ours doux à caresser, les Fruskins », habillés de vêtements campagnards et chaussés de bottes. Ces ours, dit-il, sont sortis d'hibernation le printemps dernier, à Moody Hollow (le vallon mal luné), un peu au nord du carré de choux où sont nées ses Patoufs. Et si l'on en juge par la chaude réception qu'on leur a faite à la Foire du jouet de New York, en 1985, Xavier Roberts a un autre succès à son compte.

Des hommes et des femmes déterminés à réussir en se mettant à leur propre compte sortent de partout, en ce moment. L'imagination entrepreneuriale flamboie et les ressources mises à la disposition de toute personne qui veut fonder une affaire prospère sont incomparables. « Il y a plus d'esprit d'entreprise aujourd'hui et il est quelque peu différent d'autrefois », dit Alfred D. Chandler Jr., professeur d'histoire de l'entreprise à la Graduate School of Business Administration de Harvard. « La société est plus vive, plus mobile, plus large, plus urbaine. Cette croissance, combinée aux nouvelles technologies, a donné aux entrepreneurs des chances qui n'existaient tout simplement pas avant la Deuxième Guerre mondiale. »

Le terrain de jeux de l'entrepreneur d'aujourd'hui, c'est pratiquement toute la planète ; il a partout à sa disposition des idées d'affaires, des capitaux, des travailleurs et des clients. Un créateur belge de bandes dessinées, Peyo, a vu ses malicieux Schtroumpfs achetés par Wallace Berrie & Company, de Van Nuys, en Californie, et il a passé licence à des fabricants américains pour toutes sortes de choses, depuis des cahiers jusqu'à des émissions télévisées enfantines. Le capital-risque ruisselle de tous les coins du monde vers les États-Unis ; la famille Tata, de l'Inde, fabuleusement riche, a financé en partie un fabricant de super-mini ordinateurs de la Silicon Valley, appelé Elxsi, qui vient de fusionner avec le « gourou » des ordinateurs, Gene Amdahl's Trilogy Ltd. Des ouvrières de Hong Kong fabriquent des Patoufs pour Coleco Industries. Après un long sommeil à la Rip Van Winkle, les entrepreneurs américains semblent prendre conscience des affaires qui les attendent de l'autre côté des mers. Lorsque, après la mort de son mari, Ruth Cohen luttait pour garder vivante sa petite affaire de famille, elle comprit soudain qu'il était « stupide de garder tous ses œufs dans le même panier et de ne pas essayer de devenir une entreprise internationale ». Aujourd'hui, 25 pour cent de la clientèle de sa Airport Corporation, de Norwalk, dans le Connecticut, qui fabrique une espèce d'amortisseur de précision, est étrangère, principalement Japonaise.

Comme le fait remarquer le Pr Chandler, la technologie est en train de vivifier le terrain de jeux planétaire de l'entrepreneur. Les percées technologiques, du photocopieur à l'ordinateur, ont transformé la manière même dont le jeu se déroule. Elles ont, de plus, donné aux rares joueurs heureux les moyens de construire, pratiquement du jour au lendemain, de vastes entreprises qui viennent ajouter toute une série de nouveaux noms à la liste de *Forbes,* « The 400 Richest People in America », par exemple Ted Turner, John Hanson de Winnebago Industries, William Hewlett et David Packard de Hewlett-Packard, George Kozmetsky et Henry Singleton de Teledyne, William Millard de Computerland, Gordon Moore de Intel, H. Ross Perot de Electronic Data Systems, Fred Smith de Federal Express, An Wang des Wang Laboratories ainsi que Steve Jobs et Armas « Mike » Markkula de Apple Computer.

Stephen Wozniak, l'as de l'électronique, qui a fondé Apple Computer avec Steve Jobs et conçu le premier appareil de la firme qu'ils ont vendu aux fans pour 666,66 $, n'est pas sur la liste de *Forbes* parce que sa fortune a été minée par un divorce, de folles dépenses (il fut le mécène de deux concerts rock qui coûtèrent plusieurs millions de dollars), et d'autres assauts menés contre son portefeuille, qui lui ont laissé moins de 200 millions de dollars. Cela suffit pourtant à permettre à laisser Apple Computer de créer CL9 Inc., une société de produits de loisirs, avec l'aide de deux autres brillants ingénieurs qui ont conçu Apple II et Apple III. Steve Wozniak avait envie de se risquer dans une nouvelle affaire, mais cette fois, son véhicule de lancement, ce fut la technologie de la télévision. « J'ai été dans les ordinateurs pendant dix ans, a-t-il dit à un journaliste du *New York Times,* et ça fait trop longtemps. Je ne connais pas beaucoup de gens qui s'occupent aussi longtemps de la même chose. »

Les nouveaux millionnaires

Les possibilités d'entreprendre, sans précédent, d'aujourd'hui créent, dans tous les coins et recoins des États-Unis, de nouveaux millionnaires qui ne doivent leur fortune qu'à eux-mêmes. La revue *Money* estime qu'il y a près de 600 000 millionnaires américains, et que, chaque année, près de 60 000 nouveaux membres rejoignent cette fraternité d'hommes d'élite. « Un nombre important de nouveaux riches s'élèvent jusqu'au seuil magique du nombre à sept chiffres, non par héritage mais par leurs propres efforts. »

Les entrepreneurs tirent aussi profit de leur impact nouveau sur le Congrès et le Capitole ; de plus, des politiciens de la nouvelle génération, des groupes religieux et des pays depuis longtemps gagnés au socialisme prennent de plus en plus conscience de leur importance.

A Washington, des organisations comme la National Federation of Independent Business (500 000 membres), Small Business United (qui rassemble une quinzaine de groupes de petites entreprises un peu partout dans le pays), l'U.S. Chamber of Commerce et, à Chicago, la National Association of Women Business Owners (2 000 membres), font progresser les intérêts des entrepreneurs du pays, comme le font également les politiciens qui s'appuient particulièrement sur les entrepreneurs, dont le plus visible est Jack Kemper, le candidat à la présidence. « Les entrepreneurs commencent à se rassembler », dit Joseph R. Mancuso, le président du Center for Entrepreneurial Management, de New York. « Ils vont constituer une force. Ils n'ont pas encore fait grand'chose, sur le plan politique, mais ça vient. Je le sens. »

L'entrepreneur est de plus en plus estimé, et ce fait est flagrant dans le rapport de 1984 de la Lay Commission on Catholic Social Teaching and the U.S. Economy, intitulé *Toward the Future : Catholic Social Thought and the U.S. Economy*. Cette commission laïque, présidée par l'ex-ministre des Finances, William E. Simon, constate que l'entreprise est « une vertu relativement négligée par les théologiens » et que l'Église n'a pas assez souligné « le discernement pragmatique » de l'entrepreneur. Ce rapport connut la une des journaux au lendemain de la réélection massive du proentrepreneur qu'est Ronald Reagan, président des États-Unis jusqu'en janvier 1989. Peu après, la république populaire de Chine lança une déclaration qui éclata comme une bombe : elle avait l'intention d'accomplir de formidables changements dans son économie urbaine en introduisant des forces de marché de type capitaliste, en réduisant le contrôle du gouvernement et en encourageant l'esprit d'entreprise dans les masses où, selon un slogan, « S'enrichir, c'est merveilleux ».

Les cadres qui dirigent IBM, Consolidated Foods et d'autres sociétés géantes des États-Unis ont enfin pris conscience de l'extraordinaire puissance productrice que l'on peut déclencher lorsqu'on lâche la bride sur le cou aux travailleurs. Et il n'est pas étonnant que des entrepreneurs comme Gifford Pinchot III, qui, autrefois, travaillait comme forgeron dans une petite commune près d'Albany, dans l'état de New York, soient en train de lancer des sociétés qui répondent à ce besoin de ce que Pinchot appelle « l'esprit d'intra-entreprise », qui consiste à encourager les initiatives à l'intérieur des structures de l'entreprise.

Bien que l'environnement soit indéniablement plus favorable à l'esprit d'entreprise qu'il ne l'avait été depuis des dizaines d'années, et bien que les ressources matérielles, de l'argent à la technologie de pointe, soient plus accessibles que jamais, il faut tout de même de l'intelligence et un travail acharné pour réussir dans sa propre entreprise.

Là, rien n'a changé depuis l'époque où le jeune Charles Revson se mettait du rouge à lèvres et du vernis à ongles avant de se coucher, et se faisait réveiller à 2 heures, 4 heures et 6 heures du matin pour voir comment ils avaient tenu. Ou lorsque le jeune Calvin Klein poussait lui-même, depuis sa boutique, une crémaillère chargée de manteaux, le long de vingt-quatre pâtés de maisons de New York, pour qu'ils ne se fripent pas avant qu'il les montre au président de Bonwit Teller's. Ou quand Lucille Ball, peu connue à l'époque, défiait la tradition en se servant de trois caméras de cinéma pour enregistrer son show *I love Lucy* devant un vrai public, près de chez elle, à Hollywood, au lieu de le faire dans un studio vide de New York avec une seule caméra de télévision, comme il se devait en ces premiers temps du huitième art. Ce qui lui permit de produire une série de grande qualité qu'elle vendit plus tard 6 millions de dollars à CBS.

« Il suffit d'avoir une bonne idée et d'être prêt à travailler pour la réaliser », dit Ron Rice, un grand et beau quadragénaire qui fut surveillant de baignade et fonda Tanning Research Laboratories, à Honolulu et à Daytona Beach, où l'on fabrique la lotion solaire Hawaiian Tropic ; il vient de lancer une gamme de costumes de bain et se vante d'un chiffre d'affaires annuel de près de 100 millions de dollars.

« Je me souviens de l'époque où je n'avais pas l'impression d'avoir fait une vraie journée de travail, dit-il, si je n'avais pas mélangé le produit, rempli à la main des centaines de bouteilles, chargé le camion, fait la paperasserie, éteint les lumières, tout ce que vous pouvez imaginer. Je devais m'épuiser physiquement et mentalement car sinon je n'avais pas l'impression d'avoir eu une journée normale de travail. Mes copains sortaient et traînaient dans les bars pendant que je restais chez moi à travailler. Je ne sortais jamais avec des filles. Je n'avais aucune vie sociale. Pendant des années, je me suis contenté de manger, de dormir et de travailler. Et maintenant, mes copains sont tous au travail et moi, je me paye du bon temps. »

Burt Reynolds et des bikinis

Les murs du bureau de Rice sont couverts de photos de ce « bon temps », dont la plupart concernent la promotion des produits Hawaiian Tropic ; on le voit se pavanant avec son grand copain Burt Reynolds, dont il parraine les films, et d'autres stars d'Hollywood, à des courses d'automobile, des championnats de ski et des concours de beauté, ou travaillant avec des mannequins sensationnels vêtus de bikinis excitants — et parfois sans. Pourtant, Rice considère que les seuls souvenirs qui valent la peine d'être enchâssés sur un piédestal éclairé par un projecteur, juste à la porte de son bureau, ce sont la poubelle et le manche à balai dont il s'est servi pour préparer son premier Hawaiian Tropic.

Bien qu'il soit impossible d'énumérer toutes les gratifications qui pleuvront sur vous si vous êtes un gagneur, celle à laquelle les entrepreneurs semblent tenir le plus, c'est le sentiment d'avoir accompli ce qu'ils s'étaient proposé de réaliser. Rien ne peut égaler ce triomphe personnel, même la corne d'abondance débordant d'honneurs et de trésors rutilants qui se trouve brusquement à portée de votre main.

Les honneurs sont les premiers à arriver, dès que les entrepreneurs sont publiquement reconnus, et habituellement bien avant qu'ils ne convertissent leur *holding* en liquidités. Ted Turner n'a pas encore vendu sa majorité de contrôle à la Turner Broadcasting bien que les gratifications honorifiques, les plaques d'« homme d'affaire de l'année » et les grades *honoris causa* aient plu dans son bureau depuis qu'il a trouvé son concept de « Super Station », le 16 décembre 1976.

Des voitures étrangères, de magnifiques demeures, des domestiques, des yachts et d'autres signes extérieurs de la grande vie arrivent ensuite, et certains font la preuve d'une imagination débordante. George Abhah, par exemple, est un homme d'affaires de Whichita, dans le Kansas, dont les placements vont du pétrole à l'immobilier et exigent de lui qu'il passe au moins quarante heures par mois dans les airs. C'est aussi un collectionneur d'objets d'art, aussi lui parut-il astucieux de dépenser 9 millions de dollars pour un avion à réaction où trois personnes peuvent dormir ; les accessoires de la salle de bains sont plaqués or, le steward est aussi un cuisinier et un barman et il y a là pour 3 millions de dollars de sculptures de Rodin, Brancusi, Arp, Botero, Marini, Giacometti et Henry Moore.

Gilbert Kaplan trouva tout aussi pratique d'ajouter une salle à manger personnelle, où règne un maître queux français, au quartier général de sa société d'édition financière, qui donne sur la cathédrale Saint-Patrick, dans la Cinquième Avenue. Il s'inquiétait de voir qu'il mangeait trop dans les restaurants surpeuplés de Manhattan, aussi décida-t-il d'organiser de calmes déjeuners d'affaire à quelques pas de son bureau ; on y sert, en petite quantité, des mets délicats, par exemple des éperlans frits sauce rémoulade ou des cailles désossées aux raisins rouges. Ce n'est pas étonnant que des entrepreneurs pleins d'imagination fassent preuve d'autant de raffinement dans tout ce qu'ils font. Gil Kaplan, qui vendit récemment sa société aux Capital Cities Communications pour environ 72 millions de dollars, s'est aussi rendu célèbre en dirigeant la flamboyante symphonie intitulée *Résurrection,* de Gustav Mahler, à la tête d'orchestres comme l'American Symphony et le Philharmonique du Japon.

Les entrepreneurs qui ont réussi sont aussi capables d'accomplir de beaux gestes de générosité, comme par exemple H. Ross Perot, le fondateur d'Electronic Data Systems, sis à Dallas, qui, au début de 1985, répondit à la requête des administrateurs, financièrement préoccupés, du Museum of the American Indian et fit construire des locaux adéquats pour la collection de Dallas, plus une installation assez spacieuse pour recréer tout un village indien, ce qui coûta, en tout, quelque 70 millions de dollars. Peu après, Perot acheta 1,5 million de dollars un exemplaire vieux de 687 ans de la Magna Carta de Grande Bretagne, dessinée sur velin avec des encres végétales et dont les noms sont écrits en latin. L'original de cet extraordinaire document, que le roi Jean dut signer sous la pression des barons, limitait les pouvoirs du monarque et affirmait que la loi doit être au-dessus du roi. Perot a l'intention d'exposer sa Magna Carta dans la rotonde des Archives nationales, à Washington, et puis de l'envoyer ensuite dans tout le pays. Cet entrepreneur est passé maître dans l'art des gestes nobles. En 1979, il a envoyé en Iran une escouade de SWAT, menée par l'ex-chef de commando de l'armée, Arthur « Bull » Simons, afin de libérer deux cadres de l'EDS retenus prisonniers à Téhéran. Simons a réussi et libéré les deux hommes ainsi que 13 000 Iraniens prisonniers. Il n'avait pas eu autant de chance en décembre 1969 puisqu'on lui avait refusé la permission d'envoyer à Hanoï deux avions de transport chargés de vingt-huit tonnes de colis de Noël pour les soldats américains retenus captifs par les Nord-Vietnamiens. Cependant, Perot croit que ses efforts ont poussé les Vietnamiens à améliorer le traitement des prisonniers américains.

Le geste noble atteint le maximum de sa magnificence en philanthropie, et les entrepreneurs qui ont réussi — et leurs enfants après eux — abandonnent chaque année des milliards pour financer des choses qu'ils croient importantes. Une étude sur « Les plus généreux des Américains actuellement vivants », récemment publiée dans la revue *Town & Country,* illustre abondamment la bienfaisance des entrepreneurs.

Par exemple, Walter Annenberg, le fondateur du *TV Guide,* a donné à Israël, en 1967, 1 million de dollars pour les frais de la guerre des Six Jours. L'amateur d'opéra, J. William Fischer, qui lança la Fisher Control Company, a payé quinze mises en scène du Metropolitan Opera qui ont coûté plus de 2 millions de dollars. L'entrepreneur risque-tout C.B. « Doc » Pennington a fait don à l'université d'état de la Louisiane de plus de 125 millions de dollars en actions de la Pennington Oil Company pour construire ce qu'il appelle « le plus grand centre de médecine préventive et de diététique du pays ». Et le banquier d'investissement, ex-alcoolique, R. Brinkley Smithers, s'est engagé à donner 10 millions de dollars pour ouvrir un Smithers Alcoholism Center au Roosevelt Hospital de New York.

Il serait impardonnable de faire croire que tout entrepreneur devient un mécène dès que ses gains dépassent huit ou neuf chiffres. Beaucoup se plaisent à des passe-temps plus ordinaires, comme Ed Lowe, le remplisseur de litières pour chats.

A un moment, Ed Lowe s'imagina qu'il pouvait y avoir des gens, dans cette bonne vieille Amérique, qui avaient besoin d'une ville natale, aussi il acheta Jones, dans le Michigan, « la taverne, l'épicerie, la banque, la scierie, j'y ajoutai un théâtre, tout. Ceux qui voulaient revendiquer Jones pour ville natale n'avaient qu'à s'inscrire à l'hôtel de ville, dit Lowe, mais au bout d'un certain temps, nous avons décidé d'arrêter et nous l'avons vendue aux enchères pour la somme de 500 000 $ ». Durant la vente, Lowe observa avec curiosité le commissaire-priseur qui « faisait payer en espèces et revenait chez lui avec des seaux pleins de mon argent. Il m'a fallu un sacré temps pour le récupérer. Aussi je me suis dit que ces ventes aux enchères, c'était quelque chose d'intéressant à faire ». Sa femme et lui s'inscrivirent à l'école de ventes aux enchères, ils obtinrent leurs diplômes et se lancèrent dans cette nouvelle affaire. « Nous nous sommes bien amusés, dit-il, jusqu'à ce que cela commence à nous coûter beaucoup trop d'argent. »

« Je suis devenu adulte pendant la crise de 29, dit Lowe. Nous n'avions pas d'argent et je me souviens d'avoir brûlé des épis de maïs pour me chauffer ; je n'avais pas de vêtements chauds et souffrais toujours du froid aux pieds ;

il fallait que je dissimule les trous que j'avais dans mes souliers avec du papier. Aussi, aujourd'hui, je collectionne les vestes, les chaussures et les chapeaux... j'en ai des centaines. C'est bon d'avoir de l'argent, et comme j'ai des gens compétents pour diriger mes affaires — mon « Golden Cat » —, je n'en manquerai probablement jamais. Mais ma fortune ne s'est pas faite d'un coup, elle s'est approchée de moi, pourrait-on dire, à pas de loup, ce qui explique peut-être pourquoi Darlene et moi nous aimons toujours les plaisirs simples de la vie, comme aller, lorsque nous sommes en vacances, dans une des tavernes les plus dégoûtantes qu'on puisse voir et boire de la bière en mangeant des sandwiches au jambon. Et le soir, quand nous allons nous coucher, nous nous disons l'un à l'autre quel a été le meilleur moment de notre journée. C'est, habituellement, un petit gamin que nous avons vu, assis sous une véranda, ou le beau sourire que nous a fait une serveuse, et jamais une bonne transaction. Aussi nous trouvons la vie agréable. Nous prenons du bon temps. »

S'arrêter, c'est mourir

Les gratifications sont là, à attendre le bon plaisir des gagneurs dont les longues années d'effort sont enfin payantes. Mais, le plus souvent, ce que les entrepreneurs qui ont réussi désirent plus que tout le reste, c'est pouvoir continuer à jouer au plus beau jeu du monde, jusqu'à ce qu'ils tombent. Armand Hammer, quatre-vingt-sept ans, qui acheta 10 pour cent de la minuscule Occidental Petroleum pour 500 000 $ en 1957 et en fit une affaire de 15 milliards de $ par an, dirige cette société d'une main de fer ; il voyage sans cesse dans le monde entier et rencontre des gens comme le chef de l'État soviétique, Mikhaïl S. Gorbatchev, ou le dirigeant de la Chine populaire, Deng Xiaoping. Et il n'a aucunement l'intention de prendre sa retraite avant que son Créateur le rappelle à lui.

« Le jour où je m'arrêterai, l'a-t-on entendu dire, je ne serai plus là. »

Dans son livre *Newspaperman,* Richard Meeker raconte l'histoire d'une rencontre entre les deux administrateurs de l'université de Syracuse et leur plus grand bienfaiteur, un propriétaire de journaux, milliardaire, de quatre-vingt-quatre ans, S.I. « Sam » Newhouse. L'entrevue avait lieu dans le somptueux appartement de Sam et Mitzi Newhouse, et les deux invités s'aperçurent tout de suite que l'homme qu'ils venaient voir était gravement malade (il devait mourir quelques semaines plus tard). Newhouse ne prêtait aucune attention à ses distingués visiteurs, plus intéressé qu'il était par le contenu d'un bocal de bonbons placé devant lui. S'efforçant de détendre l'atmosphère, Mitzi sortit quelques photos d'une résidence que Sam et elle avaient vue, récemment, en Floride, et qu'ils envisageaient d'acheter. Elle demanda à ses invités ce qu'ils en pensaient et quelque chose, dans sa question, dut parvenir jusqu'à l'esprit de Sam. Brusquement, il se redressa dans son fauteuil et, durant un instant, comme distillée par les ravages de la maladie et de la vieillesse, sa nature profonde se révéla, « Non, Mitzi, tonna-t-il, je vais plutôt acheter un autre journal ».

ACHEVÉ D'IMPRIMER
SUR LES PRESSES DE
L'IMPRIMERIE TARDY QUERCY
A CAHORS (LOT)

Imprimé en France

N° d'Impression : 6121
Dépôt légal : avril 1986